7986 09/21 £3

Los poderosos lo quieren todo

En cubierta: *Eclipse de sol* (1926), de George Grosz
Diseño gráfico: Gloria Gauger

Autor representado por Casanovas & Lynch Agencia Literaria

c/ Almagro 25, ppal. dcha.
28010 Madrid. Tel.: + 34 91 355 57 20
Fax: + 34 91 355 22 01
www.siruela.com
ISBN: 978-84-16396-71-9
Depósito legal: M-27-2016
Impreso en Cofás
Printed and made in Spain

Papel 100% procedente de bosques bien gestionados de acuerdo con criterios de sostenibilidad

José María Guelbenzu

Los poderosos lo quieren todo

Siruela

Nuevos Tiempos

«Una noche se salieron del lugar sin que persona los viese».

MIGUEL DE CERVANTES

EL CAN: ¡Guau! ¡Guau!
ZARATUSTRA: ¡Está buena España!

RAMÓN DEL VALLE-INCLÁN

In memoriam
Jaume Vallcorba

Índice

Señoras y señores, distinguido público, sean todos bienvenidos a este modesto tablado de marionetas en el que se va a representar la comedia intitulada *Los poderosos lo quieren todo*. Permítanme dirigirles tan sólo unas palabras desde este proscenio, antes de que la obra que pretendemos representar ante ustedes ocupe el escenario que ahora oculta el telón. A lo largo de su desarrollo verán desfilar la penosa historia de dos jóvenes prometedores en busca del amor y el mundo aborrecible que encontrarán en su camino. O quizá sean ellos los aborrecibles e idílico el mundo por el que transitan. *Chi lo sa*. Lo que nosotros ofrecemos es una representación de la realidad que se dirige a su imaginación. No es poco intento y lo reconocemos humildemente. En cualquier caso, todos en la compañía venimos dispuestos a dar lo mejor de nuestro oficio con la única intención de entretenerles o desconcertarles, no estamos seguros. Pero ¿qué sería de nosotros si no fuéramos capaces de sorprendernos una vez más? La sorpresa excita, conmueve, despierta nuestra curiosidad, renueva nuestro espíritu primaveral adormecido por el frío y perezoso invierno.

Así pues, y sin más preámbulo, voy a dejarme de palabrería y de prolegómenos, que toda afectación es mala, como bien nos advertía Maese Pedro, y dispónganse a presenciar esta historia de nuestro tiempo que comienza en la capital de España una mañana de grata temperatura en las calles, aire limpio, viento moderado, a principios de la primavera, cuando el eminente fiscalista

Hermógenes Arbusto se dispone, en la confortable soledad de su despacho, a dar buena cuenta de un abundante y bien servido desayuno...

I
Arriba el telón

Hermógenes Arbusto no se percató de la presencia de la Muerte hasta que la tuvo encima, delante de su escritorio. Entonces, con una agilidad impropia de sus sesenta años, esquivó el golpe de guadaña que intentó asestarle, cruzó el despacho en dos zancadas, se plantó en la puerta, salió y la cerró con doble llave por fuera dejando así prisionero a su indeseable visitante.

A juzgar por los golpes y las maldiciones que provenían del interior de la habitación, la Muerte estaba realmente furiosa. La puerta era una pesada pieza de roble macizo y el otro punto de fuga, la ventana, que daba a un minúsculo jardín interior del edificio de dos plantas, no sólo tenía cristales blindados sino que era imposible abrirla sin desbloquearla antes con un mando que su propietario llevaba siempre en el bolsillo del chaleco, prendido de una leontina al modo de los relojes de otros tiempos.

Nuestro hombre atravesó la antesala, pasó a la carrera por delante de sus atónitos empleados, arrolló al vigilante de la entrada, salió directamente a la calle, puso un pie en la calzada y agitó los brazos para llamar la atención de un taxi que se aproximaba con la luz verde encendida. Sin pérdida de tiempo, se introdujo en él, dio una dirección al conductor y se arrellanó sofocado en el asiento trasero. El taxi partió calle adelante.

Se apeó en la Puerta del Sol, confiando en pasar desapercibido entre toda la gente que iba, venía y se entretenía deambulando bajo el cielo. Enseguida dirigió sus pasos hacia una de las esquinas de la plaza, de donde arrancaba una calle estrecha conocida como calle de Postas, que iba a morir en la plaza Mayor, y que era el destino buscado; y allí, con la sensación de ser un turista más dispuesto a distraer el ocio sentado en alguna de las terrazas que se extendían arrimadas a los soportales que rodeaban la plaza por completo, se dejó caer en una silla ante una mesa con la actitud propia de quien se regala un merecido descanso. Lucía un cielo velazqueño luminoso, radiante de azul, que parecía expandir el aire limpio y alegre que llenaba armoniosamente el espacio. Ante sus ojos estaba la fachada de la Casa de la Panadería, decorada con pinturas al fresco que representaban seres mitológicos clásicos: Cibeles, Proserpina, Baco y tantos otros que surgieron de la inspirada cabeza del artista. Los contempló con evidente placer e hicieron regresar a su alma la paz que la Muerte tratara de arrebatarle junto con la vida.

¿Cómo diablos se había colado en su despacho la Negra Figura? ¿Y por qué tan a destiempo? A sus sesenta años, sobrado de vitalidad y cargado de proyectos, resultaba por completo inadecuada aquella visita. ¿Acaso la Muerte practicaba ahora el sadismo? ¿No le bastaba con el cumplimiento de su negra misión y tenía que venir a deleitarse en descabezar a personas sanas y en la plenitud de la vida? Este cambio de paradigma le tenía perplejo. Con la cantidad de gente desechable que poblaba el mundo y había ido a buscarlo precisamente a él...

Hermógenes Arbusto era uno de los más destacados fiscalistas del país, asesor de renombradas personalidades y empresas, y también un hombre entregado a los negocios. A toda clase de negocios. Lo mismo mobiliarios que inmobiliarios. En cuanto a los primeros, se le consideraba un hacha, un ojo privilegiado no sólo para las buenas oportunidades sino, lo más interesante y lucrativo, para interpretar a tiempo las menores señales de fluctuación del Parquet. Más que el verbo «interpretar» algunos colegas y admiradores preferían adjudicarle el verbo «intuir», para nada del agrado de los buenos profesionales pero gracias a cuyo influjo él había conseguido cerrar operaciones ciertamente beneficiosas. Aunque su fuerte era la asesoría a empresas y particulares que operaban a partir de una sustanciosa cantidad de millones y en la que su formación como fiscalista ofrecía óptimos rendimientos para sus clientes.

Por lo que se refiere a la propiedad inmobiliaria era proverbial su destreza en hacerse con, y deshacerse de, ellas favorablemente, aunque en algunos casos concretos hubo de contentarse con igualar lo comido por lo servido. Pero ninguna de las antedichas dedicaciones podía compararse en pasión y dedicación con su afición favorita: la compraventa de antigüedades. Ahí es donde afloraba la mayor de sus debilidades y donde su característico buen gusto, si bien le llevaba a la incontinencia a la hora de adquirir nuevas piezas con las que acrecentar su colección (y su patrimonio), abría un agujero en sus bolsillos nada fácil de recoser debido a su resistencia a desprenderse de ellas; pues por lo mismo que sus anteriormente mencionadas ocupaciones suponían para él una beneficiosa diversión, tan excitante como el juego para un caballero dispuesto a desplegar sus habilidades, las antigüedades eran, en cambio, una obsesión. Una obsesión muy parecida a la codicia, a la que se entregaba por completo en lo relativo al dinero, dinero que, sin embargo, no le costaba nada derrochar en cumplir con sus placeres de coleccionista.

Su segunda pasión, en orden decreciente, se llamaba María Ilustración, su esposa legal. Una mujer culta, universitaria, licenciada en Psicología, amante de la lectura y de los poetas, de unos cincuenta años de edad y una figura de mujer en sazón: alta, bien proporcionada, en su primera madurez, de cálidas y apreciables carnes, rostro agraciado y gesto expresivo. Lo que primero llamaba la atención de quien la observaba de lejos era su compostura de mujer elegante y experimentada, segura de sí misma y un punto extravagante en el vestir; más de cerca, lo que destacaba de manera determinante era la mirada de sus ojos verdes enmarcados en una media melena negra como el azabache, evidentemente teñida; una mirada con la que conquistaba a todos los caballeros de cualquier edad y condición que se le acercasen porque, al atraparlos con sus ojos y con su trato, les hacía sentirse los hombres más interesantes y dignos de atención del mundo; un arte que ya sólo mujeres con su tradicional *savoir faire* sabían desplegar.

Fuera de estas dos pasiones, el resto de posibles querencias quedaban reducidas a meras curiosidades intrascendentes.

Sentado en aquella terraza de la plaza Mayor, servido con un vermut con ginebra acompañado por una ración de aceitunas rellenas de anchoa, ante los bellos y sensuales frescos de la Casa de la Panadería, rodeado de turistas tostándose al sol y familias del barrio que los veían enrojecer con amable condescendencia, Hermógenes Arbusto emitió un suspiro de placer y, olvidando momentáneamente el suceso que le había empujado hasta allí, se entregó de lleno a la felicidad de la molicie.

Poco iba a durarle ese amable estado de ánimo. La imagen de la Muerte se negaba a alejarse de sus pensamientos. En realidad, había sido un ataque por sorpresa, lo que le ofendía especialmente porque su actual estado de salud podía calificarse de excelente en todos los sentidos. Como hombre ordenado y cuidadoso que era, se sometía a una revisión completa cada dos años en un centro médico especializado. Esto le daba confianza y potenciaba sus ganas de vivir al comprobar la buena respuesta de su cuerpo. Se consideraba un hombre mental y físicamente sano, y nunca antes había considerado la muerte más que como una posibilidad con la que contar; y tampoco cedía a la debilidad en lo que se refiere al estado de ánimo; muy al contrario, ignoraba lo que era una depresión, salvo que se considerase depresión algún momento de su existencia en que sintió una leve melancolía a la vista de un bello crepúsculo sobre la línea del horizonte del mar. ¿A qué venía, entonces, la intempestiva y desconsiderada visita de la Muerte? Era un acto gratuito, sin justificación alguna; un verdadero deseo de hacer daño porque sí. Y, como es natural, se lo había tomado como una ofensa personal.

Pero, de momento, tenía que actuar con prisa y trazar un plan de huida más consistente que el seguido hasta ahora. Era más que probable que en el entretanto su secretaria, sorprendida por los golpes que se escuchasen en el interior de su despacho, hubiera finalmente abierto la puerta a la Negra Señora, que ahora andaría buscándole con especial empeño, escocida por la burla de que había sido objeto. Es más: debería avisar a la familia, a María Ilustración, a sus hijas, Maribel y Verónica Arbusto, a la propia

Patrocinio, Patro, la criada sin edad que lo acompañaba desde su juventud y que pertenecía a la familia como cofundadora previa a la esposa y las hijas, ángel tutelar del hogar, de la estirpe de las mujeres fuertes de la Biblia, como su madre, que fue quien la contrató, educó e inspiró para cuidar del hijo cuando ella faltara de su vida. Porque doña Divina de Arbusto no había dejado en este mundo, como podría erróneamente creer el lector, solo a su hijo, sino bajo la tutela de Patro. A su marido, el eficiente y emprendedor padre de Hermógenes, lo tenía bajo tierra; y ella misma, que se quería como sólo una mujer satisfecha puede quererse a sí misma, estaba viviendo de la fortuna de su difunto, dilapidándola y repartiendo sus días entre las diversas estaciones de invierno y verano de moda en Europa, desde Gstaad y Cortina D'Ampezzo a Capri o a Santorini. Esto, que habría hundido la moral de cualquier hijo, sólo hizo reforzar y potenciar la serenidad y el comedimiento de Hermógenes y el principio inquebrantable del justo término entre los extremos, lo que le había valido para ser un burgués de pro, partidario incondicional del sentido común. Nada ni nadie, ni siquiera la misma Muerte, habría sido capaz de conmoverlo o desviarlo de su adoración por el sentido común, la vida organizada, la metódica dedicación al trabajo y el chocolate con churros de media tarde. Y puede decirse que, salvo las veleidades artísticas de Ilustra —nombre con el que se conocía a su esposa en los medios artísticos y culturales de la capital, como el Club de Bridge, la Sociedad de Lecturas Románticas o la Asociación de Amantes de la Ópera—, la rutina, la limpieza, el orden y el dinero eran las cuatro patas sobre las que se sostenía con toda firmeza su reino temporal. Un reino que ahora, amenazado de muerte, se volvía sumamente incómodo por la permanente necesidad de sobrevivir como un fugitivo huyendo de la ira de la Parca.

Embebido en sus pensamientos, no había reparado aún en el original personaje que se sentaba a la mesa contigua a la suya. Era un hombre particularmente alto y vigoroso; quizá midiera un metro ochenta y cinco. Cara afilada, nariz aquilina, labios sensuales, el superior coronado por un fino bigote, perilla bien perfilada, manos finas y cuidadas, y ojos penetrantes en los que titilaba una chispa entre burlona y maliciosa que, en el fondo, intimidaba. Vestía un traje marrón rojizo un tanto extravagante, camisa blanca y corbata estrecha de seda del mismo color del traje. Al cruzar las largas piernas dejaba ver unos calcetines de hilo de Escocia que subían por unas interminables pantorrillas y calzaba unos zapatos Oxford de Box Calf. Fumaba en boquilla con gesto displicente y, aunque dejaba vagar su mirada por el entorno de la plaza, a un buen observador no le cabría duda de que estaba bien atento a su vecino de mesa.

Le miraba de refilón, intermitentemente, como si esperara alguna señal que lo indujera a tomar contacto, pero no parecía tener prisa por ello. Delante de él, sobre la mesa, reposaba un vaso medio lleno de lo que bien podría ser un bloody mary junto a un paquete de cigarrillos John Player's Navy Cup y un mechero ST Dupont bañado en oro.

Fue con un leve carraspeo, que ensayó varias veces seguidas, como trató de llamar su atención y a fe que lo consiguió, porque Hermógenes se volvió a él con naturalidad y le ofreció, abierta, su caja de pastillas Juanola.

—Ah, sí, gracias, caballero, es usted muy amable.

—No quiero entrometerme en sus afecciones, pero el caso es que le he oído carraspear y sé bien que la incomodidad se multiplica si no se la ataja a tiempo.

—No se entromete usted sino al contrario. Se lo agradezco de veras, señor...

—Hermógenes Arbusto.

—Encantado de conocerle. Mi nombre es Forcas.

—Diabólico nombre —comentó Arbusto con admiración.

—Tengo ese honor —respondió modestamente el hombre.

Se produjo un breve e invitador silencio entre ambos, al cabo del cual el llamado Forcas, tras un titubeo cortés, se decidió a hablar.

—Pocas costumbres tan gratas como un aperitivo al final de la mañana, ¿no es verdad? Sólo se requiere tiempo y calma.

—Ninguno de los dos me sobra en este momento —confesó Hermógenes—. Lo cierto es que, aunque no lo parezca, estoy en un verdadero apuro.

—¡Diantre! ¡Qué contrariedad! Y yo que veía en usted la imagen misma del bienestar...

—¡Ah, si usted supiera! Pero no voy a abrumarle con mis problemas.

—Por favor, se lo ruego, hágalo. Es decir, si me cree digno de sus confidencias.

Hermógenes Arbusto cabeceó ligeramente, presa de indecisión. De una parte, la necesidad de compartir su delicada situación le empujaba a hablar; de otra, la amabilidad de su interlocutor no dejaba de parecerle un tanto sospechosa aunque reconociera que sus modales y su actitud acogedora ya estaban haciendo el efecto contrario. ¿Qué hacer? ¿Descargar su tribulación o mantenerse encerrado en sí mismo? Pero el caso es que le tentaba hablar, necesitaba hablar; desde el momento en que se había establecido el primer acercamiento, el deseo de compartir su situación se hacía más y más punzante. Acostumbrado a fiestas, reuniones, relaciones institucionales y tormentas de ideas, la repentina soledad en que se encontraba lo tenía desubicado y en situación de fragilidad.

—Es muy probable que lo que voy a contarle le parezca a usted una fantasía... —empezó a decir—. También yo desearía que lo fuera; pero debe creerme: no me atrevería a hablarle de ello si no fuera para mí un gravísimo motivo de preocupación.

Cordialmente, su interlocutor le alentó con la mirada.

—El caso es que esta mañana he escapado por los pelos de la Muerte. Y debo decirle que no la esperaba; es más, que no le correspondía visitarme; pero ha sucedido. Afortunadamente, he conseguido darle esquinazo. Sin embargo, sé que no va a cejar en su empeño hasta darme caza y, la verdad, ni sé cómo evitar a plazo su infausta visita ni menos aún cómo hacer para que desista y continúe su ronda borrándome de su necrología. Tengo entendido que es muy escrupulosa en el cumplimiento de su deber, pero algo me dice que se ha producido un error, fortuito o intencionado, y no sé cómo defender mi causa ante ella sin ponerme al alcance de su guadaña.

—Además ha de estar furiosa, sí —dijo el hombre acariciándose la perilla—. Lo cierto es que no me gustaría estar en el lugar de usted.

—Ha de haber algún modo de deshacer el equívoco. Yo, como hombre de negocios que soy, siempre he plantado cara a las situaciones más difíciles. Negociar es mi negocio y estoy seguro de que lograría convencerla; pero su aparición, su modo de actuar... Recelo de ella, temo que ni siquiera aceptara hablar cara a cara. Esta señora, en cuanto me eche la vista encima, me siega el cuello sin más explicaciones. Tengo la sospecha de que no es muy propensa a hablar, y menos con las víctimas de su desagradable actividad.

—Bueno —consideró el hombre—, hay que tener en cuenta que la Muerte es muy corta de entendimiento, no está acostumbrada a consideraciones que a usted y a mí nos parecen no ya naturales sino propias de la vida de las personas cultas. La Muerte es, permítame decirlo de una manera franca, muy bruta. Su oficio no da para más.

—A eso es exactamente a lo que yo me refería. Pero, dígame, ¿cómo habla de ella con tanta naturalidad? ¿Es que usted la conoce?

—Ah, sí, por supuesto, de muy antiguo. Y créame, no ha cambiado nada.

Hermógenes Arbusto se echó hacia atrás en su silla, como si deseara contemplar a su interlocutor en perspectiva. Es más, lo miraba con tanta atención y tan distintos ángulos que más bien parecía estar representándose un retrato cubista de su desconocido interlocutor. Después, al cabo de un largo minuto de silencio, tomó de nuevo la palabra.

—No imaginaba yo que un ser humano pudiera tenerla en la lista de sus conocidos —aventuró con un deje de inquietud en la voz.

—Humanos, humanos... —murmuró el hombre—. Siempre cargando con esa nefasta manía del antropocentrismo. Usted, como hombre de negocios, debería colocar su mente en la misma disposición de apertura que tiene para con la moralidad de los negocios. ¿Manga ancha? ¿No lo llaman así? Pues manga ancha, amigo mío, para navegar por los misterios de este mundo en el que la propiedad y el dinero son la base del tejido social y del progreso.

Hermógenes se lo quedó mirando algo amoscado, dándole vueltas al comentario de su vecino de mesa.

—¿Me está ofreciendo usted un trato? —preguntó finalmente.

—Ah, veo que es usted un hombre práctico. Y, con respecto a su pregunta, es posible que tenga algo que ofrecerle, si es usted un hombre arrojado.

—Lo soy —respondió Hermógenes, picado en su amor propio.

—Y si no teme al riesgo —redondeó el hombre.

—Por supuesto que no —contestó, envalentonado, Hermógenes.

—En tal caso —dijo el otro—, voy a hacerle una propuesta que yo, en su lugar, no me atrevería a rechazar.

Tomás, *Tom*, Beovide, poeta y profesor de Literatura en el Instituto de Enseñanza Secundaria Juan García Hortelano, no podía dormir. Estaba a punto de cerrar el curso académico que precipitaría a sus alumnos en los exámenes de acceso a la Universidad y su corazón no encontraba sosiego.

Temía por sus alumnos, pues a pesar de todas las perrerías, el desinterés, la vagancia y la desconcentración dominantes a lo largo del curso, había encontrado a esos diez justos bíblicos capaces de hacer que sintiera compasión por todo el alumnado del curso, no tanto como para dar un aprobado general, mas sí para considerarlo con benevolencia. «Al fin y al cabo, no se salta del botellón a don Luis de Góngora sin pagar un duro precio por ello», se decía. Pero no eran las notas de calificación finales el motivo principal de su desasosiego. El verdadero motivo pertenecía a otro campo del sentimiento: acababa de romper con su novia después de tres años de relaciones que si no habían fructificado en matrimonio era por su penosa escasez de recursos materiales, penuria que ella se había hartado de echarle en cara durante todo el curso haciendo éste aún más cuesta arriba.

Tomás tenía una licenciatura en Filología Hispánica, un estudio-buhardilla alquilado de una sola pieza con cocina incorporada y cuarto de baño, un destino provisional como profesor y unos padres que no dejaban de reprocharle cada domingo, cuando acudía a almorzar a su casa, haber elegido las letras como medio de vida en vez de ejercer la medicina como su hermano menor,

Augusto, que ya había conseguido incorporarse al equipo del distinguido especialista en Urología Dr. Canuto Pisón, que ejercía su acreditado saber y experiencia en el Gran Hospital de la Salud.

Su novia Paloma había estado trabajándole el hígado sin descanso con la intención de hacerle reflexionar sobre su precariedad laboral. Ella era licenciada en Publicidad y Relaciones Públicas y tenía un buen puesto en una acreditada agencia de publicidad, de manera que juntando ambos sueldos bien podían permitirse convivir de manera decorosa, pero Paloma no estaba por la labor de aportar el grueso de los ingresos matrimoniales; al contrario, consideraba que la del marido debía ser siempre superior a la de la esposa. Él pensaba que éste habría sido un obstáculo superable por la influencia del amor, pero una influencia superior e inesperada, la de un piloto de Iberia soltero y sin compromiso, resultó decisiva. Tom trató por todos los medios de explicarle a ella que el guapo piloto, compinchado seguramente con el copiloto o el sobrecargo, no tardaría en ponerle los cuernos con sus atractivas compañeras azafatas, pero Paloma se limitó a reprocharle su bajeza de pensamiento y Tom no pudo tomar otra determinación que tragarse los celos, maldecir su destino de poeta (con la boca pequeña, por si acaso) y dejarla volar. Era de natural enamoradizo y, en consecuencia, ya había pasado por este trance en numerosas ocasiones.

En la semioscuridad de su estudio, con su único ventanal abierto a la cálida y adelantada presencia estival en plena primavera, una de esas primaveras afortunadas de Madrid, y a la titilación insistente de miles de estrellas que zumbaban como insectos luminosos por encima de la ciudad, echaba de cuando en cuando una mirada derrotada al amenazador montón de papeles manuscritos que sumaban los exámenes recién entregados de aquella tarde, la misma en la que ella dijo adiós con aire de habanera, la misma que sonaba melancólica y letal en un tocadiscos tan castigado como las emociones que acudían a él desde lo más hondo de sus recuerdos juveniles:

Cuando
salí de La Habana,
válgame Dios...

Una de las razones por las que Tom andaba siempre escaso de efectivo era su afición a la música y a la lectura: deducidos los gastos de manutención personal y casera, dedicaba la mayor parte de sus ingresos a proveerse de discos y libros. Toda pared era estantería y, al tratarse de un estudio abuhardillado, podía permitirse el lujo de escuchar música a cualquier hora y a buen volumen, ya que era paredaño con el hueco del ascensor y no tenía a nadie por encima. También esto molestaba a su Paloma, hasta que se hartó de escuchar una música que no apreciaba mucho —y menos aún apostillada por el entusiasmo de Tom— u oír poemas y citas de brillantes imágenes literarias, incluso párrafos enteros. Total, que ella se dedicó a salir por su cuenta entre semana y hacer nuevas amistades hasta dar con el piloto, y el inocente descuido de Tom tuvo como conclusión que ahora sufriera desconsolado; sí, porque, a pesar de todo y como a todas las anteriores, la había querido.

También había otra mujer en su vida, pero ésta era de consistencia más bien fantasmal. Una mañana en la que pasaba sin saberlo por delante de la casa de don Hermógenes Arbusto de vuelta del instituto vio salir del portal a una mujer que le pareció la encarnación misma de la poesía: *Alta, esbelta, enlutada, con un dolor de reina, agilísima y noble, con dos piernas marmóreas...* No era otra que la joven Maribel Arbusto que, con disfraz de viuda fatal, se dirigía al automóvil de su padre para acudir a una fiesta al otro lado de la ciudad. Apenas repuesto del incendio emocional que se desató en su interior al contemplar a aquella belleza incitante y morbosa, se dirigió a ella dispuesto a declararle su amor incondicional con tal ímpetu que tropezó con una loseta desajustada del pavimento, trastabilló y, al irse al suelo, no hallando dónde poner las manos, las puso en su cintura y, terminando de caer, arrastró consigo la falda de la dama hasta sus tobillos. Maribel, enfurecida, le golpeó repetidamente con su bolso mientras trataba de subirse la falda con la otra mano. En su ayuda acudió de inmediato el chófer, que machacó a Tomás con un par de golpes de kárate. Segundos después el automóvil se alejaba con Maribel en el asiento trasero tratando de reajustarse la ropa. Desde el suelo, Tomás decidió que aquel golpe de ira femenina de su mirada era el fuego del que se alimentan las grandes pasiones. Desde entonces no la había vuelto a ver, pero no la olvidaba.

También le quedaba su otro gran amor: Julie London. En realidad no eran comparables porque la primera era de carne y hueso y a la segunda la tenía recogida, sólo para él, en ocho cedés dobles y un par de vinilos; adoraba su voz sensual, una delicia de voz teñida de humo, que exhalaba muy cerca del micrófono convirtiéndola en intimidad acariciadora y hasta un punto dramática en «Cry me a river», intensa en «Basin street blues» o romántica en «You and the night and the music», pero también briosa en la versión de «Fly me to the moon» o soñadora en «Blue moon»... Un estremecimiento de felicidad recorrió su cuerpo por entero mientras la evocaba y, obligado ante la emoción del momento, se puso en pie, eligió uno de los vinilos, *London by night*, *track* 3, y en cosa de segundos Julie London empezó a llenar la habitación con su sentida interpretación de «In the middle of a kiss».

En realidad, Tomás Beovide era un sentimental. Y pensaba que quizá fuera el mayor de sus defectos, dentro de los muchos que poseía. Era un adicto a la vagancia obligado a trabajar, mas era lento porque apreciaba la lentitud como el componente fundamental de la felicidad; nunca habría despuntado bailando salsa y otros ritmos semejantes, incluido el rock, pero era un maestro de la aproximación a su pareja en aires como el *slow fox* e incluso otros más lentos, casi ensimismados. Era tímido, hablaba poco, reía mucho, bebía cerveza (que, al contrario que a la mayoría de la gente, le hacía adelgazar), nadaba como un pato, era andarín, añadía versos a sus poemas en curso mientras caminaba, acudía puntualmente a casa de sus padres con una maleta llena de ropa sucia y se la llevaba llena de ropa limpia, pero mantenía un orden en su estudio, debido, más que a una convicción interior, a la necesidad de dejar espacios vacíos y no andar tropezando con todo. En fin, tenía muchos más defectos y características a enumerar, pero de momento le parecieron suficientes.

Julie London seguía cantando para él. Ahora desgranaba la esperanza de que su chico volviera en «That old feeling», y enseguida vendrían, porque al final todo puede salir bien, los últimos compases de «Cloudy morning». Fin de la cara A. Tom contempló la carátula del disco: Julie London apoyada en la pared de ladrillo bajo la luz de una farola, con tocado de plumas y un ajustado vestido de encaje bordado de color azul celeste, largo hasta la rodilla, rematado por una abertura en la falda que adelantaba una pierna desnuda tan bien tallada que parecía la de una diosa griega. Se hallaba en jarras, con los brazos cubiertos hasta el codo por unos guantes de gasa, y en la cadera apoyaba un manguito de piel del mismo color. La sugestiva mirada de sus maravillosos ojos verdes quedaba realzada por un escote palabra de honor; la sensual carnalidad que éste dejaba al descubierto se prolongaba en la esbeltez de la pierna adelantada con descaro y los pies calzados con sandalias de tacón. Un sueño, en fin, una prometedora tentación, una aparición en la noche, una belleza rotunda. Una mujer de una vez.

Beovide, sin embargo, distinguía perfectamente entre ensoñación y realidad. Ensoñación era su esperanza no de reanudar la frustrada relación con Paloma sino de iniciar una aventura con la muchacha magnífica con la que acababa de tropezar por un más que afortunado capricho del destino; ensoñación era también, de un modo más bien musical e intangible, su romántica relación, que ya duraba unos cuantos años, con el monumento inalcanzable de mujer que ilustraba la portada del vinilo y que acabamos de describir con todo detalle; y realidad, lo que se dice realidad, lo eran en sí las melodías de Julie London y la pila de exámenes por corregir que tenía sobre su mesa de trabajo.

María Ilustración Frondoso de Arbusto se encontraba acicalándose en su tocador cuando la Muerte visitó a su marido. Naturalmente, no tenía la menor noticia de aquel suceso, ni entonces ni ahora que aprovechamos para presentarla, y nadie en la oficina se atrevió a telefonearla para contárselo por miedo a la regañina o a la chanza de la señora, que hería como una hoja de afeitar. Por lo tanto, ajena a todo cuanto sucediera, se puso en pie, contempló con una sonrisa de satisfacción la sugestiva distribución de sus bien proporcionadas aunque abundantes carnes, tan apreciadas por su marido y por quien no era su marido, tomó su bolso de Hermès, un Kelly de color claro que era la envidia de sus amigas, se echó sobre los hombros una chaqueta de verano color mostaza que contrastaba coquetamente con el blanco crudo de los pantalones y se despidió de Patrocinio con una precisa retahíla de encargos.

A esa hora avanzada de la mañana, María Ilustración dirigía sus pasos a la cafetería Splendor, donde solía quedar los lunes con sus amigas para inaugurar la semana, cuando fue abordada por un extraordinario personaje.

—Buenos días tenga usted, señora —recitó con voz reverencial su humilde súplica—. Soy el mendigo Martínez. ¿Tendría usted la bondad de socorrerme?

María Ilustración lo miró de arriba abajo. Era un hombre alto y delgado como un espárrago silvestre, con barba de tres días, el pelo graso y mal cortado, cargado de hombros, por lo que la ropa parecía colgarle del cuerpo, y calzado con unos viejos zapatos sin calcetines. Extendía la mano con humildad y olía a suciedad estancada, pero no agresiva. Podría tener entre cincuenta y sesenta años. En su rostro chupado y estriado destacaban los ojos, de un azul luminoso que la señora no dejó de apreciar.

—Pero, hombre de Dios, ¿cómo se encuentra usted en esta situación?

—Más vale de pedir que de robar —contestó el otro con un soniquete de autocompasión en la voz.

—Usted, un hombre todavía útil, ¿no se avergüenza de tener que andar arrastrando sus años y su vida por la calle sin destino ni futuro y hecho un pingajo? ¿Es que no se da cuenta de la vida que le espera? ¿Es que no tuvo padre ni madre que lo enderezasen en su juventud? ¿Ni tampoco ilusiones?

—Ya quisiera yo, señora, haber tenido padre y madre que me educasen, pero a ambos los perdí de niño y mi vida ha sido un continuo vagar por el mundo sin amparo y sin alicientes. No he tenido nada y he aprendido a no desear nada.

—¿Y no tiene familia, ni hermanos, ni tíos, ni un perro pulgoso que lo acompañe?

—No, señora. Si existen, no los conozco. Nadie se ha ocupado de mí y sólo sirvo para vagabundear. Como en donde puedo, vivo de la caridad y duermo en la calle.

—¡Qué barbaridad! ¡Qué desperdicio del ser! —exclamó la señora, horrorizada.

—Ya ve usted.

—Oiga, Martínez, me lo he pensado en un rapto: ¿quiere que le ofrezca un trabajo que le permita reintegrarse a la sociedad? Un trabajo no cualificado y peor pagado, naturalmente, pero un trabajo al fin y al cabo.

—Ay, señora, con pesar me veo obligado a decirle que no. Agradezco su bondad, pero no quiero hundirme más.

—¿No le parece suficiente el estado en que se encuentra? ¿Aún aspira a caer más bajo? Y aún más: ¿se puede caer más bajo?

—Señora, no me tome a mal y permítame explicarle. Yo he tenido muchos trabajos a lo largo de mi vida. He sido de familia burguesa, he sido financiero, asesor jurídico, pasante de un bufete de abogados... y también contable de una mercería, hortera, dependiente de perfumería, mozo de almacén, conserje, vendedor de pipas en la esquina de la calle Altamirano con Princesa... y en todas estas ocupaciones he fracasado; he fracasado estrepitosamente, he fracasado con fruición, he fracasado y he sido arrojado a la calle como si fuera un apestado, he fracasado incluso en el suicidio, que me tiré desde el puente de la Castellana que une Rubén Darío y Serrano y caí en un camión del ayuntamiento cargado de colchones retirados de las calles. Soy peor que un desecho: soy una nulidad. Y ahora usted quiere arrebatarme lo único que me tiene atado a la vida, lo único que mantiene la débil llamita de orgullo que aún tiembla en mi interior, lo único que se me ha dado bien en este mundo cruel: la mendicidad.

El hombre, ciertamente, movía a compasión y María Ilustración se compadeció de él. Poco a poco, a lo largo de su discurso, había ido abandonando su actitud de suplicante para terminar erguido, con la cabeza alta y los ojos más luminosos y azules. Por un momento, ella creyó oír una música alrededor del mendigo y, en efecto, a pocos pasos del lugar en el que se encontraban detenidos, un músico callejero tocaba al violín con escasa destreza unas notas aisladas, incluso reñidas entre sí, *La primavera* de Vivaldi. «Este mendigo es un personaje singular, qué duda cabe», pensó María Ilustración.

—Y ahora —finalizó el mendigo Martínez—, si usted tuviera a bien recompensarme con unas monedas para poder comer, yo le quedaría sumamente agradecido. Y si no le añado lo de que «Dios se lo pague» es porque, a pesar de que usted me vea como me ve, no creo en Dios.

—Lo suyo es verdadero empecinamiento en no recibir consuelo de ninguna parte —dijo María Ilustración, escandalizada—. Al menos acójase a la protección de la Iglesia en invierno, que es el tramo más duro del año.

—La Iglesia... —comentó con un deje sarcástico en la voz—. Más les valiera redimirse a sí mismos en vez de andar manoseando las almas de los demás, hipócritas y falsarios obsesionados con el sexo y la propiedad inmobiliaria, encubridores y practicantes de pederastia. Pero es verdad que en el Arzobispado los domingos dan un potaje de garbanzos como para chuparse los dedos. Ya no saben qué hacer para llenar los templos.

—Atribuyo sus palabras a la ofuscación que producen el hambre y la falta de alicientes.

—Ah, no, señora. Piense de mí lo que quiera, porque para eso soy un pobre, pero respete mi pensamiento. Yo he tenido mucho tiempo para reflexionar a lo largo de mi vida porque soy un artista del paro, ésa es otra de mis escasas cualidades; y en el paro queda mucho tiempo libre para meditar sobre la vida y la muerte.

—Al menos usted medita; eso es positivo, revela que no todo está perdido, que hay una lucecita de esperanza en su corazón.

—Yo medito con la cabeza, no con el corazón, pero sí, puedo decir con la cabeza bien alta que mi ocio es un ocio comprometido con la realidad. Así es como he llegado a comprender el sentido que la mendicidad tiene para mí. Siempre me ha gustado interrogarme sobre los misterios del Universo y, aunque no pueda decir que los he resuelto, al menos me he familiarizado con ellos.

—Es usted todo un personaje —comentó, admirada y convencida, María Ilustración.

—Un personaje, es verdad. A menudo me he preguntado quién sería mi autor, pero luego pienso que es mejor no saberlo. Los escritores son pozos de vanidad y estoy seguro de que si me asomo a uno de ellos, caeré dentro y me ahogaré. Prefiero seguir sin saber de dónde procedo, prefiero vivir solitario que sofocarme en su narcisismo inevitable. ¿Ve usted? No tengo nada a lo que agarrarme, mi existencia es tan mísera que dependo de la voluntad de un creador humano que sabe Dios quién será; no valgo ni un céntimo de los magros anticipos que debe de recibir si se dedica a un personaje como yo. Es triste pedir, señora, pero más triste es robar.

María Ilustración hurgó en su bolso, sacó el monedero, extrajo un par de euros después de mucho rebuscar con los dedos y se los entregó al pordiosero.

—Gracias, mil gracias, generosa señora, que la vida la colme de alegrías a usted y a toda su familia, que...

—Corte el rollo, Martínez, que ya me lo conozco.

El mendigo Martínez se retiró confuso y dolorido por no haber conseguido concluir con su retahíla de agradecimientos. María Ilustración llamó a un taxi para recuperar el tiempo perdido y en él llegó a la cafetería Splendor. Sus amigas ya estaban allí.

—Bienvenida, querida —corearon.

Entonces ella procedió a contarles el encuentro con el mendigo, relato que siguieron emocionadas. Y al final concluyó:

—Y el caso es que si consintiera en lavarse y adecentarse, la verdad es que tendría un algo, un no-sé-qué con gancho.

—Pues bien, éste es el trato —dijo el hombre que se sentaba junto a Hermógenes en la Plaza Mayor—: yo detendré a la Muerte y la alejaré de usted durante el tiempo que dure nuestro acuerdo. A cambio, usted me entregará la propiedad de su alma inmortal, que yo podré usar como me convenga el día que usted incumpla el trato o acabe su ciclo vital. Y en el entretanto, me dejará una prenda en señal de compromiso que le será devuelta al término del acuerdo, sea cual sea éste o se produzca como se produzca. Yo, por mi parte, le apoyaré en cuanta aventura emprenda con una sola condición: que evite en todo momento hacer el bien; atento: no le insto u obligo a hacer el mal, eso es cosa de su naturaleza, sino a no hacer el bien, con lo cual queda a salvo cualquier escrúpulo que pudiera tener, si es que lo tiene; pero, en todo caso, hacer el mal será decisión suya, decisión en la que yo no intervengo aunque, como en todo lo demás, le apoyaré sin reservas. ¿Qué? ¿Le interesa o no le interesa?

Hermógenes se sumió en una intensa meditación. Casi podían verse, transparentándose en sus gestos, las dos fuerzas que contendían en su mente: el deseo y la sospecha, pero curiosamente, la tercera y más importante hasta ese momento, el miedo a morir, no se manifestaba en modo alguno. ¿Acaso se sentía a salvo? ¿Creía en el poder de su interlocutor hasta el extremo de prescindir de esa tercera fuerza y concentrarse en las dos primeras? Nunca lo sabremos. Al término de esa lucha interior, emitió un largo y hondo suspiro, se reacomodó en su silla y, dirigiéndose al hombre, dijo:

—¿Tendría usted un purito? Es que con las prisas me he dejado los míos en el despacho.

—Sólo dispongo de los cigarrillos que ve usted sobre la mesa, pero podemos pedírselo al camarero —contestó el otro con toda elegancia.

—Buena idea, no se me había ocurrido. ¡Camarero! —voceó.

—Es natural —comentó el hombre—. Está usted aturullado. La situación no es para menos.

—La situación, estimado señor, es de todo punto excepcional, ya lo creo. Tengo que admitir que su oferta es muy tentadora y, por otra parte, que no dispongo de medios, ni siquiera a corto plazo, para escapar de la Negra Señora. Pero si dispone usted de unos minutos me gustaría que me explicase qué gana usted con esto.

—¿Con mi oferta? —dijo el otro y Hermógenes asintió—. Oh, pues para mí es tan excitante como una buena mano de póquer. Verá usted: por mi oficio, yo conozco las virtudes de las hierbas y piedras preciosas; enseño lógica y ética; al hombre puedo volverlo invisible y hacerle ingenioso y bien hablado; doy medios para hallar las cosas perdidas y descubro tesoros... Y dirá usted: ¿para qué quiere disfrutar este hombre del placer de jugar una buena mano de póquer?

—En efecto —respondió un aturdido Hermógenes Arbusto.

—Pues es bien sencillo: todos esos poderes no son nada comparados con el de liberar un alma de todas sus ataduras y verla campar libre de todos los convencionalismos sociales y morales, verla entregarse a lo desaforado sin remordimiento, verla chapotear como un niño en el vacío y el caos y disfrutar del horror sin barreras que provoca en las almas biempensantes. Verla, en definitiva, solazarse en la más negra degradación, en la más absoluta falta de moral, en el crimen y la lascivia hasta que su propia exaltación la convierta finalmente en un animal sin control.

—¿Eso le espera a mi alma cuando se la entregue?

—Salvo que acepte reencarnarse en un diablo menor, sí. En ese caso, carecerá de libertad, vivirá en el infierno y se dedicará a dar de comer a los condenados y a labores propias de la burocracia infernal. Es todo lo contrario de lo anterior, una vida espantosamente sedentaria al calor del fuego.

—Pero... —le interrumpió Hermógenes—. ¿No dice usted que enseña lógica y ética?

—¡Qué remedio! Pero la teoría es tan aburrida...

—Así que una mano de póquer... —murmuró Hermógenes.

Su instinto de jugador de ventaja se aguzó como el de un sabueso anhelante atraillado ante la perspectiva de una jornada de caza. Era jugador, no de juegos de azar sino de los negocios y del capital, y podía entender la pasión del señor Forcas. La tentación, aunque fuera una vez en la vida, de romper con todo lo establecido, hacer saltar por los aires el bien común, marchar arrasándolo todo para deslizarse como lava hasta el borde del mar y sentarse a contemplar el desastre... Bien, ¿a quién no le tentaba, como al ángel que tentó a Dios? Lo comprendía, sí, lo comprendía.

—Pero yo no pienso ser la mano del horror —dijo seriamente.

—Ni yo se lo he pedido. Sólo que no haga el bien. Ése es el trato.

—Bueno, eso no es difícil.

—Lo suponía. De todos modos, no crea, es más complicado de lo que parece; de hecho, le planteará a usted numerosos problemas morales porque muy a menudo se estará cuestionando si tal o cual acción no será un bien para alguien; si se excede o se equivoca por el lado del mal, no hay problema, pero si lo hace por el lado del bien, si procura algún bien moral a alguien, el pacto se habrá roto y yo no estaré en disposición de contener a la Muerte; que, ya que hablamos de ella, debe de estar echando chispas con usted.

—Cierto. No había contado con ello.

—Ah, no me diga que esa pequeña dificultad lo va a echar para atrás.

—¿Pequeña?

—Pequeña para una persona como usted. ¿Acaso cree que lo he elegido al azar?

—No me adule, ése no es mi lado fácil. Desconfío de todo halago.

—No lo haga. Los halagos sinceros son los más valiosos.

—Será en su mundo. Halago y sinceridad son, para mí, palabras antinómicas. Y dejémonos ya de circunloquios que no llevan a ninguna parte. Estoy considerando su propuesta. ¿De cuánto tiempo dispongo para darle una respuesta?

—¿En cuánto tiempo valora su vida en este momento?

—*Sapristi!* Es usted el demonio.

—Me descubro ante su perspicacia.

Hermógenes se removió incómodo en la silla. Ya no le preocupaba disimular su inquietud. Era un asunto de vida o muerte.

—No tengo elección —confesó al cabo de un largo minuto de silencio—. Me veo obligado a aceptar su proposición, claramente favorable a usted, dicho sea de paso.

—Tratándose de salvarle la vida, opino que al único al que resulta netamente favorable el resultado del acuerdo es a usted —contestó el que se hacía llamar Forcas.

—Usted no me da margen de error, lo cual me parece abusivo.

Al observar que el hombre se acariciaba la perilla con aire pensativo, su olfato le previno y Hermógenes comprendió que ésta era una manera de ganar tiempo antes de cerrar un trato que aún no estaba cumplido, al que aún le faltaba alguna cláusula que ahora se disponía a concretar como si se tratara de una concesión cuando, en verdad, era parte integrante y sustancial de la oferta, una cláusula que se habría guardado astutamente desde el principio, en espera de la oportunidad de colocarla como un favor.

—Supongamos que yo pudiera aceptar un pequeño margen de error —dijo al fin el hombre.

La frase quedó en el aire, entre ambos, a la espera.

—Lo encuentro justo —dijo Hermógenes, receloso.

—Para ello necesito que me deje algo en prenda, algo que pase a ser de mi propiedad si usted excede el margen de error que pactemos.

—Sólo si es razonable.

—Lo único razonable es vivir, no pierda eso de vista.

—Muy bien: muestre de una vez sus cartas.

—Ah, la mano de póquer, ¿ve usted como es un juego emocionante?

—Pero no conviene olvidar que la banca siempre gana. Usted es la banca.

—Cierto. Ahí va mi condición única: usted me entregará, hasta que se cumpla el plazo de nuestro acuerdo, una prenda realmente valiosa para usted, prenda que yo le devolveré al término del acuerdo, es decir, a su muerte. Si ésta, por cualquier causa imprevista, se produjera por causa ajena al acuerdo, la devolución de la prenda será inmediata.

—¿Quiere usted decir que a pesar de su protección puedo morir?

—Accidentalmente sí, pero eso va a depender de usted. Comprenda que un acto suicida de su parte, por ejemplo, no puedo evitarlo.

—Lo entiendo.

—Muy bien. La prenda será su hija mayor, Maribel. La dormiré y la guardaré en una estancia a salvo de todo peligro y allí permanecerá hasta que la haga volver a la vida.

Hermógenes sintió que se perdía en el vacío.

—Pero ¡eso es monstruoso!

—En absoluto. Considérelo así: todo padre desea proteger a su hija del mal, del dolor, de la muerte. En mis manos estará a salvo de toda desgracia y volverá a la vida íntegra y pura como un alma noble en un cuerpo inmarchitable. ¿Quién puede ofrecerle tal seguridad?

—¿Y no podré verla nunca?

—Nunca.

Hermógenes Arbusto era la viva imagen de la consternación y la lucha interior. «Tengo que obtener alguna ventaja», se decía. «El pacto es terriblemente desigual». Hasta que, de pronto, una idea cruzó por su mente.

—¿Ni siquiera unos minutos antes de morir? Dada la envergadura del envite al que me presto, su exigencia es inmisericorde. Necesito una oportunidad de ganar, como estímulo. ¿No le gusta a usted el póquer? Entonces entenderá que ha de haber un riesgo, por mínimo que sea, de su parte.

—Bien jugado —respondió el señor Forcas—. Voy a ofrecerle esa oportunidad, pero no a usted sino al azar. Su hija estará a buen recaudo y dormida en un lugar protegido día y noche. No necesito recordarle que tengo a mis órdenes veintinueve legiones de demonios, como corresponde a mi rango. Pero aceptaré que, si alguien es capaz de posar en sus labios el beso del amor que da la vida, ella regrese sana y salva a su hogar en las mismas condiciones en que lo hubiera hecho de haber expirado nuestro pacto.

—¿Puede usted hacerlo?

—Tiene mi palabra.

—Y en cuanto al resto de mi familia, ¿les alcanza la prohibición de hacer el bien o lo puedo hacer con ellos?

—Usted me ofende, señor. Nosotros somos muy respetuosos con las tradiciones —respondió el otro con gesto altivo.

—En tal caso —dijo un solemne Hermógenes Arbusto—, acepto su proposición.

Dicho lo cual, ambos se dieron formalmente la mano. El señor Forcas recogió sus pertenencias de la mesa, dejó un billete de veinte euros y se despidió de su nuevo socio con toda cortesía.

—¿Que has hecho qué? —exclamó espantada María Ilustración desplomándose sin perder la compostura en el sofá del salón.

—Un pacto con el diablo —contestó su marido, sin ambages.

Se sentía eufórico y no podía ocultarlo. Como abogado experto en temas fiscales estaba acostumbrado a tejer verdaderas marañas de subterfugios, recursos, evasiones e ingenios con que proteger el dinero de sus clientes del afán impositivo y recaudatorio del Estado, por lo que a sus contrarios les resultaba poco menos que insoportable la tarea desesperante de entrar, y no digamos salir, de sus laberintos jurídico-económicos. Además, era un firme partidario de la libertad del capital, la ley del mercado y el beneficio propio, y aborrecía del intervencionismo y de cualquier clase de control de la autoridad económica dependiente de los gobiernos de la nación, por lo que entre sus clientes se encontraban algunas de las más cualificadas fortunas y empresas del país. Estaba, pues, orgulloso de sí mismo y satisfecho con su vida, sobre todo tras rubricar el pacto que alejaba indefinidamente a su aciaga visitante de unas horas antes.

—¿Que has hecho qué? —volvió a exclamar María Ilustración, ahora retocándose el pelo mientras le dirigía una dura mirada de advertencia.

—Extraordinariamente ventajoso, como te podrás imaginar.

—Pero ¡te has arrojado en brazos del Príncipe de las Tinieblas! —le recriminó ella.

—En absoluto, querida, he tenido el buen sentido de procurarme la debida tranquilidad de conciencia. Mi acuerdo no me obliga a hacer el mal si yo no quiero; a lo que me obliga es a no hacer el bien. ¿Qué te parece la finura del trato?

—Digna de ti, que haces el mal como nadie —contestó ella no sin un punto de admiración.

María Ilustración, sin embargo, se sumió en un silencio pensativo que, a medida que se extendía por todo el ámbito de la habitación como un olor maligno, destempló el ánimo de su marido.

—¿Puedo saber qué pensamientos están turbando esa cabecita? —preguntó con tierna solicitud.

María Ilustración pareció no haberle oído, hasta que al fin agitó la cabeza como si se desprendiera del polvillo dorado que cubría sus rizos teñidos de azabache.

—Estaba pensando que... si no puedes hacer el bien, ¿qué vas a hacer con tu familia?

—Mi amor, ¿cómo puedes dudar siquiera de que yo haya caído en una trampa tan simple? La familia está exenta por contrato, especialmente tú como cónyuge, porque las niñas se las tendrán que arreglar solas a partir del momento en que concluyan sus estudios y abandonen el hogar paterno.

—Vaya, qué alivio —reconoció ella, agradecida. Y enseguida añadió, cavilosa—: Lo de hacer el bien conmigo incluye también el sexo, ¿verdad?

—Querida mía, eso se da por supuesto y disfrutado. No figura en contrato porque soy un caballero y no me parece que sea asunto apropiado para poner por escrito.

—Ay, Hermo, mi vida, la verdad es que siempre estás en todo.

—Como no podía ser menos.

Pero un borrón había caído sobre el papel del trato, una incómoda huella que se mantenía escondida en su mente, a salvo de toda inspección: el destino de su hija. Dejarla dormida al cuidado de Forcas le producía la natural inquietud. El diablo no le había comentado cómo pensaba hacerlo y dónde iba a guardarla, y este fallo de estrategia por su parte, el no haberlo pactado con claridad, le torturaba; por imprevisión y por orgullo. Ya estaba aquí el primer fallo, el primer regate que el diablo le hacía. Sabiendo que no podía fiarse de él, había ido a caer en un aspecto tan importante del acuerdo sin precaución alguna. ¿Cuántas veces más no sucedería en adelante? Empezó a considerar la posibilidad de una adenda pero, no sabiendo cómo localizar a su socio, decidió esperar.

La espera finalizó esa misma tarde. Acababan de almorzar cuando una llamada de la policía les comunicó que su hija había sufrido un accidente del que había salido ilesa de milagro y se encontraba hospitalizada, pero afectada por un coma momentáneamente inexplicable para los médicos; éstos no podían hacer otra cosa que esperar y ver. Forcas se había dado prisa.

La reacción de María Ilustración fue la que cabe esperar. En menos que se tarda en pensarlo comprendió que aquél era el precio y la prenda que su marido debía pagar por su vida. Entonces, en un ataque de furia, acorraló a su marido contra la pared hasta casi ahogarlo; después, como consecuencia de un rapto de lucidez exigió que, ante la inseguridad que con su conducta le estaba creando a la familia, una parte mollar de la fortuna matrimonial la pusiera a nombre de ella; le empujó a buscar una solución que, de no parecerle satisfactoria, obligaría a Hermógenes a suicidarse para liquidar el contrato con el diablo y, como medida inmediata, le negó todo trato carnal hasta el regreso de la hija al seno de la familia. Luego recapacitó acerca del dinero y, recordando su en general oscura procedencia, retiró su demanda y se retiró ella misma a su salita de trabajo, dispuesta a consolarse.

Por primera vez en su vida adulta, Hermógenes Arbusto sintió un desagradable remordimiento, difícil de ocultar. Pensó si tendría que llevarlo encima como una carga por tratar con poderes que sobrepasaban lo humano, pero el recuerdo de todas las trapacerías coronadas con el mayor éxito dentro de su profesión había hecho costra suficiente en su conciencia aun a su pesar, por lo que pronto halló la fórmula que lo tranquilizaba ante su hija:

—Al fin y al cabo —se dijo—, ¿qué habría sido de ella de haber muerto yo?

II
El Círculo Gongorino

Tomás Beovide, de padre y madre gallegos aunque criado en Madrid a causa de su temprana orfandad, descendió las escaleras de su edificio sin que se apreciara si subía o bajaba y salió a la calle. Era miércoles y allí, en medio de la semana, plantaba sus reales el Círculo Gongorino, una institución ciudadana de ámbito cerrado que reunía a un selecto grupo de amantes de la literatura y de los libros en general. La mayoría era de la edad de Beovide, ganaban unos sueldos que iban desde el salario mínimo hasta unos desahogados dos mil euros, leían en *e-book*, escribían (los que lo hacían) en tablet y consideraban los libros impresos en papel como piezas objeto de veneración que colocaban artísticamente en baldas de madera y los acariciaban, olían y consultaban de manera periódica como quien se regala un whisky con soda al término de su jornada de trabajo.

El Círculo Gongorino había nacido y se había desarrollado a la sombra de un eminente crítico literario y profesor jubilado: don Fernando García de las Letras. Estaba formado por un conjunto de aspirantes a escritor, gacetilleros culturales, poetas a medio hacer y reseñistas de libros que se reunían los miércoles, día que mediaba la semana, para hablar de la actualidad intelectual del país. Solían reunirse al fondo de una cafetería céntrica y allí aguardaban hasta que hacía su entrada el preboste. Éste, con pasos medidos y un punto de solemnidad artrítica, atravesaba el antiguo café, que todavía mostraba su decoración *art déco*; alguno de los concurrentes le acercaba su sillón, el único resto del mobiliario de los viejos tiempos junto con unos sofás arrimados a la pared y, antes de tomar asiento, se dirigía a los concurrentes con estas palabras:

—Caballeros del Sifán...

A lo que los aludidos respondían a coro al tiempo que se levantaban de sus asientos en señal de reconocimiento:

—Poderoso señor...

Era una liturgia que repetían con fruición y que el preboste, gran aficionado al cine, había tomado de las películas de Fu Manchú. Luego todos tomaban asiento y comenzaba la tertulia.

Esa tarde se discutía, una vez más, sobre los premios literarios. Más que discutir hay que decir que se amontonaban las opiniones, si es que se podían considerar como tales los exabruptos que se cruzaban entre ellos. En principio, todo el mundo estaba de acuerdo en que se trataba de una filfa, pero mientras unos manifestaban un desdén bajo el que se ocultaba un orgullo satánico, otros se aferraban al posibilismo con tenacidad digna de mejor causa.

—Nada, no hay más que hablar, todos los premios de importancia económica están dados de antemano. ¿O es que creéis que un editor va a arriesgar un anticipo importante por un escritor desconocido? —decía uno.

Y el de al lado, o el de enfrente, o el de la esquina de la mesa respondía:

—Lo importante no es ganar el premio; lo importante es que se fijen en ti.

O bien:

—Lo importante es escribir sin pensar en otra cosa que en el logro de la suprema belleza.

O bien:

—Los premios no son más que una feria de ganado literario en la que sólo cuenta la apariencia mercantil vestida de literatura de calidad, pero la mona, aunque vestida de seda, mona se queda.

O bien:

—A tomar por culo los premios. Yo seré inmortal.

E inmediatamente detrás venían los cotilleos, los chismes, los «bolos» en perspectiva, las tetas de una poetisa, la última borrachera de un ensayista radical o quién se acostaba con quién en la corte. Era una tertulia ruidosa en la que todos los contertulios, como es habitual en España, se quitaban la palabra unos a otros sin escucharse. No siempre había quórum, pero siempre había perfidia, envidia y pavoneo. Naturalmente, no todos los asistentes respondían al mismo talante; también había jóvenes en los que, como era el caso de Beovide y de su compinche y amigo Gregorio Espínola, alias *el Plumillas*, el empeño literario surfeaba sobre el oleaje de las bajas pasiones. En todo caso, si considerados uno a uno y con benevolencia no podía decirse que se tratara de personas malvadas, inútiles o pobres de espíritu, en conjunto representaban con bastante exactitud a una juventud tan dispuesta a triunfar como poco leída, muy audiovisual y de discutible enjundia intelectual.

Don Fernando García de las Letras consiguió el respeto e incluso la reverencia de todos ellos gracias a una conferencia que pronunció en el Círculo Mercantil sobre el *Polifemo* de don Luis de Góngora. Si bien la mayoría de los jóvenes sólo conocía a Góngora de oídas, la memorable explicación de las imágenes del poema provenientes de la formación neoclásica del poeta y la no menos absorbente exposición de sus cualidades sonoras, que culminaron en el glorioso análisis fonético del verso «sordo huye el bajel a vela y remo», que describe la huida de Odiseo y sus compañeros bajo la lluvia de rocas que les arroja el gigante cegado, concluyó con un momento de ebullición del auditorio, que rompió espontáneamente el silencio sacral con que escuchaba al ponente; un aplauso cerrado, certificado y unánime de varios minutos. Ese acto y ese suceso pueden considerarse, de hecho, el momento fundacional del Círculo Gongorino.

—Me permito decirles a ustedes, mis jóvenes amigos —dijo don Fernando metiendo baza en el asunto que se dilucidaba entre los discípulos—, ahora que veo que piensan en adentrarse en la exuberante selva de los premios literarios, tan exuberante como desprovista de sentido, que no son sino espejismos que sólo conducen a la frustración y el adocenamiento. Yo tengo ya edad de haber empezado a escribir a mano, haber seguido a máquina y haber hecho modestos progresos en un ordenador; ustedes, en cambio, han nacido directamente en otra era. Escriben con sus artefactos y procuran ser breves. No dudo que de ahí saldrá un nuevo concepto de literatura y que, pese al poder expansivo de lo digital, el ciberespacio se poblará de textos literarios, tanto más banales cuantos más sean. Pero tampoco olviden que aunque esto derive en una popularización fácil y grosera de las historias narrativas e incluso de los espasmos líricos, el principio de selectividad hará que emerja algo nuevo, distinto, acaso original. ¿O es que han olvidado ustedes que el canon de la novela lo fundaron autores de literatura popular como Dickens o Balzac? Muchos progresos hemos visto desde entonces, nuevos y fantásticos hallazgos cada vez más exigentes, aventurados y elitistas; en consecuencia: ¿quién nos dice que la ciberliteratura no será una forma tan nueva como lo fue la novela y que a su vez no generará nuevas refitolerías formales? Pero nunca, ¡nunca!, debemos olvidar que la literatura, señores, es una vocación desnuda, heroica e inmarcesible. —Y dicho esto, se quedó profundamente dormido en su sillón, agotado y con expresión de beatitud.

Un coro de murmullos fue alzándose poco a poco a su alrededor a medida que el preboste comenzaba a emitir ronquidos cada vez más contundentes; sin duda la semilla arrojada por el maestro echaba raíces en aquellas juveniles mentes.

Beovide y el Plumillas se habían ido a los servicios y allí comentaban la lección recibida.

—Don Fernando está ya para los buitres —comentó el segundo—, ¿pues no dice el tío que la miniescritura acabará sustituyendo a la novela? ¡Venga, hombre!

—Don Fernando es un máquina, Plumillas, un máquina. Mal que nos pese, tiene razón en lo que dice. Yo veo un futuro en el que la ligereza será el territorio a conquistar; y la ligereza irá acompañada por la sencillez porque, como dice Maese Pedro en su retablo, toda afectación es mala.

—Tú eres un poeta y no entiendes las complejidades de la narrativa. Los poetas os movéis a golpe de inspiración. Lo nuestro es el trabajo duro, el cincel, no el golpe de luz que ilumina un sentimiento. Lo nuestro es la lucha constante.

—En la prosperidad y en la adversidad —apostilló, sarcástico, Tom interrumpiendo la micción.

—Así es la vida del verdadero escritor —respondió Gregorio con no menor sarcasmo—. Y hablando de vida, ¿me puedes prestar diez euros?

—Sólo hasta fin de mes. Maldita Crisis. Los recortes presupuestarios nos van a matar. ¿A ti cómo te ha afectado?

—¿A mí? Nada. No he notado nada. Es a lo que estoy acostumbrado; yo siempre he estado en crisis de efectivo, no he conocido otra cosa desde mi nacimiento. Soy pobre natural.

—Pues es una ventaja.

Ambos literatos sacudieron enérgicamente sus respectivas fuentes, las pusieron a buen recaudo y acudieron al lavabo a enjabonarse las manos. Aún seguían discutiendo después de arrojar las toallitas de papel a la papelera, y cuando al fin abandonaron los servicios y se adentraron de nuevo en el recinto de la cafetería se encontraron ante una escena de todo punto extraordinaria.

Una verdadera batalla campal entre dos grupos de gente se desarrollaba ante sus ojos. En realidad, todo el local estaba revuelto, pero el núcleo de combate lo formaban unas personas a las que, por su aspecto, Beovide tildó enseguida de inmigrantes y otras a las que, por sus gritos, no dudó en calificar de xenófobos. Los integrantes del Círculo Gongorino se habían puesto a resguardo bajo las mesas que ocuparan unos momentos antes, dejando a su maestro, que seguía roncando sin inmutarse, a tiro de los objetos que volaban en todas direcciones. Probablemente, los inmigrantes, procedentes de alguna manifestación reivindicativa, se habían refugiado en el local y los xenófobos los habían seguido hasta allí. En medio del tumulto se veía a dos mujeres atrapadas por la vorágine y en ellas pusieron sus ojos los dos caballeros que acababan de abandonar los servicios; sin dudarlo ni un segundo, ambos se metieron de cabeza en la pelea con la intención de rescatar a las dos bellas damas.

No siempre los resultados apetecidos acompañan a las intenciones. Sin ponerse previamente de acuerdo, los dos compinches se abrieron paso sin contemplaciones y alcanzaron su objetivo. De las dos damas, una parecía propiamente española, alta, guapa y enérgica, y la segunda propiamente inmigrante centroamericana, bajita, redonda y dulce, y parecía evidente que se encontraban dentro del tumulto por azar. Las dos luchaban con denuedo por zafarse de la encerrona en que se hallaban. El Plumillas se acercó a la inmigrante, la recogió entre sus brazos y, a fuer de recibir numerosos golpes en todo el cuerpo, la protegió con el mismo e inició un movimiento centrífugo de fuga. Tomás, en cambio, se encontraba en una situación más bien centrípeta.

Estaba a punto de alcanzar a la española y a tal efecto extendió la mano para coger la suya y extraerla del núcleo duro de la lucha con tan mala fortuna que un violento cambio de rumbo hizo que sólo alcanzara la chaqueta de la muchacha, que se quedó entre sus manos mientras ella le miraba con gesto de estupor. Tom la reconoció al instante y dudó. No podría soportar un nuevo rechazo. Pero la situación apremiaba y, sobreponiéndose al destino fatal, volvió de nuevo a la carga; la cosa se complicó porque esta vez sólo pudo sujetarla de la camisa y el resultado fue que también se quedó con ella en la mano. La española le dirigió una mirada entre furiosa y espantada y trató de protegerse tras dos tipos que peleaban agarrados el uno al otro, pero Tom entendió que ella peligraba entre ambos contendientes y trató de acercarse de nuevo para sacarla de la zona de peligro; sin embargo, sólo alcanzó a sujetarla por la cintura, por lo que logró que se le desprendiera la falda. Todo ello dificultaba cada vez más los movimientos de Beovide, que debía abrirse paso entre la multitud cargando con la ropa de la chica. La situación se volvió un tanto caótica cuando ella, cambiando el horror por la furia, se abalanzó sobre él tratando de recuperar su vestimenta. En ese momento apareció el Plumillas y Beovide le entregó el bulto de ropa para que lo pusiera a salvo, pero la española ya caía sobre su presunto salvador y sólo un brusco cambio del orden de la lucha evitó que le sacara los ojos; por el contrario, lo que ocurrió fue que ella cayó en sus brazos, él la abrazó para no perderla, el propio conflicto de fuerzas del combate general los expulsó del centro de la contienda y él, en su deseo de retener y ayudar a la chica, se aferró a sus pechos y el cierre del sujetador saltó dejándolos al descubierto, alegres y vivarachos. Beovide, desacertado, se escurría hacia el suelo a lo largo del cuerpo que pretendía por lo que se vio obligado a soltar sus pechos y echar las manos a la cintura de la chica para no caer; pero la inercia pudo más, sus dedos tropezaron con el elástico de la cintura y, continuando su descenso, le bajó los panties hasta los tobillos, lo que tuvo como resultado que cayeran al suelo de bruces cuan largos eran. Cuando el Plumillas tiraba de ambos, estrechamente unidos, para extraerlos del tumulto, la española apenas vestía unas braguitas minúsculas y su salvador se aferraba heroicamente a ella.

En principio, los dos caballeros y la dama española se retiraron con la dama inmigrante a un rincón donde cubrieron a la primera haciendo corro para que pudiera vestirse. Una vez recompuesta, la española, confundiendo al salvador de su ropa con el que la había despojado de la misma, se revolvió en busca del tal Plumillas y sólo gracias a las melosas explicaciones de la dama inmigrante consiguieron que poco a poco empezara a relajarse y, no sin alguna reticencia, accediera a agradecer el generoso comportamiento del Plumillas que, de repente, había empezado a tartajear, no se sabe si impresionado por la belleza de la mujer o por la vergüenza de la incompetencia y patosería de su compañero Beovide. En fin, fuera por lo que fuese, la realidad los había reunido a los cuatro, que aprovecharon para escapar del local y, ya en la calle, se presentaron unos a otros. Beovide, avergonzado por las recriminaciones de su compañero y su formidable torpeza, se había calado una boina hasta las orejas y unas gafas de sol temiendo ser reconocido por la española sin tiempo a explicarse. No le iba a faltar razón. La inmigrante dijo llamarse Altagracia Miamol. La española dijo llamarse Maribel Arbusto. Los dos caballeros dieron sus nombres respectivos, besaron la mano de las damas ceremoniosamente y la normalidad pareció instalarse al fin entre ellos.

Beovide estaba desolado y emocionado: ella no le había reconocido, pero al menos estaba a su lado. Maribel aún se reajustó la falda y debió de ser entonces cuando el movimiento le devolvió la lucidez: recobró la imagen de una falda arrastrada hasta los pies unos días antes en mitad de la calle, cuando acudía a una fiesta de disfraces; una especie de iluminación y recuerdo encendió sus ojos, que a punto estuvieron de salírsele de las órbitas. Miró con gesto extraviado a Tomás y, señalándole temblorosa de ira con el dedo, balbuceó:

—Tú... ¡Tú!

No tuvo tiempo de más. En el mismo momento en que apuntaba a Tomás, una maceta de regulares proporciones, en la que florecía ajeno a todo un espléndido ejemplar de geranio de flor roja, cayó sobre Maribel Arbusto, que giró sobre sí misma y se desplomó acto seguido sobre la acera.

Hermógenes Arbusto comprendió enseguida que el accidente de su hija no era tal. El señor Forcas había retirado provisionalmente a la niña de su cuenta corriente vital como prenda y de acuerdo al contrato firmado entre ambos. Alguien de los tres que se hallaban junto a ella en el momento del accidente llamó al Samur y, una vez que la instalaron en la unidad móvil, el trío la siguió en un taxi. La muchacha quedó depositada en un sanatorio de las afueras, por lo que el trayecto les salió por un pico, y allí se quedaron tratando de averiguar si había algún medio de transporte cerca para regresar al centro de la ciudad. A los pocos minutos hizo su aparición la familia Arbusto Frondoso en el Jaguar de su propiedad y con Hermógenes al volante, lo cual era raro de ver porque solía dejar la conducción en manos del chófer.

La paciente, según les fue explicado, se hallaba en coma sin que pudiera aventurarse cuándo saldría del mismo, si es que salía. Esta última observación hizo estallar en sollozos a María Ilustración, tan apenada que no pudo advertir la relativa tranquilidad con que su marido se tomaba el diagnóstico. Sólo caería en la cuenta por la noche, cuando Forcas se presentó en la casa a tomar un dry martini y no hubo más remedio que invitarlo a cenar porque, a pesar de todo, María Ilustración quería asegurar bien todos los términos del contrato. No estaba dispuesta a perder a su hija y bastante le costaba renunciar a ella durante ¿cuánto tiempo? Era evidente que el tiempo lo marcaría la vida de su esposo, y éste sintió un pellizco de intranquilidad cuando ella empezó a apretarle las tuercas a Forcas para que aventurase un límite. Las sucesivas miradas recriminatorias de su cónyuge a lo largo de la cena se fueron haciendo tan insistentes que llevaron a Hermógenes a considerar la posibilidad de contratar como catador de la comida de la casa a alguno de los parados que, desde el pinchazo de la burbuja inmobiliaria que sumió a millones de españoles en la pobreza, se agolpaban a las puertas del Instituto Nacional de Empleo. El veneno, recordó, era un arma de mujeres.

Pero todo lo que eran miradas intencionadas y malévolas sobre su cónyuge eran sonrisas y atenciones con el señor Forcas. Resultaba evidente que la señora de Arbusto estaba tejiendo planes con el fin de recuperar a su hija y ninguna consideración de orden moral iba a evitarlo; de hecho, nunca había tenido reparos morales a la hora de actuar sobre el resto de los mortales. Su único imperativo moral era la familia. Hermógenes llegó a la misma conclusión al cabo de la cena y la velada transcurrió animada hasta la hora de acostarse, momento en el que Forcas eludió con delicadeza la incitación de la señora de Arbusto a utilizar el dormitorio de invitados y se despidió con extrema cortesía.

—No deje de venir a vernos —le recordó, zalamera.

Ilustra era madre. Como madre era capaz de desplegar un ejército de emociones ante cualquier amenaza a sus retoños. En el presente caso, la situación de su hija escapaba a su control pues toda la negociación llevada a cabo por su marido sin su consentimiento no tenía vuelta atrás. Su hija se encontraba ilesa, pero en coma. Su recuperación dependía de la fecha en que Hermógenes recibiera a la Muerte. Ella era una mujer práctica y acostumbrada a quedarse con el santo y la limosna en cualquiera de las encrucijadas en que la colocara la vida y ésta era, sin duda, la más singular de cuantas la obligaran a decidir. De tal manera, su aguda inteligencia, una vez asumidos los hechos, se movía hacia un supuesto evidente: encontrar el medio de que ni el padre ni la hija tuvieran que abonar la cuenta del diablo. Como ya se ha dicho, la familia, la unidad y pervivencia de la familia, era su único imperativo moral.

Si el señor Forcas hubiera sospechado de las intenciones de la señora de Arbusto, cosa que supuso y desechó con jactancia, habría hecho algo más que establecer una discreta línea de defensa, concebida antes como alarma que como defensa propiamente dicha. Al fin y al cabo era uno de los diablos mayores; el gran presidente de los infiernos, en concreto. Ilustra se encontraba, por lo mismo, en evidente inferioridad de fuerzas, pero lejos de acobardarse o resignarse, confiaba en ella —en la inferioridad y en sí misma— para trazar sus planes. Hermógenes era un hombre decidido, un notable conocedor del Derecho, un abogado prominente y de gran respeto, y carente de escrúpulos, pero ante la Muerte se sentía desarmado e impotente. Ella, en cambio, lejos de dejarse vencer por la parálisis que genera un enemigo formidable, ya se había puesto a estudiar las posibles debilidades de su contrario. Debía de tenerlas, pues salvo Dios, que vaya una a saber por dónde andaría si ni siquiera los Arbusto eran dignos de su atención, nadie es perfecto. Ella se ocuparía de momento de hallar la línea de menor resistencia y entonces, si acaso, pero sólo entonces, recabaría la ayuda del Altísimo. A Dios rogando y con el mazo dando.

Por todo ello, no es de extrañar que recibiera tan amablemente al señor Forcas y lo invitara a frecuentar la casa cuantas veces le apeteciera. Había decidido atraerlo a la familia como a una tela de araña. Es más: empezó a maquinar esa idea y, a medida que la desplegaba en su mente, le parecía más y más interesante.

Organizaría una fiesta por todo lo alto, contando con lo más selecto de sus amistades y las de su hija Verónica —dos campos: mayores y jóvenes—, en honor del señor Forcas, para presentarlo en sociedad. Forcas era un tipo atractivo, de trato fácil y encantador, por lo que no le costaría mucho hacerse notar en sociedad. Ilustra contaba con ello. Ahora todo era cuestión de acudir a su directorio de amistades y contactos y elegir lo más selecto y elegante de él. A sus amigas las iba a dejar turulatas con el galán. La convocatoria tendría que ser un éxito rotundo y ahí, en esa tela de araña, lo atraparía.

Pero de momento se hacía necesario esperar. Su adorada Maribel apenas acababa de entrar en coma, se necesitaba tiempo para alejarse de la desgracia. Y luego pensó: «Tanto mejor, así dispondré de tiempo para bordar los detalles».

Tomás Beovide, Altagracia Miamol y Gregorio Espínola, el Plumillas, habían quedado abandonados a las puertas del exclusivo Sanatorio de Nuestra Señora del Perpetuo Asombro, conocido también como Las Zarzas por la cantidad de estas plantas que se extendían por sus alrededores formando setos impenetrables. Era un sanatorio, residencia y clínica tan exclusivo que solamente estaba comunicado con la ciudad por unas —así llamadas— camionetas de línea que pasaban cada hora y media y que transportaban sobre todo a los equipos de servicios de mañana, tarde y noche, al personal inferior y a las domésticas que debían acompañar a sus señoras. No tuvieron que preguntarse el porqué ya que a la vista estaba: allí no ingresaba nadie que no dispusiera al menos de un buen automóvil propio o una berlina con chófer, y ellos habían agotado sus últimos caudales en el taxi de ida.

La vuelta a través del pinar que rodeaba la enorme propiedad y los zarzales no fueron sino el primer obstáculo para el regreso; tras el pinar se encontraron con una extensión de matorral y maleza que hubieron de eludir siguiendo la sinuosa carretera, lo que alargó aún más la vuelta. Los intentos de hacer autostop fueron humillantes pues los escasos automóviles que pasaban por allí sólo querían transportar a Altagracia, que, solidaria, prefirió permanecer junto a los dos compinches porque, con ser quienes eran, le parecían mucho más fiables que los sátiros que se asomaban por las ventanillas de los coches. Al fin llegaron al término de la finca, donde un despectivo portero les abrió la puerta de acceso por conmiseración. Siguieron caminando y cuando llevaban unos cien metros apareció a sus espaldas el autobús de línea. Lo detuvieron plantándose en mitad de la carretera y subieron contando y recontando las últimas monedas que, afortunadamente, les dieron para pagarse el viaje gracias a un muy negociado descuento por recogerlos a medio camino.

El autobús los dejó en Moncloa y los tres se echaron a andar por el barrio de Argüelles, que conocían bien desde su época de estudiantes universitarios. Los dos compinches sacaron cincuenta euros cada uno de un cajero automático y decidieron invitar a cenar a la centroamericana mientras reconsideraban el suceso extraordinario que los había reunido. Y, dicho y hecho, continuaron caminando, esta vez con rumbo claro hacia una taberna tradicional llamada Casa Ananías.

Lo primero que Altagracia se sintió obligada a explicar es que ella no conocía de nada a Maribel, que sólo la casualidad las había juntado en el pandemónium que se organizó en la cafetería, lo cual no causó mella alguna en el interés de los otros dos porque quien había robado el corazón a Beovide era Maribel, el recuerdo de cuyo tacto aún le causaba continuas oleadas de combustión interna; y en cuanto a Espínola, que siempre estaba a la que salta, toda su atención estaba puesta ahora en Altagracia.

¿Qué sentimientos se agitan en el corazón de un hombre enamorado de una mujer que se encuentra en coma? Ni el mismo Tom Beovide lo sabía. Primero intentaron animarle con la idea de que una persona joven, vital y sana como ella no podría durar mucho en ese estado límbico, que regresaría tan de golpe como se fue, que pronto se encontraría a sí misma, dispuesta a echarse en los brazos de su salvador... Haciendo uso de la prudencia, Tom arguyó que no había sido precisamente su salvador sino, por circunstancias que él no había decidido, más bien había sido su desnudador, y esto le hacía recelar de la acogida que ella fuera a darle cuando recobrara su ser.

—Sí, no ha sido la mejor manera de entrar en contacto —admitió Espínola.

—Y luego está la familia —siguió diciendo Tom—, que me temo lo peor, porque esta gente es muy selectiva, muy excluyente.

—Hombre, no eres su candidato ideal.

—Ahora que encuentro a la mujer soñada es cuando más tengo que lamentar mi penuria y mi mala cabeza por dedicarme a la enseñanza.

—Te lo dije, te dije que te estabas labrando una vocación de pobre —replicó Espínola.

—Vale. ¿Podrías dejar de animarme?

—Si usted la ama, no afloje —aconsejó Altagracia, compadecida.

¿La amaba? Beovide se sinceró consigo mismo. La había tenido entre sus brazos toda entera, la había desnudado pieza a pieza, había recorrido su sedosa piel con sus manos de poeta, había estado a punto de sucumbir en una estampida por rescatarla de una muerte segura y la había colocado debajo de una maceta desprendida de un balcón. ¿Era eso amor? Estaba confundido. Nunca fue hombre de amores apasionados como ocurría con Espínola. A éste lo que le gustaban eran las mujeres: gordas y flacas, altas y bajas, viudas y casadas, vírgenes o promiscuas; es decir, le gustaban las mujeres por el hecho de ser mujeres. ¿Era eso amor? Lo cierto es que no tenía respuesta; ni nombre para el sentimiento que crecía dentro de él cada vez que se acordaba de Maribel. Cuando levantó la cabeza buscando respuesta o consuelo, halló al Plumillas y a Altagracia ocupados en culminar un beso sin fin. O sea que, además, solo. «¿Qué puede uno esperar de este puto mundo?», se dijo. Y dándoles la espalda se puso a contemplar el atardecer tras la arboleda.

A todo esto ya habían cenado y se encontraban en la rotonda de entrada al Parque del Oeste, sentados en la terraza del quiosco que hacía esquina con el Paseo de Rosales. El rumor de la vegetación procedente de la oscuridad arrullaba el recién nacido amor entre su amigo y la centroamericana a la vez que agudizaba su melancolía sentimental. Pensaba en Maribel, en lo a gusto que debía de encontrarse sin tener que hacer nada ni pensar en nada, sólo durmiendo y relajándose mientras él se torturaba con su ausencia. Quizá debiera ofrecerse como fisioterapeuta o masajista, o algo así, porque ella no podía permanecer tumbada eternamente, perdería masa muscular y cuando despertase su cuerpo no tendría la firmeza y la tersura que él conoció sino que parecería una muñeca de plastilina...

Desechó espantado este último pensamiento. ¿A qué delirios no es capaz de llevarnos la ausencia del ser amado? Sí, tenía que tomar una decisión, hacer algo, todo sacrificio le parecería poco con tal de sacarla a ella de aquel estado catatónico. ¿Sería eso amor? ¿Sería él un tipo tan antiguo como para perder la cabeza por un sueño? Ah, si al menos pudiera vender su alma al diablo a cambio de despertarla a ella...

Cuando el Jaguar en el que los Arbusto regresaban de Las Zarzas rebasó al trío de acompañantes de su hija marchando a pie por la carretera, nunca habría imaginado María Ilustración que dejaba atrás una solución insospechada para devolver a Maribel a la vida activa, que aquel desgalichado que comandaba al trío poseía algo por lo que Forcas hubiera negociado: un alma. Pero así de imprevisible es la vida.

De vuelta al hogar, Patro había preparado una cena de luto que ninguno probó para estar a la altura de las circunstancias, atemorizados por el adusto gesto de la matriarca. Pero como a Patro no se la daban con queso, pues los conocía de toda una vida de servidumbre, se puso de guardia en la puerta de la cocina, arrellanada en una silla de brazos y tapada con una manta ligera, y pasó la noche en un duermevela firme, tosiendo y removiéndose cada vez que escuchaba pasos descendiendo por la escalera, pasos que, al oírla, remontaban lo descendido y se perdían en el interior de sus dormitorios, pasos indecisos, irritados, frustrados, acomplejados, avergonzados y muertos de hambre. Para los habitantes de la casa fue lo que se dice una noche toledana, puntuada por las risitas como de hiena con que se refocilaba la criada cada vez que escuchaba abrirse la puerta de algún dormitorio.

A la mañana siguiente, ojerosos y maldormidos, se encontraron con una mesa de desayuno abastecida como nunca antes lo estuviera: *croissants*, tostadas, *scrambled eggs*, crujientes tiras de panceta frita, galletas caseras, jamón cocido, café, leche natada y desnatada, y tés variados. La familia, asediada por tanto disgusto de día y de noche, se abalanzó sobre todos aquellos manjares con la voracidad propia de unos lobos hambrientos. De la puerta entreabierta de la cocina escapaban unos íntimos y jubilosos gañidos de placer que ninguno de los comensales oyó, ocupados como estaban en satisfacer sus depauperados estómagos. Al fin, cuando hubieron dado buena cuenta de todo el servicio, se retiraron tambaleantes a reposar la digestión.

Patrocinio reapareció con una torva sonrisa de satisfacción y se puso a recoger la mesa canturreando un aire de zarzuela.

III
Una fiesta por todo lo alto

Las ventanas de las dos fachadas de la casa de los Arbusto estaban adornadas con primor y aparecían fantásticamente iluminadas por el fulgor de los salones encendidos; contempladas desde la calle, emitían una sensación de incandescencia en la noche sólo comparable a la animación que se producía en la amplia acera con la llegada de los invitados a la fiesta. La casa era un chalé de tres plantas en la colonia de El Viso que hacía esquina con la calle de Serrano. Se accedía al interior por una puerta de forja tras la que se extendía un grato jardinillo que enseguida conducía al visitante al pie de los tres escalones de la entrada propiamente dicha. Esa noche la puerta de la calle permanecía abierta y un portero se ocupaba de recibir a los invitados y vigilar cualquier posible intrusión. Varios *paparazzi* merodeaban a la espera de famosos y una pareja de aparcacoches trabajaba a destajo.

El chalé de los Arbusto procedía de una herencia de la familia Frondoso y había sido redecorado íntegramente por María Ilustración en un estilo que podría denominarse «revoltijo de alto precio». No era ni minimalista ni recargado, ni clásico ni moderno, ni occidental ni oriental sino una mezcla de todo. Objetos, muebles y telas estaban elegidos y colocados a capricho, intuitivamente. En realidad, y siendo un poquito críticos, la casa parecía una tienda. Pero los invitados no reparaban en aquel despropósito, salvo un polista argentino de acreditada familia que exclamó nada más alejarse de los anfitriones:

—Pero, che, ¡qué *parvenus*!

Los invitados, por su parte, nada más llegar y sin perder un minuto, se dirigían al *buffet*. Sólo después, cuando comenzara el baile y el chismorreo, comidos y recién bebidos, tendrían tiempo de despacharse a gusto. Por doquier se oían expresiones como: «¡Mi querido amigo!», «¡Espléndida fiesta!», «¡Cómo está el jamón!», «¡Justo esta mañana estaba pensando en llamarte!» o «¡Manolo, coño, qué caro te vendes!». Todo ello en términos amistosos, entusiastas a veces, acompañando el repiqueteo de los abrazos sobre las espaldas de unos y otros. La noche era espléndida; la temperatura, suave; el clima, acogedor. Madrid disfrutaba de una primavera dulce y María Ilustración había previsto sillas, mesas y una barra de bebidas también en el jardín.

Hermógenes Arbusto recibía en el vestíbulo. Era una costumbre adoptada de las películas americanas sobre falsos miembros de la realeza europea y se sentía orgulloso de reproducirlo, incluso había estado ensayando con Ilustra el besamanos a las señoras: una inclinación de cabeza y, simultáneamente, un ademán rápido y enérgico hacia arriba para llevarse la mano a los labios. La perfección era un problema de *tempo*, como bien sabía tras fijarse en las ocasiones en que coincidían con gente de noble cuna, y la verdad es que le faltaban unos segundos y una pizca de soltura más para doctorarse.

Antes de comenzar la fiesta, había salido al exterior para hacerse una idea del aspecto de la casa desde la calle y, al alzar la mirada, descubrió a la Muerte agazapada en el tejado, junto a una de las chimeneas. El encuentro visual le produjo una considerable satisfacción. Ella lo observaba con un disgusto mal contenido que contribuyó a despejar las pocas dudas que le quedaban respecto de la eficacia y fiabilidad del señor Forcas, a quien, por cierto, su mujer se había empeñado en invitar a la fiesta. Sobre la amplia acera y con las manos cogidas a la espalda, Arbusto había dado unos pasos de baile más que garbosos mientras silbaba una animada melodía muy de moda, e incluso habría hecho de buen grado cuchufletas a la Muerte si no fuera porque se lo impedía la prudencia.

Los automóviles continuaban llegando a la puerta. Las berlinas negras de grandes marcas se distinguían enseguida, además de por su inconfundible aspecto, por la ligereza con que los chóferes acudían prestos a abrir la puerta trasera gorra en mano: de allí emergía siempre y trabajosamente una repintada señora mientras que por la otra salía con gesto ágil, casi saludando, el preboste o el millonario correspondiente. A veces no se trataba de una dama de campanillas sino de un bombón estiloso, cuya agilidad y largas piernas hacían resaltar, en amargo contraste, lo caduco del porte del marido entrado en la cincuentena por mucho que éste, nada más echar pie a tierra, recobrase apenas la compostura, rodeara el coche, la tomara del brazo y se pavonease a su lado confiando en la envidia de los demás. Hermógenes mantuvo su posición de anfitrión hasta el momento en que, con todo el mundo ya dentro, se anunció la llegada de las autoridades.

En primer lugar hizo su entrada el ministro de Administración Intelectual acompañado por su jefa de Gabinete. Fue una entrada espectacular, la más comentada de la noche. Él vestía un frac de buen corte y ella falda corta volandera sobre un *body* ricamente bordado. La pareja se adentró en el salón, donde obsequiaron a la concurrencia con un *pas de deux* con los tiempos perfectamente marcados: *entrée*, adagio, variación femenina, variación masculina y coda. Fueron muy aplaudidos por los invitados.

Después fueron llegando el jefe de la Fuerza Disuasoria; el preboste general de la Banca; el de la Patronal; la exdiputada Rosa Espinosa, recientemente nombrada presidenta de un *holding* de hidrocarburos de peso mundial; un ramillete de parlamentarios, y el cantamañanas y portavoz del Partido Conservador Luis Lajodiste, conocido en el hemiciclo como *Pittbull* por su propensión al diálogo. Por último, *last but not least,* hizo su aparición, muy favorablemente comentada, el capo de la Iglesia española, monseñor Lacón y Grelos, acompañado por su *consigliere*, un joven y sibilino sacerdote de finas maneras. Hermógenes salió hasta la acera de la calle a intercambiar con todos ellos sonoras y repetidas palmadas en la espalda para admiración de los peatones, gente vulgar que, a su paso por delante de la casa de los Arbusto, habían sido atraídos a las luminarias como polillas. María Ilustración le había instado en varias ocasiones a que invitase también a algún destacado representante del Partido Centroizquierdista, pero Hermógenes no estaba aún preparado para ofrecer canapés y *champagne* a los rojos.

—Pero, Hermo, que ahora están civilizados. Recuerda aquello de «no digas nunca de este agua no beberé».

—Sí, mujer, tendrás razón, pero yo no me encuentro a gusto con ellos. Me parecen tan ordinarios... Negocios, sí; acuerdos, también; pero compadreo en una fiesta con mi whisky, ni hablar. Por cierto, ¿has visto qué éxito, qué espectáculo?

Y a fe que lo era. Al menos cien invitados se encontraban en el interior del chalé desperdigados por los salones y saloncitos de la planta baja. Las conversaciones competían con las risas, las voces agudas con las graves, los modelitos de las señoras con los modelitos de las señoras, las sonrisas con el rencor, la rabia con la envidia, el odio con el comedimiento, los elogios con la desmesura... todo era un vaivén continuo de saludos y reconocimientos entre copa y copa, y los camareros se las veían y se las deseaban para llegar incólumes con sus bandejas a los puntos de distribución de viandas que tenían asignados. No había piedad, la gente se tiraba en plancha sobre los canapés y menudeaban los codazos bajo el aire de exquisita cortesía. Las lámparas reproducían el brillo de las burbujas de *champagne*. Todo el conjunto se desplazaba como un *ballet* partido en dos: lo que sucedía del tutú para arriba y lo que sucedía del tutú para abajo. El optimismo saltaba de copa en copa, reinaba la alegría, los escotes competían con las joyas y destellaban las sonrisas de las bellas.

Entre los espectadores de la calle se encontraban Tomás Beovide y Gregorio Espínola, siguiendo el acontecimiento con desdeñoso interés.

—Ahí tienes el mundo de tu amada —dijo Gregorio, sarcástico—. Empieza a ahorrar.

Beovide se encogió de hombros.

—Tiene gracia oír hablar de amores y amadas a un picaflor como tú, macho. Conocer ese mundo interesa cuando es un deber intelectual, analítico; y si he de atravesarlo para alcanzar a mi princesa, que es la que mola, lo haré, no te quepa duda, aun en contra de mis principios, por un bien mayor —respondió al fin—. ¿Es la pasión objeto de la prudencia? ¿Es la diferencia de clase barrera o acicate para el amor que pretende ser correspondido? Aléjate, infeliz, ve a refocilarte con esas pilinguis de cuyos labios recibes el licor venéreo y déjame a solas con mi destino.

—Pilingui lo será su madre, pendejo —intervino Altagracia arrimándose todavía más al Plumillas, que tenía la mano posada en su abundante trasero. Estaba ciertamente molesta por la alusión de Beovide.

—No lo decía por ti, niña picajosa, sino refiriéndome a la vida de este crápula —contestó Tom con distante dignidad—. Entregarse a él es como echar margaritas a los cerdos.

—Oink, oink —dijo el otro.

Una música escapaba por las ventanas abiertas, haciéndose hueco entre el oleaje de las conversaciones.

Volaré, oh, oh
Cantaré, oh, oh, oh, oh...

Altagracia y el Plumillas, estrechando sus cuerpos hasta cortarse la respiración, comenzaron a moverse por la acera al son de la melodía.

Nel blu dipinto di blu...

Beovide pensó en la muchacha dormida y se estremeció de emoción. Esperaría cuanto fuera necesario, haría cuanto estuviese en su mano y en su voluntad para merecerla. Y si la ciencia médica no era capaz de volverla en sí y se daba por vencida, él se ocuparía de despertarla. Ninguna fuerza de la naturaleza podría impedírselo porque ¿acaso hay en la naturaleza una fuerza más poderosa que el beso apasionado entre dos amantes?

La fiesta no decaía. Era todo animación y bullicio. La orquestina se lanzó a tocar un pasodoble para caldear el ambiente. Los invitados más animosos salieron a la pista dispuestos a darlo todo y entraron en un cuerpo a cuerpo que apenas tardó unos segundos en enardecer a la concurrencia. Se bailaba con ganas, arrimados los unos a las otras. Un conocido empresario del antiguo régimen, noctámbulo y juerguista, atrapó a la vocalista entre sus brazos y se marcó una exhibición que estuvo a punto de provocarle una angina de pecho. Cuando regresó junto a sus compañeros, jadeando enrojecido, comentó con las escasas fuerzas que le quedaban:

—¡Es una tigresa!

El señor Forcas se encontraba de lo más a gusto en la recepción ofrecida por María Ilustración Frondoso. Mientras bailaba salsa con una cuarentona que agitaba las perlas de su cuello con el mismo desparpajo con que aceptaba el progresivo deslizamiento de su palabra de honor justo hasta el límite de la decencia, pensaba en las diferencias que, pese a todo, existían entre la tierra y el averno. La alegre inconsecuencia con que los invitados de los Arbusto se agitaban a medida que el alcohol hacía su efecto estaba cargada de promesas de adulterio bien disimuladas por los límites del decoro y la exhibición pública; bajo el mar de cuerpos el morbo merodeaba encandilado entre las rodillas de los bailarines, el deseo se multiplicaba, la noche se abría de piernas. Forcas, que era tan susceptible a los encantos femeninos como cualquier galán, sabía muy bien que la curiosidad que despertaba su presencia era una baza de primera y se sentía como un embajador soviético en la época de la Guerra Fría haciendo vida social en el fascinante esplendor del mundo capitalista.

En el infierno no había diablesas. Si acaso, entre los ángeles que siguieron al Caído, había algún que otro mariquita, pero nada de diablesas. Las diablesas sólo estaban en la mente calenturienta de todos los diablos menores por aproximación a las condenadas, a las que no podían tocar, pues su misión era hacerlas penar por toda la eternidad; una penitencia que incluso a ellos mismos les parecía excesiva, pero que les impedía confraternizar. Esto era así por designio divino, lo que consideraban una intromisión en sus asuntos internos y lo llevaban fatal. Por eso se apreciaban tanto las escapadas a la tierra, que sólo los diablos más distinguidos podían permitirse llevar a cabo sin una misión concreta que las justificase.

María Ilustración estaba en todo momento pendiente de su invitado de honor, lo presentaba y lo representaba, bien a los hombres prominentes de la escala social, bien a sus parejas. Forcas gustaba a hombres y mujeres. A los primeros los seducía con su buen humor y sus conocimientos de los mercados financieros, de la política internacional y del deporte en general; a las segundas, las encandilaba con su mirada irresistible. Al cabo de una hora estaba en boca de todos.

María Ilustración maquinaba. Como madre, estaba dispuesta a hacer todo lo que estuviera en su mano para liberar a su hija del acuerdo en el que imprudentemente la había incluido su padre. ¿Qué no está dispuesta a hacer una madre por alejar a su hija de todo peligro, de toda infelicidad? A ella no se le había escapado la atracción que ejercía sobre Forcas; de hecho, la estaba comprobando al presentarlo a las bellas mujeres de la fiesta y el resultado le parecía satisfactorio. Su gancho resistía bien las comparaciones que ella misma provocaba. De momento, no veía otra puerta abierta.

La puerta que se abrió en aquel momento fue la de su casa para dar paso a otro invitado que inmediatamente ocasionó un considerable revuelo y una mueca de fastidio apenas reprimida a la señora de la casa, que veía en peligro el liderazgo ejercido hasta ese momento por su invitado personal. Hermógenes acudió presuroso a la puerta para recibirlo y todos los que no estaban ya colocados percibieron la deferencia. El recién llegado mostraba un porte señorial, de casta; por su aspecto se diría perteneciente a alguna de las grandes familias centroeuropeas, y así era. Un esmoquin impecable, dos condecoraciones muy vistosas, una acompañante —presumiblemente su esposa— con un espectacular collar de diamantes y unos pendientes a juego, muy alta —ambos eran muy altos— y aún más altiva, con el pelo recogido en un elegante moño imperial... En fin, que hicieron una entrada espectacular, coreada con aplausos por los mirones del exterior y acogida con un murmullo de admiración por la concurrencia del interior. De hecho, el *crooner* de la orquestina de baile que animaba la velada había detenido la música con unos enérgicos golpes en la tapa del piano creando un vacío expectante que satisfizo plenamente a los recién llegados; él, sonriente y encantador y ella, tiesa como un palo.

—Querida Ilustra, estimados amigos, tengo el honor de presentarles a ustedes a los príncipes Bokoroco.

Entre la gente que se agolpaba a la puerta del chalé de los Arbusto se encontraban, como se ha dicho, Tomás Beovide y Gregorio Espínola. El primero cavilaba el modo de entrar en contacto con la familia Arbusto y el segundo empezaba a hacer grandes progresos con la joven inmigrante que estaba a su lado alargando el cuello para no perder detalle del espectáculo.

—Una limosnita, por el amor de Dios.

Tomás se volvió hacia el mendigo implorante.

—Vaya ojo que tienes, tío. Mira a quién has ido a pedir. ¿Por qué no entras ahí dentro, que es donde está el dinero?

—Yo bien quisiera, pero me impiden el paso por mi indumentaria.

—Pues ve por la puerta de servicio.

—Por ahí es por donde me han impedido el paso.

—Jo, macho, lo tienes crudo —intervino el Plumillas—. ¿Por qué no te adecentas un poco para ocasiones como ésta?

—Porque soy un mendigo. El mendigo Martínez, para servir a ustedes.

—Madre mía, qué pordiosero tan antiguo —comentó Gregorio, y se volvió hacia la joven que seguía a su lado.

Beovide pensaba: «Que no me vea yo así el día de mañana, con el paro que tenemos». Y no le faltaba razón, porque el país estaba en caída libre. Le habían congelado el sueldo, le amenazaban —a él y a sus colegas— con dejarlo sin paga extra, le advertían que había mucha gente soñando con un puesto como el suyo y esperando; estaba en comisión de servicio con un pie dentro y el otro fuera de Madrid; había roto con su novia y soportaba individualmente un amor imposible con la hija del dueño de la casa ante la que se encontraba. Era una situación como para entregarse a la desesperación, primer paso para acabar en la mendicidad.

Pero no iba a rendirse. A sus treinta años estaba en la flor de la vida, en ese estadio en que la máquina del cuerpo se encuentra en su momento óptimo, delante del cual sólo queda la lenta pero implacable decadencia. Por eso tenía que rescatar a Maribel, necesitaba estar junto a ella, insuflarle toda la vida, el ánimo y la esperanza necesarias para que se pusiera en pie, lo reconociera como a su salvador y le hiciera olvidar el desafortunado encuentro en el que acabó casi desnuda y noqueada por una maceta de geranios. Mal podía él suponer que aquel encuentro no fue fruto de la casualidad, sino una treta del diablo para asegurar el pago de la deuda establecida con Hermógenes Arbusto.

Poco a poco el pueblo llano congregado ante la casa se fue disolviendo al ver que no aparecía ningún invitado más. La puerta de forja de la calle se cerró y el servicio de seguridad se fue a echar un pitillo en el jardín. Afuera sólo quedaron los chóferes, haciendo corro o dentro de la berlina, atentos a la salida de sus señores. Al poco rato apareció en el jardín una doncella con una bandeja surtida de canapés para los de seguridad, pero se abrió la puerta de la calle y la bandeja pasó a manos de los chóferes, que la recibieron con júbilo. La doncella entró y volvió a salir con otra bandeja, seguida esta vez por un camarero con refrescos. El mendigo Martínez se adentró audazmente en el jardín en el momento en que María Ilustración salía al exterior para confortar a seguratas y chóferes, actitud ésta que la había hecho muy popular entre ellos. Por regla general, nadie solía tener estos detalles, pero María Ilustración era una mujer activa y lista y sabía ganarse a la gente de todas las clases sociales. Siguiéndola a ella, salió también al jardín el señor Forcas.

En ese momento uno de los guardas detuvo al mendigo, que iba lanzado hacia la segunda bandeja, con muy malos modos; el pobre hombre se acoquinó y encogió, y a punto estaba de echarse al suelo y ofrecer el trasero para ser pateado cuando la serena y firme voz de Ilustra se expandió por el aire de la noche con toda nitidez:

—¡Martínez! —exclamó.

—¡Señora! —contestó éste—. Tenga la bondad de socorrerme, que estoy desfallecido.

—Pero ¡hombre de Dios! ¡Cómo me viene en ese estado y con esas pintas!

—Más vale de pedir que de robar —gimió el hombre.

Los *paparazzi* y los chóferes se arremolinaron, empujados unos porque tras lo extravagante del encuentro venteaban la noticia y los otros por no perderse canapé y atisbar más a gusto el suceso. En ese instante y ante esa escena, un golpe de audacia irreflexiva, que son los que producen los más sorprendentes o extraordinarios efectos, impulsó a Beovide, que se abrió paso entre todos los circunstantes y llegó hasta la misma figura de la señora de la casa.

—Lo he encontrado yo, señora, apenas si podía tenerse en pie, pero murmuraba su nombre como si fuera su ancla de salvación.

Ilustra le miró atentamente.

—¿Y usted quién es?

—Tomás Beovide, profesor de Literatura y amigo de su hija.

—¿Amigo de Maribel? Oh, qué encanto, qué casualidad. Pero pase, pase usted. —Y añadió, dirigiéndose a la doncella y al camarero y señalando a la concurrencia exterior—: Que no les falte de nada. Y usted... ¿Tomás?, ¿sí?, venga conmigo, que tenemos mucho que hablar. ¡Mi niña querida! —suspiró—. Cómo la echo de menos.

Forcas observaba a Tomás con indisimulada curiosidad.

Tomás siguió a Ilustra al interior de la casa. Al hacer acto de presencia en el salón principal, muchas miradas se volvieron hacia ellos. Beovide sintió un ramalazo de angustia al sentirse observado de aquel modo. No iba vestido adecuadamente. Es más: iba vestido muy inadecuadamente. De hecho sentía como si estuviera desnudo entre tanto esmoquin y traje largo. En cuanto tuvo oportunidad se refugió en un rincón, cabizbajo, hasta que, al cabo de unos minutos, se atrevió a alzar la cabeza y mirar a la concurrencia, que ya le había olvidado.

Continuaban charlando y bailando. La desenvoltura con que ejecutaban ambos actos le fascinó; evidentemente, se hallaba en un centro de poder: olía a poder, a sastrería a medida, a joyería estelar y a reloj extraplano, a *coach* personal y a palos de golf, a zapatos de piel de potro y a Manolos, a pieles de seda y a rasurados lustrosos. Toda la escena irradiaba tal magnetismo que Beovide no podía apartar sus ojos de tanto esplendor personal. A pesar de ello, poco a poco fue volviendo en sí, reconociéndose a sí mismo, preguntándose qué hacía allí. Entonces la imagen de Maribel Arbusto regresó a primera fila en su mente, seguida de una inquietante confirmación: ella era una de ellos. De nueva generación, mas una de ellos. ¿Sería capaz de asaltar ese castillo? Pero ya estaba dentro, aunque tratando de hacerse invisible en un rincón. Apelando a la fantasía que le era tan cara, le habría gustado sentirse como un nuevo *Scaramouche*.

Una segunda mirada, sin embargo, cambió la imagen del brillo al mate. Sí, todos aquellos personajes representaban a un círculo de poder en mayor o menor grado y tenía que reconocer que era la primera vez que los veía de cerca, juntos y en su salsa. Pero ahora ya no le parecían tan imponentes. Hasta ese mismo momento, sólo los había visto de lejos y en la prensa o la televisión, y los había venido considerando como un todo al que juzgaba globalmente como grupo social; ahora, en cambio, podía distinguirlos uno a uno y lo cierto es que se advertían diferencias, incluso parecía gente amable, que aun no conociéndole le sonreían al pasar y tenían la delicadeza de no hacerle notar que no iba vestido a tono con el acontecimiento.

Era la gente de la abundancia, del lujo, de la ingeniería financiera, de las comisiones, de las costumbres cosmopolitas, los que sabían pisar un hotel de cinco estrellas como si fuera de su propiedad, los artistas del blanqueo y la evasión, los influyentes ejecutivos de empresas con vocación multinacional... En fin: el enemigo. Y para su sorpresa, estaba descubriendo que eran unos enemigos encantadores, simpáticos, acogedores e incluso campechanos. Era evidente que, mientras tuvieras el carné de acceso, te consideraban uno de los suyos, y el carné de Tomás Beovide en aquella casa era María Ilustración de Arbusto. Un mundo nuevo se le había revelado y lo más llamativo era descubrir que se encontraba perfectamente a gusto entre ellos; que, una vez perdido el temor reverencial que le inspiraban (porque así era: a pesar de todas las invectivas que les dirigiera desde el exterior, en el fondo le inspiraban una forma de temor o, mejor dicho, de inferioridad, en cuanto se acercaba a los aledaños de su territorio), se encontraba entre seres humanos sujetos a las mismas pasiones, deseos y necesidades; que eran simpáticos y tenían conversación, por más superficial o anecdótica que fuera; que se habían dejado los colmillos a la entrada porque entre lobos no se atacan excepto cuando hay que luchar por la presa, y ahora estaban todos bien comidos y divertidos; en otras palabras: en cuanto entrabas en contacto olvidabas tus reivindicaciones como si te hubieran ofrecido (y tú aceptado) un bebedizo.

Los puntos fuertes de la fiesta eran los príncipes Bokoroco y el señor Forcas. Los príncipes eran descendientes de una relativamente joven dinastía establecida a mediados del siglo XIX en un territorio ya desaparecido entre las fauces de Rusia, luego Unión Soviética, y del que no quedaban trazos distintivos en el siglo XXI. Lo único que quedaba, y a buen recaudo, era la fortuna que el padre del actual príncipe sacó del pequeño principado con el encargo de proteger a cuanto ciudadano lo necesitase y estar al quite en cuanto el principado pudiera recuperarse como entidad independiente, lo que nunca ocurrió. El príncipe invirtió estratégicamente el tesoro consiguiendo pingües beneficios que fueron a parar a su bolsillo, y sostuvo que el capital estaba a disposición de su modesto país siempre y cuando recobrara la independencia y él el trono. El hoy príncipe Bokoroco disponía, pues, de una considerable fortuna amasada con los beneficios del capital recibido y vivía saltando de casa en casa propia por el mundo entero: Buenos Aires, Nueva York, Londres, París, Viena, Knokke-le-Zoute, la Toscana, Mallorca y Madrid. Hermógenes Arbusto se encargaba de sus intereses en España con tanto éxito que había conseguido que la última declaración a Hacienda le saliera a devolver. Ésta era la razón última de la fiesta: celebraba la presentación en la sociedad madrileña de los príncipes y alardeaba de sus infalibles recursos como abogado fiscalista. En otras palabras: se hallaba en la cumbre.

El señor Forcas, en cambio, lo que había conquistado era el corazón de las mujeres, que se turnaban por bailar con él, disfrutar de su conversación y recibir sus gentilezas. De hecho, la princesa Bokoroco, tan erguida y distante, bailaba entre sus brazos con el rostro encendido de placer. Todo lo encantador de su trato no acababa de casar bien con ese punto excedido de clase que se desprendía de su atuendo, el de quien, deseando estar impecable, se pasa de punto. La verdad era que Forcas venía a la tierra por temporadas y por eso mismo nunca terminaba de estar *á la page*. Pero esta pequeña censura se difuminaba en la distancia corta, ésa en la que la personalidad es más fuerte que los detalles.

En torno a Hermógenes y el príncipe se había formado un corro de hombres de negocios y de políticos, o de negocios políticos quizá, que conversaban animadamente. Su alcurnia financiera se dejaba notar en el filo azulado de sus mandíbulas perfectamente rasuradas, como el reflejo lateral del tiburón que centellea al percatarse de la cercanía de una presa. Beovide habría dado cualquier cosa por entremeterse y escuchar, pero no tuvo arrestos. Una cosa era haber conseguido intercambiar algunas palabras de cortesía con algunos invitados y lograr que los camareros le concedieran fe de vida y le acercaran las bandejas, y otra muy distinta participar del club más selecto. Se moría de ganas por saber de qué hablaban; se lo impedían el temor reverencial y la conciencia clara de estar fuera de sitio.

María Ilustración de Arbusto vino en su socorro. Conmovida por el interés que Tom había mostrado hacia Maribel, lo había tomado bajo su protección. Esta vez, sin embargo, en lugar de presentarle a alguna de las muchas figuras prominentes que abundaban en la fiesta, se lo llevó aparte.

—Voy a pedirte que vayas a visitar de vez en cuando a Maribel. Esto del coma no se sabe cómo es ni por qué desaparece de repente. Yo estoy convencida de que tiene que ver con el deseo de vivir y, como tú fuiste el último que la vio consciente, es posible que ella sea capaz de sentirlo en su estado y que algo empiece a moverse en el interior de su inconsciencia. ¿Me prometes que lo harás?

Tom visualizó las dificultades de acceso al hospital, abrumado.

—Ah, no, no te preocupes; ella descansa, por si no lo sabes, en la residencia de la clínica Las Zarzas y, por supuesto, cada vez que vayas a verla, una vez por semana, si te parece bien, mi chófer te lleva y te trae. Tú te quedas un rato, el día de la semana que elijas, junto a ella. Quisiera decirte que te compensaré, pero no puedo porque estas cosas hay que hacerlas de corazón.

—*Gratis et amore* —sentenció Tom.

—Pero si un día sale... el día que salga... el día que despierte y se levante... —dijo Ilustra, y se cortó, emocionada.

Tomás Beovide no era capaz de dejar llorar a una mujer y la abrazó caballerosamente. Como el abrazo continuara, no sin cierta complacencia, ambos comprendieron cada uno a su manera que la situación no podía dilatarse; en consecuencia, se separaron entre sonrisas con un punto de naturalidad fingida y un cierto sofoco que llamó la atención a más de uno.

Dos horas más tarde la fiesta prácticamente había concluido y Beovide se encontró en la calle, solo, sin transporte. De su compañero no había traza alguna y, resignado, echó a andar en dirección a su casa.

Cuando llegara el momento besaría a la muchacha para despertarla, repararía la injuria sufrida y partiría con ella al reino feliz. Aún resonaban en sus oídos las palabras de despedida de María Ilustración:

—Tomás, querido, tú serás su caballero blanco.

IV
Prosigue Beovide

Beovide circulaba por las calles de la noche como un gato solitario: a trote ligero, cargado de hombros, pegado a las fachadas. Apenas se veían peatones en la zona y los automóviles escaseaban. Le aguardaba un largo camino por recorrer de vuelta a su casa. De pronto, se detuvo en mitad de la acera; parecía indeciso, como si quisiera recordar algo, pero no era así: meditaba con la cabeza hundida entre los hombros. Al cabo de un minuto volvió sobre sus pasos y cambió de dirección.

Pronto se adentró, tras cruzar la plaza de Cataluña, en una red de calles estrechas en bajada. Estaban flanqueadas por edificios de ladrillo visto o fachada pintada, de no más de cinco pisos y modesta construcción, más sucios que deteriorados, con los breves balcones atiborrados de tablas de planchar, bicicletas, armarios de cocina, calentadores de gas, antenas de televisión, escaleras de mano y molinillos y cedés colgantes para ahuyentar a las palomas. De cuando en cuando asomaban unos geranios sin mucha convicción. Las calles, amén de estrechas, eran sinuosas y estaban desiertas. La luz de las farolas les daban un aspecto fantasmagórico porque entre foco y foco había trechos de sombra. Las calles estaban sucias, sin duda esperando a los barrenderos que hacían su ronda avanzada la madrugada. Tomás caminaba con paso decidido, señal de que sabía adónde se dirigía. Los contenedores rebosaban y junto a ellos reposaban algún colchón viejo, sillas desvencijadas, cajones, maletas rotas y otros objetos inútiles. A veces se escuchaban pasos resonando en el silencio de la noche, pero desaparecían sin que llegara a dejarse ver el causante.

Las calles se hacían más intrincadas. Beovide caminaba hacia su objetivo con la tenacidad de un gallego que busca llegar a puerto y abrazar a los suyos, sin desviarse y sin titubear. Sin ambigüedad y sin fatalidad. Entonces se acordó de un chiste de gallegos: un tipo que caminaba por el monte se encuentra a doscientos gallegos lamentándose de su desgracia. Les pregunta por ella y le contestan que les salieron al paso dos bandoleros y los obligaron a entregarles todo lo de valor que llevaban consigo. El hombre les reprende: «¿Cómo es que se dejaron desvalijar por sólo dos hombres?». Y ellos contestan: «¿Y qué íbamos a hacer si estábamos solos?». Beovide rió entre dientes.

Dobló otra calle. Al final de la misma se ofrecía a la vista una especie de descampado, un hueco sin edificios que daba fin a la calle. A medida que avanzaba tuvo la sensación de que se dirigía a ninguna parte, a un lugar muerto, una suerte de espacio de hierba agostada salpicada de desperdicios. Dobló la esquina. La calle continuaba por su izquierda, jalonada de edificios de poca altura. La acera de la derecha corría por el límite del descampado hasta un galpón que presentaba la mayoría de los cristales de sus ventanas rotos. Él avanzó por la acera medio levantada de la izquierda, procurando no tropezar, hasta que se detuvo ante otro edificio con aspecto de almacén, al que seguían al menos dos semejantes, pues no eran casas de vecindad sino construcciones de los tiempos en que el barrio estaría a las afueras de Madrid, pero que el paso del tiempo había integrado aunque no supieran qué hacer con ellos. El edificio ante el que Beovide se había detenido tenía una puerta historiada y dos pisos de ventanas enteras sobre ella. A un lado había otra puerta, que habría parecido de servicio si no fuese porque compartía fachada con la principal; posiblemente fue en su día una entrada independiente a las oficinas. En todo caso, así como la primera invitaba a entrar a hipotéticos clientes y proveedores, la segunda sugería un cuchitril donde se sentarían bajo la luz eléctrica chupatintas con manguito y calculadora. Estaba entreabierta y por la abertura emanaba una luz pobre, pero llamativa en medio de las sombras de la noche por las que se perdía la calle. Una farola alumbraba la entrada. Sobre el dintel podía leerse el indicativo del local en mayúsculas, algo borrosas por la intemperie:

BAR DAS ALMAS PERDIDAS

Beovide, tras exhalar un hondo suspiro, empujó cuidadosamente la puerta y se adentró en el tugurio.

El recinto del bar era una especie de rectángulo en el que se apiñaban los noctámbulos más cutres de la capital, gente de mala vida diurna que aprovechaba la noche para dar lo mejor de sí misma. El concepto abarcaba desde intelectuales de saldo hasta señoritos crápulas, desde músicos jubilados hasta prostitutas ocultas bajo una terrible capa de maquillaje, desde bohemios alcoholizados hasta marinos varados, exboxeadores y algún despojo de la farándula. Una fauna que había hecho de aquel lugar su último reducto, la pared contra la que ya no podían retroceder más.

Tom se abrió paso entre el público y el humo que abarrotaban el local. La fuerza pública no osaría poner un pie en el bar para exigir el cumplimiento de la ley antitabaco; estaba en un lugar terminal, al pie de la autovía de circunvalación, protegido por una suerte de vertedero de cascote y material de derribo tras el cual se asentaba la nada. Los edificios de viviendas de quince pisos quedaban atrás, con sus zonas ajardinadas y sus piscinas y sus calles limpias e iluminadas. En realidad, el bar era como un cubículo perdido entre un puñado de almacenes apoyados cada uno en el de al lado, chatarra y basura. Era, dígase pronto, un feo grano en el culo del barrio.

Tomás se adentró en el ambiente recargado y espeso del bar y tomó acomodo en la barra, situada a la izquierda de la entrada. Todo el mundo hablaba y fumaba a la vez; dos parejas se balanceaban al son de una lenta melodía que sólo ellos eran capaces de oír. El camarero, de brazos tatuados, le preguntó bruscamente qué deseaba tomar y Tomás, cogido por sorpresa, sugirió un whisky con soda.

—Con soda —renegó el camarero—. Será maricón el tío...

Cuando recordó que allí el alcohol que se servía era de garrafón, inyectado en botellas de primeras marcas, ya era demasiado tarde para rectificar; con discreción y maneras de veterano para no llamar la atención apartó la copa a un lado y se dispuso a observar la galería de personajes que exhibía el local, pero en el mismo instante en que se giraba para apoyar la espalda en la barra, su mirada se cruzó con la de su vecino.

—¿Qué tal, amigo, frecuenta usted este bar? No recuerdo haberle visto por aquí antes.

—Tampoco yo a usted —respondió algo amoscado Tomás.

—Eh, amigo, vaya carácter. Era sólo una pregunta.

—Vale. ¿Le apetece un whisky con soda? —ofreció recordando su copa intacta.

—Hombre, eso ni se pregunta. Venga acá esa copa.

Tomás se la puso urgentemente en la mano, antes de que el camarero advirtiese la maniobra. Enseguida aprovechó para pedir una cerveza.

—Pues sí —decía el otro—, yo vengo a menudo a cerrar la noche porque es tan acogedor y fiable como una cueva de contrabandistas. Siempre que uno sea también contrabandista, ja, ja.

—¿A qué se dedica usted?

—Busco gente. Gente que en vez de tener su dinero languideciendo al uno y pico por ciento, esté dispuesta a invertir con beneficios que alcanzan hasta el veinte.

—O sea, que es usted un estafador.

—Pero ¡qué dice, hombre! Yo soy un asesor, un asesor de inversiones, amigo. Uno de los mejores, si no el mejor. Yo desplumo a mis clientes, de acuerdo, pero a cambio les hago sentir el vértigo de la pérdida, una emoción que no volverán a tener en sus tristes vidas. Como la que sienten, también, al recoger su primer veinte por ciento en dinero contante y sonante, antes de precipitarse al abismo. Sí, me entregan sus ahorros y yo los hago participar en un Fondo de Inversiones de máximo riesgo. Por supuesto, para afrontar el riesgo me quedo legalmente con una parte de esos ahorros como garantía —dijo regodeándose en su labia.

—Será como botín... —comentó Tomás mientras se apartaba un poco para observar a su interlocutor. Tenía un parche en el ojo izquierdo, pata de palo y un pañuelo de lunares anudado a la cabeza.

—Yo empujo el dinero hacia el Fondo X o Z, cuyas cláusulas irrevocables e inapelables en letra pequeña son las que utilizan los ópticos para medir la hipermetropía de sus clientes, y de ahí salen mis buenas ganancias, que van para mi cuenta en las islas Caimán.

La música de Los Van Van animó un tanto el bailongo:

Caimán, caimán,
caimán no come caimán...

—No pretenderá usted...

—¡Amigo! ¿Por quién me toma? Yo soy un profesional —alardeó el pirata—, y por eso sé que no tiene usted un duro que rascar. —Volvía a tener el aspecto de ejecutivo trajeado; la visión anterior debió de ser un espejismo debido a los efectos del alcohol.

—Pues sí que tiene usted buen ojo.

—¡A ver! ¿Hace otra copichuela?

—Hace.

Tomás se sentía tan desamparado que ni acudiendo a las imágenes de Maribel Arbusto y Julie London juntas lograba detener los escalofríos de soledad y precariedad que lo recorrían por dentro. ¿Qué hacía él allí entre delincuentes, borrachuzos y noctívagos en vez de estar en su casa durmiendo tranquilo? Pues justamente eso: evitar la vuelta a un piso tan solitario y desamparado como él mismo. Lo comprendió al atizarse la copa antes de recordar el veneno que contenía y se sintió aún peor, directamente estúpido, carente de voluntad, vencido. Todos los años dedicados a la enseñanza y a la poesía se le venían encima como un desprendimiento de ideales cayendo ladera abajo mientras él corría delante despavorido, como Buster Keaton en aquella película, *Siete ocasiones*, que le hizo reír hasta saltársele las lágrimas.

Así se veía ahora, cosas del destino y de su mala cabeza. Había despreciado el dinero, había despreciado el éxito, había despreciado el amor, había despreciado su salud, había despreciado a los Rolling Stones... ¿qué le quedaba ahora? Nada, nada de nada: un par de amigos, muchos libros y Julie London cantando «Basin street blues» o «A taste of honey». ¡Maldito imbécil! ¡Treinta años y la vida tirada por ideales tan falsos como los fondos que vendía el tipo que tenía al lado!

Entonces se le vinieron a la memoria, sin razón aparente pero con razón subyacente, unos versos del primer español al que de manera incomprensible se le concedió el premio Nobel, don José de Echegaray:

Crezco y crezco colosal,
y miro por ley fatal
a mis pies el mundo entero,
que es el moderno banquero
el nuevo señor feudal.

—¡Hasta Echegaray tenía más pesquis poético que yo! —exclamó, desesperado.

Beovide había descubierto el Bar das Almas Perdidas por esa capacidad que tienen dos gallegos de reconocerse en cualquier lugar del planeta, así se hallen en el desierto de Gobi o en la Antártida. En realidad, él era un gallego recriado en Madrid, pero la denominación de origen era la denominación de origen. El dueño del bar también era gallego, un marinero retirado que encalló en aquel lugar perdido entre almacenes en desuso. Naturalmente, se llamaba Carballeira.

Cuando el ejecutivo se alejó a pegar la hebra con otro, Beovide aprovechó para echar un vistazo al personal. La colonia variopinta que bebía, charlaba y bailaba no tenía desperdicio. Predominaba la gente de una cierta edad apegada al vicio de la nocturnidad. Luego había un grupo formado por hombres y mujeres, predominando en éstas mayor juventud y mejor aspecto. Beovide, junto con una pareja afectuosamente gay, era de los pocos que rondaban la treintena. Unos y otros se codeaban con horteras y hampones de medio pelo, alguna prostituta muy trabajada por la vida y, aunque no quisiera dar crédito a sus ojos, un cura con alzacuello, blanco, y otro cura negro como un tizón.

—Es un paisano —explicó Carballeira, campechano, refiriéndose al primero—. Muy buen hombre y muy bien visto por los fieles. Es de un pueblo de Lugo. El negro no, el negro es guineano y tiene tres esposas, bajo cuerda.

—¡Madre de Dios! —exclamó Tomás, escandalizado.

—No veo por qué te extrañas. Aquí en España, en Galicia y no sólo en Galicia, pero sobre todo en los pueblos de Galicia, ha sido tradición que los párrocos diseminaran sus hijos por todo el concello.

—Así que tradición... —murmuró Tomás, sarcástico.

—Pues hombre, sí, eso ha de ser por las galleguiñas, que son dulces y sensuales con los hombres, y luego, ya sabes: la tierra, la naturaleza, la morriña y todo eso.

—La morriña del pene, diría yo —precisó Tomás.

Carballeira rió alegremente.

—Mira que eres chusco, tú.

¿Qué buscaba la gente en la noche? ¿Qué buscaba él mismo, lejos de casa, tratando de aguantar en pie sin otra perspectiva que seguir así? No le apetecía bailar, no le apetecía charlar con nadie, no le apetecía estar allí. Y sin embargo estaba; estaba y volvería día sí día no, con todas aquellas almas perdidas que se encontraban tan a gusto porque el bar era tan recóndito que la policía no lo visitaba y podía cerrar a la hora que le diera la gana a Carballeira. Ese deseo de cubrir la noche como fuese, como si se tratara de alargar la llegada del día, como si se tratara de alejar lo inevitable... Pero él no temía al día, como otros, sólo ansiaba que no acabase la noche.

Había empezado a sonar una música melancólica que el piano desgranaba con deliberada lentitud, como si procurara que las parejas se balanceasen apenas, fijas, absortas en sí mismas.

Cruzó la sala y se acercó al pianista con la copa en la mano.

—¿Qué es lo que está tocando?

—«Every time we say goodbye» —contestó el otro a través del humo de su cigarrillo.

—Estupendo. Para acabar uno la noche totalmente destrozado.

—Así es la vida, hermano. Yo no tengo por qué arreglársela a nadie.

—Ya veo.

Tomás siguió transitando. Una de las prostitutas maduras se le insinuó y él declinó la oferta caballerosamente.

—Maricón.

Tomás suspiró y siguió deambulando. Uno de los dos gays, que se encontraban cerca, la miró con gesto ceñudo. Su compañero le tomó del brazo y lo atrajo:

—Déjalo, Vicente; bastante tiene con la mala vida que lleva, la pobre, y en este sitio, donde sólo pescará borrachos.

Los dos curas bailaban animadamente con dos de las mujeres que habían venido con el grupo de oficinistas, de momento mustios y sorprendidos. Debían de ser los restos de una cena de empresa y estaban bastante colocados, sobre todo el que parecía de mayor rango, un sobón.

Tomás se lo quedó mirando hasta que éste, mosqueado, le interpeló:

—¿Se puede saber qué miras, caraculo? —dijo, hablando como si las palabras se le cayeran de la boca.

—Y tú, ¿se puede saber qué tocas, cerdo? —respondió Tomás, cabreado.

A la mujer que estaba siendo tocada se le disiparon los vapores del alcohol de golpe y aprovechó la ocasión para deshacerse del abrazo del sobón y ponerse a resguardo. El oficinista chulesco, entretanto, avanzaba hacia Tomás con la inequívoca intención de golpearlo, pero trastabilló antes de conseguirlo y nuestro amigo sólo tuvo que hacerse a un lado para que el agresor pudiera caer cuan largo era sobre el entarimado. Dos de sus compañeros se apresuraron a ponerlo en pie mientras los otros dos se encaraban con Beovide y le cogían de las solapas; el ofendido, sangrando por la nariz, echando sapos y culebras por la boca, se le fue encima a Tomás, y cuando la masacre parecía inminente los dos curas saltaron al ruedo como dos luchadores de *catch* y en pocos segundos despejaron la situación: empujaron a los oficinistas y a sus mujeres hacia un extremo del local y se llevaron a Beovide junto al pianista.

—¡Lo mato! ¡Le hostio! —gritaba Tom, furioso.

—Chist, quieto ahí —le espetó el cura guineano—. Aquí los únicos que hostiamos somos nosotros.

Contra su voluntad, Tom empezó a reír por el comentario. Los oficinistas se lo tomaron por donde no era y a punto estuvo de recomenzar el jaleo. Allí se acabó la fiesta, porque una suerte de velo ácido se extendió por todo el local. Todo el suceso dejó un mal sabor de boca generalizado: los curas se quedaron sin pareja, Carballeira rezongaba, el pianista bajó la tapa del piano, cesó el baile, los oficinistas empezaron a desfilar, los ejecutivos también, junto con los curas y la pareja gay, y al poco rato allí sólo quedaron los bohemios, un par de delincuentes y las prostitutas maduras.

—Me has jodido la noche, paisano —gruñó Carballeira.

—Lo siento —se excusó el paisano conocido como Beovide.

Estaba muy cansado y algo bebido. La salida al exterior no lo ayudó mucho. La noche era fresca, los coches corrían en paralelo por la autovía de circunvalación haciendo un ruido gris y llano de rozamiento con el asfalto. Se encontraba algo aturdido y hubo de detenerse en mitad de la calzada para orientarse. Todas las noches que empezaban bien acababan mal. De la mansión de los Arbusto al lugar donde había acabado había la misma distancia que de los palacios a las cabañas. Mientras caminaba, pensó en Maribel inerte, en esa piel de pura seda que había tenido entre sus manos, en la etérea belleza que se desprendía como un delicado perfume de su esmerada educación exclusiva, en los ojos que recordaban profundidades marinas... a pesar de la mezcla de fiereza y terror con que le contemplaron mientras trataba de ayudarla. Pero su problema era que nunca había estado tan cerca de una señorita de tan alta clase y, como buen pobrete, había caído fascinado ante aquella sublime presencia carnal que sus manos nunca debieron haber tocado.

Era cierto, no le correspondía entablar trato natural con ella. Pero también se acordó de los cuentos de infancia, aquellos en los que un joven y arrojado artesano se presentaba voluntario a optar a la mano de la princesa triste que el rey ofrecía a quien fuera capaz de arrancar una sonrisa a la bella y en cuyo intento habían fracasado todos los príncipes de los reinos cercanos. Al fin y al cabo, él era un artesano de la palabra y poseía ingenio más que suficiente para hacerla reír o, en su caso, para arrancarla de las fauces del dragón que la raptare.

¿Acaso ella lo estaría viendo a él ahora, en su sueño interior? Esa idea le animó repentinamente y, espoleado por ese consuelo, encontró el camino de vuelta.

V
Se amplía el escenario

Serafí Nadal-Zambomba no pasaba por uno de sus mejores momentos. Hijo de una familia acomodada catalana, había hecho su fortuna en tiempos del franquismo y ahora estaba tratando de hacérselo perdonar apoyando y dejándose ver en los círculos del partido conservador catalanista Conveniencia Democrática, sin por ello cegar puentes con la derecha tradicional española representada por el partido Unidad Popular, que de popular no tenía ni la pretensión de serlo. Este difícil equilibrio, que por razones ideológicas debería haber sido una estrecha vía de comunicación entre ambos, se había venido convirtiendo en un cruce constante de reproches y lamentos, un tira y afloja que amenazaba ser como una cinta sin fin que perpetuaría hasta el infinito el hipotético enfrentamiento entre dos formaciones igual de retrógradas.

Serafí Nadal-Zambomba era un fenicio que estaba dispuesto a negociar a dos manos, y a dos pies además, si fuera necesario. Incluso habría sido capaz de hacer tratos no ya con la dócil socialdemocracia sino también con la fragmentada izquierda, si ésta no estuviera ya para los buitres, o con el más violento de los radicales. «El negoci es el negoci», ésta era la única y firme verdad que había dirigido su vida.

Pero ahora tenía un pequeño problema. El Ministerio de Hacienda había puesto sus ojos en él por una minucia, medio millón de euros que se le habían atribuido de forma indebida en una anotación que uno de los auxiliares de su contable dejó a la vista en un papel donde no debía figurar. Si el contable no se encontraba ya en la calle era tanto por su larga fidelidad al jefe como porque sabía demasiado, pero el desaguisado estaba servido, lo mismo que el cuello del auxiliar; y así como el contable, lleno de vergüenza y de buena voluntad, insistía en que lo mejor era pagar para no meterse en mayores (ésta fue la palabra clave que le dejó entender que el leal empleado sabía demasiado), Serafí vivía el despojo de sus quinientos mil euros más la multa como si le fueran a extirpar el estómago. «Sólo cederá ante el pelotón de fusilamiento», había pronosticado el contable.

Y ésta era la razón por la que aquella mañana, al día siguiente del desgraciado accidente de la hija del abogado, se encontraba en el despacho de Hermógenes Arbusto.

—¿Y el ministerio tiene constancia de ese apunte? —estaba preguntando el abogado.

—La tiene y no la tiene.

—¿Podría usted explicarse, señor Nadal?

—Zambomba —precisó Serafí—. Y sí puedo. La anotación existe, pero no donde debe estar. Como ya le he dicho, el dinero se encuentra mal escondido en una cuenta corriente residual; lo que ahora necesitamos es un trabajo fino de ingeniería financiera para que el dinero aparezca en las cuentas de la empresa y podamos retirarlo por el método que sea a una cuenta en el exterior sin que se le pueda seguir la pista, ya sabe usted. En realidad ha sido una estupidez de un zopenco que trabaja con nosotros.

—Ya veo —dijo Hermógenes—. Esto requiere, como puede usted imaginar, un estudio cuidadoso, nada de improvisaciones, puesto que ya están sobre la pista. ¿De cuánto tiempo disponemos?

—¿Tiempo?

—Veamos. Según me dice usted, Hacienda tiene una pista. ¿Cómo de sólida es la pista?

—De momento han detectado que ese dinero parece estar en el limbo; es decir, sin atribución contable.

—Y se estarán preguntando...

—Si hay más en similares condiciones.

—No lo dude, amigo Zambomba.

—Pero éste ha sido el único descuido.

—Mmm... Tendré que echar un vistazo a todo. Los inspectores pueden ser muy chinches. ¿Ya les han citado a usted y a su empleado?

—No. Todavía, no. Se han limitado a señalar la anomalía y supongo que en breve nos van a citar para proceder al examen de las cuentas. Lo cual supone una agotadora revisión de papeles: justifíqueme esto, justifíqueme lo otro; a más a más, poner la empresa patas arriba... Una paliza y una pérdida de tiempo.

—Para ellos no, si encuentran lo que buscan; y no son nada tontos, créame. Bien —continuó Hermógenes—. Ahí es donde tenemos que enredarlos. Es presumible que la cita con ustedes dos sea informativa y previa al examen de las cuentas. Ése es el tiempo de que disponemos, además de algunas añagazas que utilizaremos adecuadamente. ¿Nos podemos fiar de su contable? ¿Y de su auxiliar?

—El contable hará lo que le digamos por la cuenta que le tiene. El auxiliar, no sé.

—A ver, dígame su nombre y modo de localizarlo.

—Florencio Capullo. ¿Lo necesitamos?

—Con semejante nombre, más de lo que imaginaba.

Tomás Beovide Soñador paseaba entre las filas de pupitres donde se afanaban sus alumnos en analizar la primera parte de la versión versificada de *La tierra de Alvargonzález*, de Antonio Machado. El ¡oh! de abatimiento con que había sido recibido el tema del examen por el alumnado le hizo sospechar que quizá se había excedido en sus pretensiones. «Pero ¡qué demonios!», se dijo luego. «Llevo dos clases explicando las diferencias entre esa versión y la versión en prosa, un trabajo fino de verdad donde he expuesto con toda claridad lo distintivo del relato en términos de poesía dramática y el relato en prosa narrativa, el uso de las imágenes en uno y otro caso, y las diferencias de expresión entre el ritmo poético y la elocuencia narrativa». Y ahora los veía inclinados sobre los pupitres, los menos, o mordiendo el bolígrafo, la mayoría, a la espera de alguna iluminación que no iba a llegar.

Se preguntó por qué daba clases de Literatura Española. Salvo *El lazarillo*, los Siglos de Oro, la Generación del 98 y la del 27, el resto de la literatura española le parecía una literatura provinciana; y la novela, un fenómeno aislado; es decir, hubo o había novelistas sueltos, pero no tradición novelesca como sí la había poética y teatral, esta última perdida hoy, salvo en el caso de Valle-Inclán, su paisano. ¿Por qué no se habría graduado, por ejemplo, en Filología Inglesa? Ventajas evidentes: mucho mejor material sobre el que trabajar, mucha más tradición crítica y erudita, muchas más posibilidades de vivir en o de visitar a menudo el mundo anglosajón... y ahora no estaría ejerciendo de profe de unos alumnos a los que les importaba un carajo la literatura de un país bastante corrupto y que adoraba los gestos chulescos en demérito de las ideas. En cambio, estaría recitando en Oxford, con su toga, ante unos alumnos encandilados, unos fragmentos de *La dama de Shalott*...

La lucidez apartó inmisericorde la idílica imagen. Observó compasivo a todos aquellos tarugos, hijos de un tiempo en el que la tecnología, no la ciencia, los convertía en adoradores del becerro de oro. «Aunque estoy siendo injusto», pensó. Siempre aparecía un pequeño grupo de unas cuantas cabezas (los diez justos de la Biblia) que respondían a los requerimientos del conocimiento como destellos de una luz de aviso y auxilio que se deja por el navegante en el proceloso oleaje del mar de la vulgaridad. Pero esas tres o cuatro cabezas —tenía que reconocerlo— también estaban agarradas al mundo audiovisual, lo cual quizá no les restase un ápice de inteligencia y de sensibilidad ante la belleza. Al fin y al cabo, él mismo estaba atrapado por el ordenador y el móvil, por la expresión breve de los mensajes y de los *tuits*, por el empobrecimiento del lenguaje en favor de la rapidez de la comunicación intuitiva, por el inevitable desprecio a la ortografía, por la simplificación y por la dolorosa mutilación de las palabras, aunque fuera capaz de compartirlos con la meditación, con la poesía, con la enseñanza de las Humanidades, bestia negra, esta última, de las autoridades educativas.

Y para postre, él, como individuo inteligente, sensible e imaginativo, sufría de una doble frustración: la de no ser extranjero (común a casi todos los de su cuerda) y la de no saber ni tocar la batería (ésta más particular y fundada en su afición al *jazz*).

—Profesor... —La joven voz parecía venir de lejos, de otro mundo—. ¿Puedo hacer un análisis particular del papel de la Naturaleza en el poema?

Tomás Beovide Soñador se dio la vuelta para encontrarse cara a cara con quien había emitido esa pregunta. Era una chica más bien alta y no menos bien proporcionada, que lucía una atrevida minifalda, pelo largo hasta media espalda, ojos negros muy bonitos y una sonrisa encantadora.

—Por supuesto que sí. ¿Está usted en mi clase? Es que no recuerdo haberla visto entre mis alumnos.

—No, señor. Vine al comienzo del curso, como oyente, pero es que este trimestre he estado ausente por un tratamiento médico. Algunos amigos me han ayudado pasándome los apuntes de su asignatura.

A Tomás no le costó imaginar quiénes serían de entre los de su clase y sonrió con un agradable gesto de complicidad.

—Muy bien, pondré especial atención en la lectura de su examen. Y celebro su interés y que ya esté recuperada y haya podido volver con nosotros. Ah, disculpe, ¿cómo se llama usted?

—Verónica Arbusto Frondoso.

A Tomás se le aflojaron las piernas y se vio obligado a apoyarse en el pupitre más próximo para no caer desplomado en mitad del aula.

Hermógenes Arbusto ordenó a su secretaria que hiciera pasar a su despacho al auxiliar de contabilidad del señor Nadal-Zambomba. Florencio Capullo era un hombre de mediana estatura, escuchimizado, pálido, pulcro, rasurado y dotado de una nuez prominente que emergía inquieta de un cuello de camisa que le quedaba ancho a pesar de lo apretado del nudo de la corbata. Era un ejemplar humano tan discreto que nadie se atrevería a levantarle la voz debido a lo quebradizo de su aspecto. Tomó asiento ante la imponente mesa de trabajo del abogado, apoyando modestamente su trasero en el borde de una de las dos sillas de brazos que correspondían al visitante. En la otra, se sentaba arrellanado el jefe de contabilidad del señor Nadal-Zambomba. A los clientes de importancia solía recibirlos de manera mucho más distendida en el magnífico tresillo Chester de cuero marrón. Todo en el despacho, muebles, cuadros, alfombras y *boiserie*, rezumaba una cálida satisfacción.

—Supongo que es usted consciente del estropicio que le ha causado al señor Nadal-Zambomba —empezó a decir el abogado con voz severa.

—Sí, señor; es una situación lamentable.

—Situación en la que le ha puesto usted, desgraciadamente, con un descuido de imposible justificación.

El auxiliar se agitó en la silla.

—Disiento, señor abogado. Yo lo que hice, lo hice bien; lo que no sabía es que tenía que hacerlo mal.

—¿Cómo dice usted?

—Que tenía que haberlo hecho mal, es decir, ocultar directamente el dinero, pero nadie me advirtió de ello.

—Oiga, Florencio, voy a llamarle Florencio, no se permita guasas conmigo porque ése no es el camino.

—No es guasa, señor abogado, es la realidad. Es lo que pasó.

—Pero, hombre de Dios —saltó el jefe de contabilidad—, a quién se le ocurre semejante disparate. No me diga que a estas alturas usted no sabe cómo se... transforman ciertas cantidades habitualmente.

—Sí, señor, y aprovecho para decirle que no me parece un correcto proceder. Pero siempre que pasaban por mis manos lo hacían con advertencia previa. En este caso, no hubo advertencia de ninguna clase y yo pensé...

—¡Pensó! —gritó el contable, escandalizado—. Usted pensó. ¿Acaso le pagan por pensar?

—No, señor, pero...

—¡Ni peros ni paras! —Estaba tratando de intimidarle, pero el hombrecillo parecía crecerse incluso.

—Es que —siguió sin inmutarse Florencio—, si no había advertencia y no había que pensar...

—¡No me replique si estima en algo su puesto de trabajo...! —gritó el jefe de contabilidad.

Hermógenes recordó a tiempo su promesa de no hacer el bien, ni tampoco el mal, e indicó con un gesto al jefe de contabilidad que recogiera velas.

—No quiero perjudicarle, Florencio, que eso ya lo hace usted solo —continuó el jefe de contabilidad más calmado—. Ahora hay que dejar de lado los reproches y empezar a trabajar. Como puede usted entender, será usted mismo el que se autoinculpe por haber intentado escamotear en su propio beneficio la cantidad en cuestión. Entonces procederemos a dar visibilidad al dinero, los quinientos mil euros, dentro de las cuentas de la empresa.

—Yo...

—No tiene que preocuparse. Esa operación la haremos nosotros. Usted se limitará a testificar lo que acabo de decirle. No le denunciaremos, recibirá la correspondiente sanción, será despedido y asunto resuelto.

—No veo por qué...

—Ea, ea, pelillos a la mar. El señor Nadal-Zambomba está dispuesto a olvidarlo todo, y lo mismo le digo del señor Arbusto. En cuanto al finiquito, vamos a ser generosos, aunque sin exagerar, para no llamar la atención de Hacienda —propuso el jefe de contabilidad.

—Es que el único que sale pagador de este asunto soy yo.

—Oiga, me parece que es usted un poco duro de mollera. ¿Le parece mala solución la que le ofrecemos con la mejor voluntad? ¿Tiene usted familia o es soltero?

—Tengo mujer y dos hijos de corta edad.

—Pues ¡ya está! Debería besar el suelo que pisa su patrón, hijo mío. ¿No ve que le libra a usted de una acusación muy grave por una mucho más leve y queda afectado solamente con pérdida del puesto de trabajo y prisión atenuada? ¿Tiene usted antecedentes penales?

—¿Yo? ¿De qué...? Pero ¿de qué me está usted hablando?

—De ir a la cárcel, alma cándida, de ir a la cárcel en muy malas condiciones si no se aviene.

—¡La Virgen!

—La Virgen también podría interceder por usted si su fe es firme. ¿Es usted buen católico?

El hombrecillo se puso repentinamente en pie; su nuez prominente lo parecía más que nunca y se agitaba como una campanilla. Su rostro, casi al borde de las lágrimas, revelaba una ansiedad que Hermógenes juzgó patética.

—No me dejaré avasallar, señor jefe de contabilidad, no me dejaré avasallar. Yo... no me dejaré avasallar —repitió y, dándose la vuelta, se dirigió apresuradamente a la puerta del despacho. El hombre, muy afectado, iba hipando.

—Otro membrillo —comentó Hermógenes.

—¡Capullo! —bramó el jefe de contabilidad—. ¡Vuelva a su silla de inmediato!

Fuera por la costumbre o por lo que fuese, el caso es que Florencio Capullo volvió sobre sus pasos y tomó asiento en la silla. Volvía a estar compungido y acoquinado; el pronto anterior había desaparecido y el abogado temió que se echara a llorar de un momento a otro.

—Vamos a ver, hijo mío —intervino Hermógenes, conciliador—. Usted sabe de la responsabilidad de los puestos de trabajo. Uno como el suyo implica asumir riesgos que nadie quiere que se produzcan, pero la vida, que es veleidosa y un tanto alocada, no lo niego, a veces nos enfrenta a situaciones que no tenemos más remedio que encarar y resolver. Hoy le toca a usted, mañana le tocará a su jefe de contabilidad o a mí mismo. Es más, le diré que hace apenas cuarenta y ocho horas he estado a dos centímetros de la muerte, pero he logrado salir airoso, primero gracias a un increíble golpe de audacia, y después, probablemente auspiciado por la audacia misma, conseguí cerrar un trato sumamente beneficioso. La suerte no está ahí, delante de nuestras narices, para que la coja el primer simple que quiera echarle mano; la suerte elige, aparece de pronto y corona al más avisado. Sea usted audaz, amigo mío, sea usted audaz.

Florencio preguntó audazmente:

—¿Puede usted conseguirme un puesto de trabajo en su empresa? Estoy dispuesto a lo que sea —remató, valiente.

—Hombre, teniendo en cuenta sus antecedentes, no lo veo fácil. Un desfalco es un desfalco. Y nada menos que por quinientos mil euros. Comprenda usted mi natural reticencia.

—¿Desfalco? Yo no me he llevado un euro.

—Bah, sí, pero así es como ha de figurar. No querrá usted que la justicia caiga sobre el señor Nadal-Zambomba, que es quien da trabajo a todas las familias que dependen y se benefician de sus atinados negocios, como usted mismo sabe por experiencia propia.

—¡Que Dios les maldiga a todos ustedes y que se vean en la calle algún día pasando necesidad! —exclamó, derrotado.

—Mientras sea Dios... —comentó Hermógenes mirando al hombrecillo que se alejaba reventando de indignación.

El señor Forcas se había convertido en un *habitué* de la casa de los Arbusto. Entraba y salía como y cuando le venía en gana, siempre con el beneplácito de María Ilustración. Nunca ha sido bueno tener al diablo en la familia, pero ella contaba con sus encantos y habilidades para conseguir recuperar a su hija. Ilustra tenía paciencia, esa paciencia insistente propia de las mujeres que consiste en empujar un poco cada día, casi sin que se note, en la dirección de su deseo. Por ejemplo: si no le gustaba ese traje de color pistacho que acababa de comprarse su marido, lo alababa los tres primeros días, cada día con evidente menor entusiasmo que el anterior, procurando que el sujeto captase ese *diminuendo*, y al cuarto día iniciaba la táctica del «empujoncito» cotidiano: «Oye... ¿Y estás seguro de que ese color te va bien?»; y otro día: «No sé yo si los trajes pistacho son propios de un director general»; y otro: «¿No te cuelga un poco la chaqueta por detrás?», y así hasta que el marido lo abandonaba en el armario. Poco después, ella, sigilosa, entraba una mañana y lo entregaba en la parroquia para los necesitados.

Ilustra, pues, tenía paciencia y estaba dispuesta a aplicar su estrategia con Forcas, aunque sabía perfectamente que, en este caso, se planteaba una lucha titánica en la que su sangre fría y su tenacidad tendrían que jugar un papel trascendental.

Forcas solía dejarse caer por la casa a la hora del aperitivo, siempre con algún detalle como unas aceitunas rellenas o unos torreznos, que eran la debilidad de la señora. Por lo general se quedaba a almorzar y regresaba a media tarde para celebrar tertulia con quien se hallara de visita, o con el matrimonio o con la esposa sola. Era en este último caso cuando se manifestaban las inclinaciones más libidinosas del sujeto, pues Ilustra estaba de buen ver, en la sazón de los cincuenta. Y ella, mitad por madre, mitad por coqueta, no le rechazaba abiertamente. Lo dejaba estar, muy atenta a los progresos de su galán, pero en absoluto dispuesta a dar algo por nada. Esto también lo sabía Forcas por su propia naturaleza, de manera que lo que había entre ellos era una suerte de esgrima erótica que a ambos apasionaba. La servidumbre seguía de cerca estos escarceos dividida en dos bandos reconciliables, pues ambos veían con buenos ojos el *combattimento* y sólo disentían en el esgrimista cuyo florete debía tocar primero al otro.

Otras veces, en lugar de quedarse en la casa, los dos salían a pasear o al cine. Ilustra era una fanática del cine en general y de su actor favorito; de hecho dividía sus favores entre Clark Gable y George Clooney. Forcas estaba más en la onda de este último aunque le faltara su punto de clase, lo que no preocupaba lo más mínimo a la señora. También salían a la ópera y a los conciertos de la temporada en el Auditorio con gran satisfacción de Hermógenes, que tenía un oído de cuero. Todo ello contribuía a tejer una intimidad alrededor de aquellos ratos que se había hecho habitual y, por lo mismo, exenta de prejuicios.

Una tarde, en la oscuridad del cine, donde ponían una de amor en el trópico, ella sintió la mano de Forcas posarse en su rodilla. En un primer momento reprimió el deseo de desprenderse de esa mano con un movimiento más o menos brusco y esperó mientras reflexionaba. Nunca antes se había producido entre ambos un acto de semejante cercanía. Todo lo más, él la tomaba del brazo al pasear y en algún momento el lazo de ambos brazos se había deslizado hacia las manos por unos segundos. Pero la rodilla era otra cosa. Las manos es más de ilusión juvenil y prenoviazgo; en cambio, una mano en la rodilla anunciaba un inminente asalto a la fortaleza. El dilema de Ilustra era si defenderla o no. A medida que pasaban los minutos, más se acercaba el momento de remontar la rodilla y empezar a subir por el muslo, así que tenía que darse prisa en reaccionar.

El escenario tropical en la pantalla pesaba. La mano de Forcas inició un movimiento inequívoco de avance y ella, instintivamente, puso su mano sobre la suya con un doble objetivo: uno, que no siguiera avanzando; dos, juntar por primera vez ambas manos sin separarlas enseguida. Allí se quedaron ambas, en la rodilla suave y rotunda de Ilustra, mientras él la miraba con fijeza, tratando de turbarla, y ella mantenía la vista fija en la pantalla con toda determinación. Así pasaron unos minutos hasta que la tensión emocional remitió y ella, discretamente, retiró la mano de él a sus dominios y recuperó la suya. Ninguno de los dos habló luego del incidente y allí quedó, en la memoria de ambos. Pero los dos sabían que nada volvería a ser lo mismo de ahora en adelante. Quedaba por ver cómo iban a sucederse los no tan imprevisibles acontecimientos futuros.

—Así que esta niña con su erótico uniforme de colegio de pago es la hermana pequeña de la bella durmiente —dijo Espínola.

La niña asintió con una graciosa sonrisa.

—Te advierto que es menor de edad —explicó Beovide, ceñudo.

—Pues qué rica estás ya, hija —comentó Gregorio, confiado.

Verónica Arbusto había esperado al profesor Beovide a la salida de clase para preguntarle acerca de la influencia del psicologismo en los pintores de la Generación del 98, Aureliano de Beruete y compañía. Tomás, que estaba muy puesto en el 98, la invitó a tomar un refresco en una terraza cercana para hablar cómodamente y allí los sorprendió el Plumillas, que la observó y calibró sin el menor reparo.

—Cómo se nota que está bien alimentada —comentó después de haberla contemplado a placer.

—Mal empezamos —gruñó Beovide.

—Bueno, profesor, yo le dejo. Hasta mañana, si puedo escaparme.

—Pasado mañana —corrigió el profesor.

—Eso, qué tonta. Chao chao. —Los dos treintañeros se volvieron para verla alejarse.

—A su edad y ya saben mover las caderas como auténticas furcias.

—Eh, Plumillas, no te hagas el antiguo, que no te va, tronco.

Melancólicos, los dos colegas se reacomodaron en sus sillas metálicas y contemplaron sus cervezas.

Tomás no había conseguido escribir un solo verso en los últimos días. Lo que más le preocupaba es que lo había intentado inspirándose en Maribel Arbusto y ni una sola imagen acudió a su mente. Todo lo más, unas cuantas palabras tópicas sin la menor emoción que las encadenara.

—Es como un gatillazo —explicó a su amigo—. Y eso no es lo peor; lo peor es que, cuando das un gatillazo, de entrada estás excitado aunque luego se quede la cosa en nada, pero aquí lo que siento es cansancio, cansancio de ponerme a buscar palabras, ideas, sensaciones, metáforas... Es como si no me pusiera caliente, ¿me entiendes? No hay ardor, no hay expectativa, ni emoción, sólo pereza. ¿Cómo puedes escribir un poema de amor en estas condiciones? Me frustra.

—Diantre, qué fatalidad —comentó Gregorio.

—Pero ¿se puede saber por qué hablas así? ¿Es que te estás burlando de mí?

—No, no. Es que hoy me he levantado académico y hablo como un libro. Yo creo que se me pasará según avance la mañana.

Junto a ellos, en la mesa contigua, se sentaba una mujer misteriosa. Ninguno de los dos le había prestado atención hasta ese momento aunque se trataba de un personaje notable. Fue al removerse ella en su silla cuando ambos amigos se percataron de su notable presencia. Vestía suntuosamente de negro de la cabeza a los pies. Un coqueto tocado con velo cubría hasta la mitad su bien perfilado rostro, de una belleza clásica. El vestido se le ceñía al cuello, modelaba su pecho admirable, acariciaba y resaltaba sus caderas rotundas, se detenía con gracia sobre las rodillas y dejaba al descubierto parte de los muslos y las piernas, cruzadas y cubiertas por unas medias negras, que terminaban en unos pies delicados calzados con unos zapatos de tacón, igualmente negros.

Los dos amigos la observaron intimidados y disimulados, sin atreverse a hacerlo directamente. Ella no pareció advertirlo, pues continuaba mostrando su bello perfil sin inmutarse ni mover un músculo de su hermoso cuerpo, como si estuviera posando por el placer de hacerlo. Sólo de cuando en cuando acercaba su mano izquierda a los labios para aspirar el humo de un cigarrillo que acabó por abandonar en el cenicero con cierta negligencia. Sobre la mesa que ocupaba había un bolso de mano negro. Por contraste, la escasa piel que quedaba al descubierto, en la barbilla, cuello y manos, era de una blancura turbadora.

La mujer parecía indiferente a la progresiva admiración de los dos amigos, que habían dejado de hablar entre ellos para dedicarle, con burdo disimulo, toda su atención. Ella se comportaba como una esfinge, ajena, con gesto fastuoso, ensimismada, mirando al frente, al mundo y a la nada, como si todo cuanto la rodeaba debiera contemplarla. Ante sí, en la mesa, una copa de *champagne*, una cajetilla de cigarrillos turcos y un mechero plateado junto al bolso de mano.

Justo en aquel momento, desde algún aparato de radio, brotaron tres notas limpias y nítidas de un piano, que de inmediato se sucedieron y deslizaron alegremente sobre el fondo de una suave percusión, y la dama se estremeció al escucharlas.

—«Siboney» —dijo en voz baja Beovide reconociendo la melodía.

Como si la dama le hubiera escuchado, volvió la cabeza hacia donde él se encontraba con una sonrisa musical, recogió los cigarrillos y el mechero, dio un último sorbo a su copa de *champagne* y se puso en pie mientras extraía algo del interior del bolso de mano. Luego echó a andar con paso firme por delante de los dos amigos y se alejó moviendo con extrema elegancia su preciosa figura.

Cuando salieron de su embobamiento, Tomás advirtió que la mujer había dejado caer ante él una tarjeta de visita en la que pudo leer, no sin ruborizarse:

MAGDALENA DESAMANTS
femme fatale

Debajo figuraba una dirección.

Gregorio Espínola emitió un largo e intenso silbido de admiración.

—Chico, te ha tocado el gordo de la lotería —exclamó con tanta envidia como admiración—. ¿Cómo lo has hecho? —Y añadió, con un punto de resentimiento—: Porque con esa birria de cuerpo que luces...

—Mi magnetismo es irresistible —contestó el otro, eufórico.

De la misma radio llegaba la voz endomingada de un ampuloso locutor que excitaba los perjúmenes de sus oyentes anunciando con entusiasmo las piezas y conjuntos musicales:

«—¡Y ahora, desde Madrid y para todos los corazones latinos, música de ayer y de siempre con una selección de la orquesta de Xavier Cugat a todo ritmo!

Para Vigo me voy,
mi negra dime adiós,
anda bongosero toca ya
que estoy medio loco por bailar.
Para Vigo me voy,
mi negra dime adiós,
que la conga ya se va
para nunca más volver a sonar.
Para Vigo me voy».

—Conténtate con soñar, tío —dijo Beovide moviéndose al ritmo de la pieza mientras se ponía en pie, dejaba unas monedas sobre la mesa y se alejaba contoneándose por la calle en la dirección por la que había desaparecido la mujer.

«Este majadero no sabe con quién se juega los cuartos la dama», se dijo el Plumillas. «Para mí que sólo los Arbustos de esta tierra tienen acceso a semejante hembra. Solamente a un infeliz como Tomás se le ocurriría acercarse a ella. Nunca se sabe, a lo mejor le cae en gracia, pero como un capricho momentáneo y al instante siguiente habrá olvidado su nombre. Cada uno tiene que medir sus posibilidades. Esa mujer, por ejemplo, yo sé que es demasiado para mí, como la Real Academia Española de la Lengua, pongamos por caso. En cambio, la hermana de Maribel Arbusto me parece un bocado mucho más exquisito, fresco y juvenil, sin tanta rimbombancia, empalago y senilidad como ha de tener la otra con sus pretendientes. En fin, que me quedo con la niña».

María Ilustración, madre al fin, se reprochaba internamente su blandura con Hermógenes. Éste estaba tan contento, circulando a sus anchas por la vida cada vez con mayor frescura, mientras su hija mayor permanecía en coma. Eso le contaba a su amiga íntima, Rocío Eskarcha, de los Eskarcha de Las Arenas, con quien compartía una intimidad que procedía del selecto colegio donde ambas estudiaron internas en Francia. No se había atrevido a hablarle del pacto con el diablo por si acaso, pues Rocío era de estricta mentalidad católica, pero sí de todo lo demás. Ante Rocío atribuía el estado de su hija a un prolongado descuido del padre, el cual la habría desatendido ocasionándole una incontinencia vital que la había llevado a frecuentar compañías y lugares impropios de su clase y, a consecuencia de ello, a situarse inconscientemente bajo una malhadada maceta de geranios.

—Chica, que tampoco es eso. ¿Cómo se va a poner a propósito para recibir un macetazo en la cabeza?

—Es una manera de hablar, Rocío; el padre le ha dado manga ancha y la criatura, que no está acostumbrada a la responsabilidad, se ha puesto el mundo por montera.

—Ah, ya lo entiendo: la maceta es una figura retórica. Una metástasis.

—Metáfora —precisó Ilustra, desconcertada.

Con esta añagaza, podía culpar tranquilamente al padre y desahogarse a gusto sin tener que revelar la verdad del pacto infernal.

Y, madre al fin, prácticamente había acogido en su casa al señor Forcas con la aviesa intención de descubrir el punto de menor resistencia de éste, como se ha visto en un capítulo anterior. Lo que no se había visto aún es hasta dónde estaba dispuesta a llegar ni cuál era su plan.

Rocío, que no estaba informada de la verdadera realidad, también se hallaba sorprendida pues había advertido la disposición de Ilustra a darle carrete a Forcas y no acababa de comprender qué tenía que ver esta actitud con la presumible culpabilidad de Hermógenes: el hecho de que en algún momento (cosa que no veía improbable) decidiera ponerle los cuernos a su marido con el apuesto Forcas le parecía razonable porque ella misma se lo pensaría también, pero ¿cómo iban el desahogo carnal y el presumible disgusto de Hermógenes a devolver a la vida a su hija Maribel? Y, sobre todo, ¿qué tenía que ver una cosa con la otra? ¿Qué tenía que ver el estado vegetativo de la niña con la sensualidad masculina de Forcas?

—No sé, chica —dijo Rocío—, igual te vas a meter en un lío para nada.

—Porque Hermo —así lo llamaba Ilustra en la intimidad— es un egoísta; generoso, pero egoísta. Un egoísta que no sólo se pone por delante de sus hijas sino que es capaz de sacrificarlas a su conveniencia.

—Hija, ni que le habría tirado él la maceta a la pobre niña.

—Pues no te diría yo que no.

—¡Por Dios, qué cosas dices, Ilustra! —exclamó Rocío, escandalizada.

Ilustra se reprochó no haberse mordido la lengua.

—En fin, no es eso lo que yo quería decir exactamente, pero mejor me callo para no tener que dar explicaciones —se excusó de mala gana.

—En tu caso, lo entiendo. Quiero decir que entiendo lo tuyo con ese hombre —reconoció la otra—. Pero también tengo que decirte... —añadió enseguida, con un guiño cómplice— que ese seductor es el mismísimo diablo.

María Ilustración dio un respingo que dejó a su amiga más sorprendida que antes.

Un día después de los últimos acontecimientos, Hermógenes Arbusto, Serafí Nadal-Zambomba y los príncipes Bokoroco se hallaban a bordo del yate de estos últimos navegando por aguas mediterráneas. Con ellos se encontraban también el atractivo señor Forcas, invitado por expreso deseo de la princesa; Rosa Espinosa, una exdiputada de la derecha que procedía de las filas de la socialdemocracia y anteriormente del partido trotskista Lucha Continua, y que había abandonado su último y relevante papel en el Gobierno como secretaria de Estado para pasar a dirigir una empresa de hidrocarburos recientemente privatizada; y, por fin, un orondo empresario turístico internacional con intereses en Italia, España y Latinoamérica, Constante Forretti, de calva radiante, culo plano y modales de pirata contemporáneo; de sus orígenes se sabía poco: su abuelo era originario de algún pueblo de la Romaña y él había nacido en Cartagena, España, en los años cincuenta. Todos ellos simulaban gozar de una patente de corso mediterránea, bastante ajustada a la realidad, gracias a la cual surcaban aquellas aguas con evidente confianza en sí mismos y en calidad de almas protegidas por la fortuna que ellos mismos se habían ocupado de procurarse.

—Ah —comentó Hermógenes—, qué ocasión tan adecuada para tratar del asunto que nos ocupa a los tres.

—Sí —apostilló Serafí Nadal-Zambomba—, me parece muy oportuno, sí, muy oportuno. Es tan tranquilizador, tan apropiado...

—Lo mismo digo yo, exactamente lo mismo —declaró Forretti.

—Puesto que estamos tan de acuerdo —dijo el príncipe tomando la palabra—, quiero aprovechar, lo primero de todo, para decirles que nuestros amigos americanos han puesto ya en marcha la operación y en cuestión de diez o doce días, y si el viento nos es favorable, como decían los antiguos marinos, la Sociedad Limitada quedará legalmente constituida y nosotros figuraremos en ella como asociados. La Sociedad será el puente bajo el que transcurran las aguas en la dirección conveniente. El paso siguiente lo dará el bufete de nuestro buen amigo Arbusto, quien se encargará de formalizar el asunto; la Sociedad, hasta que cumpla su misión receptiva, podemos dejarla en activo.

—Ahí termina también la responsabilidad de sus socios americanos —confirmó el pirata Forretti dirigiéndose a los demás—. Por nuestra parte, ya sólo queda recoger los beneficios que se hayan ido generando, filtrarlos por nuestras sociedades de apoyo y depositarlos en las cuentas seleccionadas en los centros financieros *offshore* que consideremos más convenientes: Caimán, Singapur, Liechtenstein y Gibraltar. La segunda parte de la operación consiste en utilizar mi Sociedad Crediticia del Levante para que, en combinación con la Sociedad Financiera del Caribe, de la que es cotitular el príncipe, nos convirtamos en acreedores de la Sociedad inicial, se haga aflorar el resultado negativo que nos permitirá liquidarla y cerrarla, declarar a la Hacienda Pública las pérdidas correspondientes y considerarnos a salvo de toda investigación. La operación no sólo es perfectamente legal; es, afirmo yo, ejemplarmente legal. E insisto en ello porque no siempre puede llevarse a cabo una operación de este tipo con semejante precisión y seguridad a la vez.

Todos los presentes manifestaron su aprobación con un murmullo de aprecio que se extendió de popa a proa, donde se encontraban la princesa Bokoroco, unas señoritas imponentes en *topless* y un señor Forcas que acababa de descubrir en aquellos precisos momentos las verdaderas aficiones sexuales de la princesa.

Forcas, que había sido discretamente apartado del corro de conspiradores financieros, los contemplaba a distancia pero podía oírles con claridad, pues éste era uno de sus muchos atributos y habilidades. Veía a aquellos hombres afanándose en acumular dinero sobre dinero y esto le causaba admiración, pero no respeto ni comprensión; más bien lo consideraba una debilidad. Sin embargo admiraba ese afán acumulativo un tanto infantil, pues, en verdad, ¿qué clase de satisfacción les producía? Era, evidentemente, una satisfacción menor, elemental, cuya procura les impedía gozar de manera satisfactoria de los bienes de este mundo. Podían adquirirlos, eso lo admitía, pero ¿disfrutarlos? Recordaba el caso de aquel millonario que conoció en un burdel sofisticado, desnudo sobre un sofá, rodeado de beldades también desnudas que le servían de cuando en cuando un vaso del mejor malta, del que probaba un mínimo sorbo y acto seguido arrojaba su contenido en una cubeta de oro llena de cubitos de hielo. Quizá fuera la sublimación del bebedor que no puede matarse bebiendo ni gozar de las mujeres teniéndolas a todas o estando borracho, pero casi podría decir que había sentido lástima de él.

—Y es que, señores —dijo acercándose a ellos y alejándose del círculo de la princesa, que se deleitaba contemplando los voluptuosos cuerpos de las modelos—, aunque parezca un tópico, lo cierto es que el dinero no da la felicidad.

—¡Claro que no! —contestó de inmediato el pirata—. ¡El dinero *es* la felicidad!

Los concurrentes asintieron en mayor o menor grado riendo la ocurrencia mientras Forcas ocultaba con la mano una maliciosa mueca que hubiera helado el gesto de todos ellos. A un gesto del príncipe, el servicio, que aguardaba expectante a una prudente distancia, se puso en movimiento y al instante aparecieron en cubierta botellas de *champagne* Cristal, licores y exquisitos canapés de *foie* y caviar, sobre los que se arrojaron todos con gula incontinente. La princesa y las señoritas en *topless* se acercaron a participar del suntuoso aperitivo y por un momento aquello pareció una sucursal del Moulin Rouge en pequeña escala: la clásica escena de los rijosos vestidos y las bellas semidesnudas.

Forcas se apartó del bullicio y pudo observar cómo la princesa hacía lo mismo con una de las modelos retirándose a los camarotes. Aunque no tenía totalmente perfilados sus planes, la princesa entraba en ellos. Consideraba la posibilidad, pues no en vano era un diablo, de utilizar las inclinaciones de la princesa para diseñar un plan que le permitiera hacerse con el alma del singular matrimonio, e incluso divertirse a costa del grupo de magnates de los negocios que libaba sobre cubierta sin contención alguna. En cuanto a la princesa, nada le arredraba: disponía de muchos recursos en el juego de la seducción, y el que ahora se presentaba ante él como un reto le excitaba de modo particular. Discretamente pasó al interior del yate y vagabundeó un rato en busca de su presa. La halló tras la puerta semientornada de uno de los camarotes y no dudó en introducirse en él y dejarse ver por la princesa. Ella lo invitó con una caída de ojos, pero Forcas no se dejó atrapar por aquel gesto. Disponía de tiempo por delante y prefería madurar su plan, así que se despidió de la desvergonzada con un gesto prometedor y ella aún le permitió observar el voluptuoso descaro con que se entregaba a disfrutar de su bella acompañante.

Mientras tanto, los hombres prominentes y las muchachas exuberantes que empezaron libando y comiendo, una vez saciados los primeros instintos, estaban a punto de pasar a libarse los unos a las otras e incluso a devorarse entre sí con una incontinencia de tiburones a la rebatiña por la presa. Y la tripulación aprovechaba la ocasión para atiborrarse de canapés a sus espaldas.

—A veces pienso que los seres humanos han sido puestos en la tierra para nuestro exclusivo deleite —dijo a media voz.

—Las humanas, salvo que sea usted maricón —comentó a voz en cuello el pirata Forretti con su grosería habitual, sacando la cabeza de entre un par de apetitosos pechos de modelo talla extra.

—Permítame un comentario a propósito de sus maneras porque acabo de recordar lo que dijo aquel noble inglés en el fastidioso momento de tener que dirigirse a un ignorante: «Usted, que no es un caballero, no puede comprender cuánto ofende a quienes lo somos».

El pirata se lo quedó mirando con una mueca de desconcierto y sospecha, como si tratara de dilucidar la intención que había tras aquellas palabras. Pero cuando abrió la boca, un gesto que en él significaba que alguna luz había llegado a su cerebro, mas no necesariamente iluminadora, dos brazos muy bien torneados se enlazaron en torno a su cuello y enseguida desapareció entre ellos. El resto de circunstantes parecía encontrarse en situación similar, con ligeras variantes.

El tiempo era excelente; la brisa del mar atenuaba los efectos de un sol castigador que lucía con fuerza en el azul impoluto del cielo.

Rubén Darío había escrito, ante el mar por el que navegaban:

Aquí frente al mar latino,
siento en roca, aceite y vino
yo mi antigüedad.

Pero eso —como tantas otras cosas, se dijo Forcas— no lo sabía ninguno de los componentes de la expedición, que a ratos seguían dándole al caviar a cucharadas y a ratos disfrutaban de los alegres y juguetones pechos de las modelos.

María Ilustración contempló con disgusto la despedida que su hija dedicaba a un joven de aspecto vulgar en la puerta de la casa familiar. El caso es que le parecía haber visto antes al joven, lo cual la desconcertaba por partida doble, pues no tenía traza de ser alguien a quien pudiera reconocer. Charlaban animadamente, como cuando una pareja se despide después de una agradable velada. Quizá fuera la primera vez que se trataban. Verónica era una muchacha cordial y expansiva, justo lo contrario de su hermana Maribel, impertinente, poseída de sí misma y con ese tipo de magnetismo que genera adoración alrededor, de lo cual era muy consciente y lo utilizaba a su favor; sabía ser encantadora con aquella gente a la que quería encantar y brusca, si no cortante, con el resto de la humanidad. Naturalmente, le preocupaba mucho más el futuro de Maribel, tendida en una cama de hospital con respiración asistida pero con constantes vitales bien definidas, que el de la pequeña; sin embargo, el amigo en cuestión del que se despedía la puso en guardia. Verónica aún era muy joven y el maromo que la acompañaba debía de haber cumplido los treinta, y no precisamente en el seno de una buena familia, a juzgar por su aspecto, que le recordaba a esos jóvenes no tan jóvenes vestidos con pantalones estrechos, chaleco de mercadillo con trabilla, de color negro y abierto, o más bien colgante, y pañuelo palestino; unos iconoclastas sin oficio ni ambición y que apuraban la noche de mala manera. En fin, uno de esos anarquistas de barrio de los que hablaba el periódico. Y no era por razones ideológicas por lo que los rechazaba sino por razones estéticas, como explicaba a sus amigas, que por esta precisión la consideraban de ideas peligrosamente avanzadas.

María Ilustración no puso en cuestión el pacto de su marido para librarse de la Muerte porque a pactista y ventajista a la vez no le ganaba nadie, pero no dejaba de pensar que aquella vez podía haberse encontrado con la horma de su zapato. ¿Qué beneficio podía traerle tal pacto, sellado además con la inanición de su hija mayor como garantía? ¿Qué garantizaba en realidad la suspensión de la vida natural de su hija? ¿Por cuánto tiempo podía o pensaba mantener la inmortalidad de su marido el señor Forcas? Y hablando de Forcas, ¿era éste tan sensible a los encantos femeninos como parecía hacer notar? Un hombre diabólicamente inteligente como él no concedería favores a cambio de nada o de casi nada. ¿Qué es lo que buscaba en realidad con semejante trato? ¿Se aprovecharía acaso del estado de dormición en que tenía a su hija? Este pensamiento la sobresaltó. Sus amigas le habían hablado de celadores que se aprovechaban de las enfermas en coma para cometer con ellas actos impuros. En principio, la residencia Las Zarzas estaba considerada como un centro médico de postín, pero nunca se sabe: si se puede encontrar a Dios entre los pucheros, ¿por qué no ha de hallarse al Mal entre las sábanas de hilo de una clínica de lujo?

Se había casado con Hermógenes Arbusto convencida de que era el hombre de su vida, pero ahora ya no se encontraba tan segura de ello como al principio. Él le llevaba a ella doce años y se conocieron cuando Ilustra se hizo cargo, recién terminados sus estudios de Historia del Arte, de las relaciones públicas de un restaurante de moda que presumía de estar a la última en arte contemporáneo y al que acudían numerosos pintores de alta cotización, hombres de negocios y gente como Hermógenes, entonces un asesor fiscal en alza y con despacho propio. Ambos procedían de la burguesía acomodada (más acomodada la de Ilustra), y el suyo se consideró un matrimonio deseable y envidiable. Ahora dormían en cuartos distintos, copulaban con alguna constancia, hacían planes juntos y planes por separado, solían ponerse de acuerdo en los problemas cotidianos porque él había depuesto las armas tiempo antes y, en general, se soportaban civilizadamente. El trabajo ocupaba a Hermógenes de lunes a sábado, salía todas las noches, con ella o sin ella, y el domingo dormía hasta bien entrada la mañana. Ella era muy de salir con amigas, le había cogido el gusto al dry martini, acompañaba a su marido en todas las fiestas o reuniones de rango y utilidad para sus negocios o se las organizaba con éxito, una vez a la semana asistía a un seminario de arte, era asidua del Hipódromo de la Zarzuela y acariciaba la idea de adquirir un *yearling* algún día, una linda potrita.

No, la verdad es que Hermógenes no era el hombre de su vida, pero se había acostumbrado a él y se le hacía un mundo ponerse a buscar un suplente con lo escaso que andaba el mercado de hombres interesantes. Al fin y al cabo, si se entendían sin odiarse la situación era estable, ninguno era más que el otro y, subrepticiamente, mandaba ella. De puertas afuera se la tenía por una mujer de carácter; de puertas adentro lo era, pero sabía administrarlo. Su ilusión habría sido dirigir una galería internacional de arte o ser conservadora de algún gran museo, pero no estaba dispuesta a frustrarse por ello, así que solía viajar, también con amigas, a países de interés cultural donde sus explicaciones y reflexiones eran acogidas por la cohorte con la misma admiración que los monumentos o exposiciones que visitaban y donde todas ellas adquirían a continuación muestras del folklore local en grandes cantidades. Todo ello le concedía una aureola de mujer eficiente, con personalidad y mundo, de la que ella disfrutaba.

Pero la sombra de Forcas, cada vez más instalado en su casa y en su mundo, le producía desasosiego, inquietud, alerta. Había algo diabólico, nunca mejor dicho, acechando en el aire. Jamás hasta este momento de su vida había acumulado tal cantidad de dudas como las que ahora disputaban en su mente. Y todo ese guirigay del que no conseguía sacar mucho en claro la inquietaba sobremanera. ¿Sería que Forcas estaba sembrando entre ellos, marido y mujer, la semilla de la discordia?

VI
Otras actividades

Tomás Beovide Soñador solía cantar en el coro del colegio y de ahí venía su afición por la música, que él siempre creyó que sería beneficiosa para la composición de poemas. Hasta el momento, sin embargo, no había conseguido ensamblar su sentido melódico y rítmico con su producción poética y esto lo angustiaba sobremanera, porque pensaba que la juventud es el momento más creativo de matemáticos y poetas. Arthur Rimbaud era el ejemplo excelso, y a él se le estaba pasando el tiempo; si no había ocurrido ya.

El Círculo Gongorino no estaba de acuerdo en considerar la edad un elemento indispensable en la composición del poema, y menos que nadie don Fernando García de las Letras, lo cual permitía a Tomás mantener la esperanza de llegar al pie de la escalera que ascendía hasta el Olimpo de los poetas. Pero si bien apreciaba la sabiduría del jubilado profesor, temía que se hubiera entregado a la bondad de trato con su pequeño círculo de admiradores dada su edad. Al fin y al cabo, ¿qué cuesta ser amable con unos ilusos a escasos pasos de la muerte?

Su colegio fue el característico centro escolar público de los noventa en una España laicizada más bien de boquilla y abierta al mundo, pero aún sobrecargada de curas y de patriotas, de lo cual él no fue muy consciente hasta que tuvo la edad adecuada como para que sus padres, de condición modesta e ideas conservadoras mas no estrictas, comenzaran a hablar en su presencia de los tiempos en que callar y disimular era el modo de sobrevivir en lo que luego, a la luz de sus estudios universitarios, conocería como la Dictadura y el Régimen. Tomás era originario de una pequeña población lucense cercana al mar, al cual llegó a conocer por la orilla en su adolescencia. En el mar depositó todas sus fantasías, como el niño del poema de Baudelaire ante los mapas; leyó algunas novelas mediocres tomadas de la biblioteca pública que trataban de aventuras en el mar, hasta que cayó en sus manos una vieja edición mal traducida de *Dos años al pie del mástil*, de Richard Dana; y también vio muchas películas, una de las cuales lo dejó tan conmocionado como el relato de Dana; era en color, pero en pantalla normal, y se titulaba *El mundo en sus manos*. La película le mostró dos cosas igualmente decisivas: la estremecedora belleza e intensidad de la emocionante carrera entre los veleros, y la sencilla y encantadora belleza de Ann Blyth, que durante mucho tiempo y aún en la actualidad sería para él un referente de mujer. Sin embargo, Tomás no pisó la cubierta de un barco en su vida, salvo alguno de esos recorridos, bordeando la costa, de las embarcaciones turísticas repletas de gente de tierra adentro. Todo quedó, pues, en su imaginación y en ciertos apoyos, entre los cuales el principal fue la lectura de *El espejo del mar*, de Joseph Conrad. De la admiración por la amplitud, precisión y nobleza de su lenguaje, al que hizo honor la traducción española de un joven novelista que después alcanzaría merecida fama, pasó a la lectura de sus novelas y de ahí a su narrativa de altura. Pero, con ser un devorador de novelas, su pasión —y vocación— era la poesía. En su primera juventud compuso miles de poemas que fue destruyendo o seleccionando para quedarse al final con una pequeña colección de ellos que, con el paso del tiempo, guardó en un cajón a sabiendas de que nunca los publicaría. En realidad, los guardaba como recuerdo de una etapa.

Desde entonces solo había dado a la luz pública un breve libro de poemas que le proporcionó satisfacciones y desdenes a partes iguales, y en la actualidad se hallaba preparando una segunda entrega. Aparte de eso, tuvo dos novias, se licenció en Filología Hispánica y, ante su estupor, obtuvo una cátedra de instituto en Lugo capital y de ahí, por traslados sucesivos, acabó dando en un instituto de enseñanza superior de Madrid en comisión de servicio, pero con la esperanza de quedarse fijo. A sus padres se les hizo el culo agua de limón de puro orgullo y en su localidad natal convinieron que el chico ya apuntaba maneras desde que era un crío. Así pues, bien podría decirse que tenía el mundo a sus pies. Y, sin embargo, desde su punto de vista todo eran negros nubarrones prestos a soltar sobre él su carga fatal. Su chica le había dejado también por cursi debido a una composición poética que tuvo la mala ocurrencia de dedicarle el día de San Valentín; no veía posibilidad alguna de solicitar con éxito la excedencia de seis meses para dar fin al libro de poemas y a una poética que pensaba publicar como epílogo tras ordenar sus escritos teóricos; el banco le había denegado un préstamo que necesitaba para arreglar una modesta cabaña que había adquirido en la costa porque aún debía la casi totalidad del préstamo previo con que la había adquirido; y, para colmo, había encontrado a la mujer de su vida y la había enviado al limbo de la existencia.

Don Fernando le había aconsejado sabiamente que no se dejase desanimar por tales acontecimientos, tan naturales en la evolución de las personas ambiciosas, pues no hay ambición que no se curta en la adversidad. Él mismo se puso como ejemplo, lo que hizo dudar aún más a Tomás, pero lo cierto es que don Fernando García de las Letras, egregio profesor universitario, no lo tuvo fácil. Fue un decidido partidario de primera hora de la Falange; de ahí pasó a denostar (en privado) al Régimen y a la Iglesia católica; más tarde colaboró activamente (siempre en secreto) con la oposición democrática e incluso estuvo a punto de publicar un artículo en la revista *Cuadernos para el Diálogo* que, en su opinión, habría dado lugar a un nuevo secuestro de la publicación por parte del Ministerio de Información. A la muerte del Dictador logró hacerse con una minúscula porción del pastel cocinado en la universidad y, por fin, empujado por la insistencia y vehemencia argumental de sus alumnos, cuando le llegó la jubilación, considerada por unanimidad como una pérdida institucional, fundó la tertulia conocida con el nombre de «El Círculo Gongorino», un espacio cultural de intercambio de pareceres que tenía su sede en una recóndita cafetería madrileña de cuya existencia ya tiene conocimiento el lector.

Lejos estaban los alegres y confiados contertulios de suponer que pronto, más allá de sus aficiones comunes, habrían de interesarse por las consecuencias del altercado que estuvo a punto de provocar el cierre temporal del local, como tampoco sospechaban siquiera que entre sus componentes se escondían un idealista y un pragmático prestos a la acción. De momento, y superada la última trifulca que terminó con Maribel Arbusto en la clínica Los Zarzales, bien que por el afán salvador de Tom Beovide y no por causa de lesiones procedentes del enfrentamiento, continuaban reuniéndose con toda normalidad semanal o quincenalmente. La verdad es que la refriega entre protofascistas y escritores acabó en tablas porque estos últimos, en la inferioridad de condiciones y de armamento que les caracterizaba, eran maestros en el arte de correr y disolverse, técnica aprendida y transmitida por sus mayores, que se enfrentaron a las fuerzas del orden del Dictador. En realidad, y al contrario de los radicales que imponían la ley de la calle en sus batallas contra el poder establecido, los contertulios eran unos clásicos pasados de moda, pues en la actualidad los enfrentamientos con la autoridad estaban más cerca de la guerra de guerrillas, el destrozo gratuito de material urbano y de comercios y la rapiña, si se daba la ocasión, que del diálogo y el pacto.

En ausencia de Beovide y en presencia de Gregorio Espínola, que estaba empezando a salir con Verónica Arbusto y no perdía ocasión de intentar impresionarla, los contertulios, reagrupados al día siguiente tras la desbandada, empezaron a esbozar un plan de acción directa. La emoción suscitada por un acto de esta naturaleza y tan impropio de ellos, gente de acción mental sobre todo, empezó a recorrer sus espinas dorsales con tal sobrecarga eléctrica que don Fernando hubo de apelar al canguelo que habitualmente suscitaban en ellos las emociones fuertes, para que un mínimo de recelo ante tanto entusiasmo se impusiera en el grupo. Porque el plan de acción de Tomás era ambicioso: rescatar a Maribel Arbusto de la jaula de oro en que la mantenían las fuerzas del capital y entregársela a él, es decir, a un representante del mundo del trabajo. Y si él no lograba despertarla, que al menos pudiera reposar serenamente al cuidado de su adorador.

Al fin, una verdadera aventura les esperaba.

Magdalena Desamants esperó en vano la visita de Tomás Beovide. A Tomás, como ella había supuesto nada más verle la cara, le venía grande una mujer de su talla. Y, sin embargo —meditaba Magdalena, que estaba más o menos al tanto de esta novela debido a su amistad con el narrador, servidor de ustedes—, el infeliz intentaba conquistar a Maribel Arbusto, empeño que no es que le quedara grande, es que era lo que el Mont Blanc a un excursionista de pantalón corto y chirucas por todo equipamiento; Tomás, por más que se negara a reconocerlo, era un bocado ridículo y despreciable para Maribel. Pero, como la mayoría de los hombres bienintencionados de talla media, soñaba con alturas gloriosas. Magdalena pensaba en ello y, al hacerlo, se le escapó un suspiro de lo más hondo de su hermoso pecho. «Las mujeres fatales ya no tenemos sitio en el mundo; como tantas otras especies en peligro de extinción», se dijo. «No hay presas que merezcan la pena, pero antes me quitaré la vida que acabar como una vulgar meretriz».

Como respuesta a su compunción, el timbre de la puerta le anunció una visita. «¿Sería un Beovide decidido a todo?», se preguntó con el corazón encogido. Tardó en abrir lo que en recobrar su esplendor y, ante lo que vio, se quedó perpleja e impresionada: bajo el dintel, una mujer elegante, de una atractiva madurez, la observaba a su vez con simpatía, pero también como si la estuviera calibrando.

—Tenga la bondad de pasar —dijo, antes de que la visitante probara a hablar.

La mujer agradeció la invitación y entró en el piso mientras Magdalena se hacía a un lado y cerraba la puerta tras ella.

—Permítame presentarme —dijo deteniéndose en mitad del pasillo por el que avanzaban—. Soy María Ilustración Frondoso, señora de Arbusto. Usted no me conoce.

—Yo soy Magdalena Desamants —contestó la otra, desenvuelta.

—Lo sé. He venido expresamente a buscarla. Tiene usted que ayudarme.

El apuro de la señora de Arbusto era evidente y Magdalena, impresionada por su arrojo, se apresuró a ofrecerle un asiento.

—¿Quiere usted tomar algo? ¿Un café? ¿Un té? ¿Un julepe de menta?

—Tomaría una manzanilla para tranquilizarme. La verdad es que hoy tengo un día horrible.

Magdalena se excusó, llamó a la criada, dio orden de preparar un servicio de té para ella y una manzanilla para la visitante y esperó, tan satisfecha como intrigada.

—Bueno —dijo cuando se hubieron servido—. Usted dirá qué es lo que desea de mí.

—Pues verá... —empezó a decir María Ilustración—. Sé que va a considerar extraño lo que vengo a decirle, o a lo peor le parece una barbaridad; pero antes de nada tengo que explicarle que soy madre, una madre desesperada y dispuesta a lo que sea para recuperar a su hija.

—¿Tan grave es? —preguntó Magdalena, preocupada.

—Ni se lo imagina usted. La tengo en coma en una clínica especializada y no veo el modo de sacarla de ese estado. ¡No, espere! No me refiero a sacarla del coma, bueno sí, pero no la busco a usted para eso, usted sería una intermediaria...

—¿Para sacar a alguien de un coma? —dijo Magdalena, perpleja.

—Exacto. Sí. O no, usted directamente, no. Déjeme hablar, deje que le explique. Cuando termine, seguro que no le parece un dislate. Verá, mi hija está en coma por influencia del diablo. Sí, como lo oye. Resulta que el diablo hizo un pacto con mi marido... —Magdalena empezó a retreparse preventivamente en su butaca—. Para salvar su vida, la de mi marido; pero a cambio, el diablo le exigió una prenda de cumplimiento y se llevó a mi hija. —Magdalena empezó a mirar, alarmada, a ambos lados del sillón donde se sentaba—. Y desde entonces se encuentra en coma en la residencia Los Zarzales, que, por cierto, tiene un cuadro médico de primera categoría.

—¿Y qué puedo hacer yo por su hija? —La voz no le tembló a Magdalena porque estaba acostumbrada a bandearse en las situaciones más comprometidas, aunque el pulso se le había acelerado.

—Muy sencillo —contestó María Ilustración, que habiendo soltado lo más difícil empezaba a tranquilizarse—. Quiero que seduzca usted al diablo y que con sus artes femeninas, que, dicho sea de paso, creo que son diabólicas... ¡Uy!, qué tontería he dicho... En fin, que con sus artes le saque usted la fórmula para devolver a mi hija a la vida cotidiana. Soy una madre desesperada, una madre que está dispuesta a llegar hasta donde sea, a soportar el ridículo o a... a cometer un crimen si es preciso. —Al decir esto, apretó firmemente el bolso.

Magdalena Desamants, nacida Pilar Pérez Plum, en Zaragoza, esbozó una sonrisa tan mundana en aquel trance que cualquiera que la hubiese visto no habría dudado en aplaudir. Mientras seguía sonriendo sin perder de vista el sospechoso bulto que se dibujaba bajo la piel del bolso que su visitante apretaba resueltamente contra su cuerpo, buscó discreta con la vista la mejor vía de escape y, tras decidirse, se puso en pie y se dirigió con aparente calma al teléfono.

—Si no le importa, había quedado a esta hora en llamar a una amiga y... —Consultó su reloj al tiempo que hablaba.

—Usted no va a llamar a nadie —dijo María Ilustración con voz amenazadora—. No piense que soy tonta. Sé que no ha creído una sola palabra de lo que le he dicho, pero lo creerá; le aseguro que lo creerá. Usted piensa que estoy mal de la cabeza. No es cierto. Le hablo de mujer a mujer. Soy una mujer normal que se encuentra en un trance horrible y necesito ayuda. Dígame: ¿usted cree que el Mal existe? —preguntó, anhelante.

Magdalena respiró hondo.

—Sí, supongo que sí. Al menos parece que sí.

—Yo lucho contra el Mal. Lucho con todas mis fuerzas y estoy sola. Mi marido presume de su habilidad para esquivarlo, e incluso para utilizarlo, y no ha dudado en sacrificar a su hija. ¿Qué puedo hacer yo sola? ¿Qué haría usted en mi lugar?

—Yo no tengo hijos. Si me ocurriera algo tan extraordinario como lo que usted me cuenta... Pero yo no odio el Mal; hasta cierto punto me mantengo cerca de él, es mi naturaleza, sé sacarle beneficio sin poner en peligro mi propia existencia. ¿Por qué tendría que ayudarla?

—Porque usted lo teme tanto como yo, pero ha aprendido a vivir a su lado. Ése no es mi caso. Mi vida era grata hasta que me topé con él y no por mi voluntad; lo terrible para mí es que ya no puedo ignorarlo, ahora lo sé. Usted ha hecho su elección dentro de su vida y por eso mismo posee más recursos que yo. La admiro, créame que la admiro.

Magdalena tuvo que reconocer que, contra su voluntad, estaba verdaderamente interesada en la historia de la mujer que tenía enfrente. En su trayectoria de mujer fatal se abría un campo de experiencia impensado hasta ese momento. Los hombres eran para ella juguetes de un destino que ellos mismos se imponían y con los que se divertía de un modo maligno, en efecto; una malignidad que le proporcionaba un intenso placer. Y de pronto aparecía indirectamente en su vida, y de la mano de una mujer de carácter, un verdadero representante del Mal y empezaba a acariciar la idea de conocerlo, y no sólo eso sino más: la idea de confrontarse con él. ¿Sería cierto lo que la mujer contaba, esa historia absurda, extravagante, probable producto de una señora sometida a las mareas vivas de la menopausia? Con todo, ella era sensible al Mal, vivía con ello. La tentación era demasiado fuerte. Le excitaba mucho la posibilidad de conocer a su servidor. Quizá se tratara sólo de un seductor que le había arrebatado una hija a una madre fantasiosa y desequilibrada, pero ¿qué clase de seductor? ¿Alguien en verdad dotado? ¿Un serio contrincante? Sentía cómo la invadía el deseo, un deseo irresistible de poner en juego su propia estima y apostar por ella.

—¿Y dice usted que es el diablo en persona?

—Sí. Él lo es —contestó María Ilustración.

—Está bien. Quiero conocerlo —dijo con toda decisión—. Yo le diré quién es de verdad cuando lo tenga delante.

María Ilustración cayó a los pies de la mujer, hecha un mar de lágrimas.

Don Fernando García de las Letras consideró la propuesta de rescate presentada por Beovide un completo disparate. En primer lugar, porque lo que ellos denominaban «rescatar» no era ni más ni menos que un delito tipificado como secuestro, con el agravante de que se efectuaba sobre una persona incapacitada para defenderse y bajo tratamiento médico. Un asalto a la residencia Los Zarzales implicaba una catarata de delitos que podía dar con todos los miembros del grupo gongorino en la cárcel. En resumen, consiguió calmar los ánimos y dar cauce a proposiciones más realistas, pero ahí tuvo un desliz que precipitó los acontecimientos. En efecto, junto al consejo sereno y la justa apreciación de la situación, algo dentro de él le hizo sentir que su mensaje a los chicos no podía ser sólo un mensaje de prudencia, virtud que, a la edad de aquellos muchachos, se consideraba propia de reprimidos o de cobardes; por tanto, y en buena lógica, también debía darles alas para que ejercitasen su indomable juventud y su espíritu aventurero, que tantas veces a lo largo de la Historia había rendido frutos extraordinarios a la Humanidad.

Sólo por esta razón, se le ocurrió empujarles a la acción. El asalto a la fortaleza era factible; difícil, pero factible. Aparte de la de no ser heridos ni tomados prisioneros por la Guardia Civil, la única precaución que debían tomar —y aquí residía la dificultad— era evitar el delito. En consecuencia, se trataría de organizar una acción de comando de doble sentido: estratégico y psicológico. El primero consistía en diseñar un plan que permitiese la evacuación del objetivo y su posterior ocultamiento. El segundo era el más difícil, pues se necesitaba convencer a alguien del interior de la fortaleza, o quizá a más de uno, para que se uniera al plan. Convertirlo a la causa era el efecto psicológico necesario, porque si a mitad de la operación se desdecía o si, cumplida la misión, cantaba al final de la misma al primer interrogatorio, sentaría la base de una infracción de la ley; tendría que ser, por tanto, un entregado a la causa, alguien dispuesto a morir antes que a traicionarla.

En cuanto a la evacuación de la durmiente era sin duda más peliagudo que llegar hasta ella. No era lo mismo irse abriendo paso a través de una maraña de zarzas, para lo que había tiempo y medios técnicos disponibles, que salir de ella echando centellas y con un ser inerte a cuestas. Posiblemente las zarzas se cerrarían a sus espaldas mientras entraban o perderían la referencia entre tal densidad de ramaje, lo que les dejaba en precario. El edificio estaba muy bien aislado del entorno. Al entrar en el área de protección, y si lo hacían bien, podrían tomarse su tiempo, pues nadie esperaría un ataque por sorpresa y estarían confiados; pero al salir, las cañas se tornarían lanzas, las zarzas alambrada, sus perseguidores los cercarían por áreas de defensa que sin duda tendrían distribuidas como una red de seguridad... en fin, que muy posiblemente tendrían que confiar en la improvisación para salir con bien y acertar a recuperar el camino que abrieron para llegar hasta el edificio donde se encontraba el objetivo. La clave del éxito la tenía, una vez más, Beovide: si acertaba a despertar a la bella durmiente con un beso, la huida sería mucho más factible.

La opción de dividirse en comandos les pareció a todos la más efectiva. Los más audaces y combativos serían la punta de lanza del ataque final. A estos les abrirían paso el cuerpo de zapadores, dedicados en esta ocasión a abrir un camino entre las zarzas; subdivididos, se encargarían unos de guiar hacia la salida a la punta de lanza y otros, de realizar una maniobra de distracción para confundir al enemigo. Finalmente, el grupo de intendencia, o expectativo, estaría fuera de los límites atento a proveer de cualquier necesidad a los internados, a llevar a cabo la evacuación motorizada de todos los comandos asaltantes y, sobre todo, a proteger y defender al *hacker* que debía hacerse con el control del Centro Médico en el momento del asalto final. En cuanto a Beovide, estaba más dispuesto que nunca a morir en el intento.

Sólo don Fernando, hombre de sabiduría y con tanto pelo en las narices y las orejas como escaso en la cabeza, orondo y desplomado a la vez, fue capaz de comprender, desde el mismo momento en que era vitoreado entusiásticamente por los componentes del Círculo, la magnitud del desastre al que enviaba a todos los integrantes de la expedición.

«Esto va a ser Balaclava», se dijo, tan consternado como impotente ante las fuerzas que él mismo había desatado.

VII
Irrumpe el narrador

Narro. Cerca de mí están demoliendo un edificio y el ruido es atronador. Me pregunto si alguno de los personajes alcanzará a oírlo. Me cuesta escribir, siento que voy tirando de mí porque no consigo concentrarme, no consigo abarcar el sentido último de este empeño, el que lo legitima literariamente. Ya sé que sólo soy el narrador, pero la historia está concebida para que yo la cuente y me siento comprometido con ella; no soy un mero artificio, sino la voz elegida.

Pero yo también quiero hablar con el lector, puedo permitírmelo; al ser el relator de esta historia he adquirido el don de la singularidad y el derecho a expresarme como narrador; puesto que lo soy, soy reconocible; quien me lee me reconoce; el reconocimiento me proporciona autoridad.

UN LECTOR.— Pero para hablar, tendrá usted que pedir permiso.

No, no lo veo yo así. Como acabo de decir, el autor, que me ha creado y me utiliza, no lo niego, tampoco puede negar mi existencia. ¿Para qué necesito permiso? Eso menoscabaría mi autoridad, lo cual no conviene a la narración; es más, arruinaría su credibilidad. Un autor se ata a su intención y a su escritura del mismo modo que una novela, una vez planteada, tiene exigencias de obligada aceptación. El plan exige su cumplimiento.

VIII
Continúa la ficción

Maribel y Verónica Arbusto Frondoso eran las dos queridas hijas de Hermógenes, pero la primera era la niña de sus ojos. No le encontraba defecto físico ni intelectual, se reconocía a sí mismo en su fuerte carácter y admiraba el modo en que sabía conjugar femineidad y dureza. La pequeña, en cambio, le parecía más simple y más señorita, y confiaba en que hiciera un buen matrimonio con el apoyo del dinero al que añadir su indudable encanto. Pero Maribel... Maribel se merecía un imperio. Ahora lamentaba profundamente haberla entregado. La ofuscación del momento, la necesidad de eludir la muerte, la propuesta tan sorprendente del señor Forcas... apenas si tuvo tiempo de reaccionar y entregó a su pobre hija como víctima propiciatoria, no para el sacrificio sino en una guarda que podría ser muy larga, alejarla de su entorno, arruinar su futuro... ¿Por qué no lo pensó? Hermógenes se tiraba de los pelos en su impotencia. Forcas, sabiendo que lo tenía en sus manos, jamás renunciaría a su ventaja. Era evidente que se había informado de su predilección por su hija primogénita, sí, había jugado sucio y aprovechado el momento con toda frialdad. ¡Ay, si hubiera tenido los reflejos de entregarle a Verónica...! Pero el muy ladino había escogido bien, había escogido donde más daño hacía y ahora tenía a Hermógenes bien agarrado por los huevos. Qué fatalidad.

En los últimos días, éste era su pensamiento recurrente, pero no el único. Cuando se reunía con sus amigos, con sus socios, con sus clientes, con la elite de la nación en definitiva, los contemplaba con una sonrisa subrepticia y una íntima superioridad. Cualquiera de ellos, fuera la que fuese su fama, fortuna o posición social, podía morir en cualquier momento y perderlo todo; el formidable poder de todos ellos dependía finalmente del azar y de la Parca. Hablaban de futuro como criaturas inconscientes, ignorando que en cualquier momento podrían rodar sus cabezas bajo la guadaña, aspirando insensatamente a acumular capital y muestras de ostentación, volviendo a casarse con jóvenes despampanantes, codiciosas y vanas a las que doblaban en edad, sin darse cuenta de que sus días estaban contados, que se encontraban, se mirase por donde se mirase, en la recta final. Esta constatación le producía un placer insuperable, mayor que el sexo y el dinero, de los que, por otra parte, podía gozar sin reparo ni aprensión, pero sin exceso porque él sabía cuánto debía a su esposa y no se expondría ni a sus iras, en caso de divorcio, ni a acabar, como otros, convertido en un ridículo viejo con mantenida adjunta. Hermógenes Arbusto tenía metido muy adentro el sentido cabal de la notoriedad. María Ilustración era una mujer inteligente, lo cual apreciaba, era la madre de sus hijos, lo cual le daba la primacía, y era tolerante con las debilidades masculinas siempre que no afectasen al patrimonio familiar ni a su ejercicio del poder en el clan.

Sin embargo, este placentero cuadro se vio algo alterado el día en que se preguntó si Forcas o alguno de sus iguales no habrían establecido pactos semejantes al suyo con otras personalidades de la elite social, económica y política; aunque esta última la consideraba de menor interés para un personaje de la ambición de Forcas, porque eran almas demasiado inestables, demasiado provisionales y, en consecuencia, de baja cotización. Esta sospecha, unida a la pérdida de Maribel, le impedía disfrutar de su situación como habría deseado.

El gesto de satisfacción fue mutando a mueca de disgusto. Se hacía necesario hablar con Forcas e interrogarle a las claras, pero el otro bien podía mentirle. Lo que necesitaba ahora, comido por la duda, era saber si alguien más disfrutaba de la condición de la que disfrutaba él y, en caso afirmativo, a qué precio. Porque Forcas podía haber hecho otros tratos y la sola idea de que otros hubieran obtenido lo mismo que él a un precio menos oneroso (la suspensión de vida de un pariente en menor grado o, incluso, de un trabajador valioso de la empresa del negociador) le quitaba el sueño. Poco a poco empezó a observar a la gente de su entorno con una atención enfermiza, tratando de adivinar en sus gestos, en sus actitudes, en su aspecto físico e incluso en sus conversaciones algún indicio de favor obtenido, pues habiendo acogido y presentado a Forcas en sociedad, éste se desenvolvía como pez en el agua gracias a su simpatía y sociabilidad. La obsesión se fue convirtiendo en un sinvivir y agriándole el carácter, pues no daba con el modo de averiguar lo que anhelaba saber. La propia María Ilustración se lo había echado en cara: «Hijo, no sé qué te pasa, que estás hecho un hurón».

Así estaba, en grado máximo de frustración y paseando en redondo por el salón de su casa como un león enjaulado, cuando acertó a mirar por el ventanal que daba al jardín y lo que vio le dejó doblemente estremecido. En su banco favorito, situado bajo la albizia de flores rojas, su hija Verónica y un tirillas que debía de doblarla en edad estaban pelando la pava. El contraste entre su hija vestida con el uniforme del colegio, con la clásica faldita tableada que dejaba al descubierto sus jóvenes y adorables muslos, y la pinta de progre estrafalario y rijoso de su *partenaire* le dejó sin habla por unos momentos; mas, apenas repuesto, requirió la presencia de María Ilustración con la característica voz de trueno que, paradójicamente, tanta gracia le hacía a la familia.

—¿Se puede saber quién ha dejado entrar a ese pelagatos en nuestro jardín? El que está con la niña.

María Ilustración miró por el ventanal con curiosidad y asintió con la cabeza.

—Es un noviete que se ha echado, creo.

—Pero... ¿cómo que noviete? —barbotó Hermógenes—. ¿Noviete ese mendrugo en harapos? Ilustra, no te reconozco.

—Pues ya va siendo hora, después de tantos años.

Hermógenes rezongó, bufó, rugió y dio varias patadas en el suelo antes de dirigirse en estado de furia paterna al exterior de la casa.

—¡Hermo, que te pierdes! —le advirtió su esposa.

El aviso cayó en saco roto. Hermógenes salió al jardín hecho un basilisco y armando tanto ruido, entre golpazos y bufidos, con el puño en alto preparado para golpear y un rictus colérico que le deformaba el rostro, que Gregorio Espínola, pues no otro era el *partenaire* de Verónica, salió de naja en dirección contraria y salvó el muro de protección con agilidad digna de un contorsionista de circo. En el aire quedaron flotando sus últimas palabras:

—Tranquila, nena, éste no es más que un mero incidente formal.

Tom Beovide se hallaba tumbado en el suelo de su buhardilla con las piernas en alto apoyadas en la pared escuchando un disco de Julie London. Había cruzado las manos en la nuca y se dejaba llevar por la sensual y acariciadora voz de la maravillosa, que cantaba:

You and the night and the music
fill me with flaming desire...

y pensando en Maribel Arbusto. Debía estar preparando la clase del día siguiente, pero no conseguía concentrarse. Julie era la única mujer que le habría hecho olvidar a Maribel, pero estaba muerta y pensó que ambas yacían fuera de la vida real, como una constatación de su negro y frustrante destino en pos de una utopía llamada amor. ¿Por qué el amor se resistía de ese modo a entrar en su vida? De Julie London le separaba, además del más allá, una diferencia de años que habría hecho imposible su historia de amor, pero ella le había dejado su voz. De Maribel, en cambio, le separaba, sencilla y llanamente, la mala suerte que propició aquel encuentro desastroso. Un malentendido y una maceta que habían desbaratado el inicio de un romance irrepetible.

Esa muchacha dorada, ese sueño al alcance de la mano en un instante y, al siguiente, tan lejos como el universo.

You and the night and the music
thrill me but will we be one
after the night and the music are done?

El amargo destino te ofrece apurar la copa hasta las heces, fríamente, sin emoción ni sentimiento alguno, verdugo implacable, sombra que sólo deja detrás una grotesca carcajada que al perderse en la lejanía marca la horrible estela de la desesperanza, el doliente y desesperado adiós del amante sacudido por la desdicha.

Until the pale light of dawning and daylight
our hearts will be trobbing guitars.

Maribel durmiendo ajena al mundo, a la vida, a él; ni sintiendo ni soñando, solamente tendida a la espera de nada en un tiempo inexistente, idéntico a sí mismo, una línea constante e imperturbable perdida en el tiempo de la vida mientras el deseo lo consumía a él, a Tom, lejos de ella, lejos de su cuerpo inerte, lejos de su imagen troceada en recuerdos como las piezas perdidas de un puzle del que sólo permanece el luminoso modelo y el flechazo con que le alcanzó en medio de la barahúnda.

After the night and the music die
will I have you?

¡No! No podía conformarse. Era necesario pasar a la acción. Confiaba culturalmente en que el efecto de una acción enérgica, el efluvio quizá de un beso en el que pudiera descargar toda su pasión, sería capaz de devolverla a la vida real, al movimiento, al amor, sí, al amor. Todo lo que él sentía dentro de sí no podía quedarse en humo, en aire, en nada. Toda la fuerza que lo inflamaba no podía arder impunemente. Quizá por eso se apagó, y regresó esplendorosa Julie London atacando «Black coffee» y lo devolvió a la realidad. Amar a dos mujeres a la vez le dejaba exhausto.

De repente sonó el timbre. Tom se encontraba tan a gusto disfrutando del dolor de la pérdida que acudió hasta la puerta a regañadientes, mascullando imprecaciones. Al abrir se encontró con el Plumillas. En la cara traía pintada la noticia.

—No eres tú el responsable del coma de Maribel —le espetó a Tom sin más preámbulo—. Alegra esa cara.

Beovide no estaba dispuesto a aceptar esta información así como así. No en vano llevaba sufriendo varios días de mal de amores y gimiendo por la oportunidad perdida con Maribel. Aceptar ahora, de golpe, que el drama no tenía nada que ver con él lo rechazaba de plano. Ni siquiera atribuyendo el estado de Maribel a la intervención de alguna fuerza oscura, en el supuesto de que eso pudiera probarse, lo que le parecía del todo imposible pues no era ésta época de magos ni de chamanes, aceptaba quedarse al margen del drama, ser desbancado de su papel de protagonista y reducido al de figuración.

—Ay, Beovide, en qué poco te tienes. Tú no eres el héroe por la sencilla razón de que aún no te lo has merecido. Has sido un verdadero extra, uno entre la multitud, que tenía el minúsculo papel de despojar de su ropa a Maribel, que hay que ver lo buena que está, para regodeo de los espectadores de una escena perfectamente concebida y ejecutada. Pues igual. Tú lo hiciste bien, te agarraste a ella como náufrago al madero, la dejaste en bragas y sostén, y al ir a rematar la faena, saliendo ya del tumulto, ¡zas!, la maceta. Comprendo que te enamorases de ella, comprendo la pasión que pusiste en tu excelente actuación por verdadera, pero tu momento está por llegar, el reencuentro de la estrella con el anónimo extra será tu gloria, amigo, no habrá poema que lo exalte suficientemente; sí, porque ¡ha llegado el momento de que el joven héroe rescate a la princesa de su confinamiento en el sueño! —anunció en tono triunfal.

—Pero yo... ¿cómo?, ¿con qué armas?, ¿en qué momento lo vamos a hacer? ¿Se acepta mi plan? —preguntó Beovide, temeroso y anhelante a la vez.

—Ah, eso... bien... eso es lo que tenemos que resolver, sin duda, aunque yo preferiría llamarlo intención más que plan. Estamos en ello. Tú no te preocupes, que te avisaremos oportunamente. Sabemos algo que tú no sabes.

—¿Oportunamente? ¿Qué es lo que no sé?

—A la primera pregunta: cuando se inicie el ataque.

—¿Qué ataque?

—A la segunda: la razón por la que tu amada se encuentra en coma.

—¿Qué razón?

—Ah, tú quieres saber mucho sin merecerlo. En lugar de estar patas arriba dándote lástima como un poeta mediocre y holgazán, deberías ponerte en marcha porque no lo vamos a hacer todo éste y yo.

—¿Éste? —preguntó Beovide, arrugando la nariz.

—Os presento: Tomás Beovide, poeta y profesor, y el señor Martínez, mendigo.

El mendigo Martínez se apresuró, entre los jirones de la manga, a ofrecer su mano a Tom y éste no pudo evitar el rechazo.

—Sí, ponte borde —comentó Gregorio—, cuando deberías besar el suelo que pisa.

El mendigo Martínez se recogió sobre sí mismo; aceptaba su condición con una humildad conmovedora.

—Él sabe escuchar y ha escuchado; ha escuchado conversaciones en la cocina de la casa de los Arbusto que harían estremecerse al *Establishment* —explicó Gregorio. Y añadió con estudiado aire de misterio—: Él sabe por qué está ella en coma, gracias a su discreción y curiosidad y a su capacidad de encaramarse a las ventanas. Beovide: estamos ante una terrible historia paterno-filial con intervención de las potencias infernales. Un asunto que puede hacer estremecer al mundo tal como hoy lo conocemos. Y ahí veo yo tu oportunidad —añadió triunfalmente—. Ahí es donde la veo a ella, ese sueño que parece irrealizable, en tus brazos si eres capaz de cumplir como un verdadero héroe.

—¿Lo soy? —preguntó el poeta, confundido y orgulloso.

—Lo serás. Sobre todo y contra todo, en la alegría y en la tristeza, en la salud y en la enfermedad, lo serás. Tú puedes, amigo, tú puedes —afirmó el Plumillas mientras pensaba para sus adentros: «Madre mía, qué hipócrita soy».

Ajena a todo lo que no fuera su mente en blanco, Maribel dormía apaciblemente sobre un lecho alto de hospital, enchufada a un respirador y a un gotero. La luz del mediodía se colaba en la impoluta habitación matizada por los visillos de la ventana, lo cual daba un carácter irreal a la escena, como si el lecho flotara en el aire y ella sobre el lecho. El silencio era absoluto, pues la ventana estaba cerrada. Tan sólo en el exterior, en los pasillos, se escuchaban los quedos pasos de las enfermeras o el discurrir de un carrito con las ruedas bien engrasadas. Se diría que la muchacha se encontraba en el escenario de un sueño eterno, una sala de espera de almas sin cita. Maribel respiraba suavemente, su pecho se agitaba de manera acompasada y discreta, daba la sensación de hallarse a gusto, viva pero libre de las fatigas y asperezas de la vida. Sin duda alguna, la paz moraba en aquella estancia y su ocupante reposaba a años luz de cualquier asechanza.

En el exterior, la paz pertenecía al orden de la naturaleza. Acompasados sonidos de grillos y cigarras, píos de pájaros que invitaban al paseo y setos y arbustos que animaban a la reflexión, el agua manando de las fuentes, el olor de la hierba recién segada, la cuchilla del dalle segando pues no había lugar para el ruido del cortacésped, las ramas de los pinos agitadas por una ligera brisa, la formidable barrera de zarzales a modo de seto protector, muchos metros antes del cercado de ladrillo de dos metros y medio de altura que rodeaba toda la finca.

Maribel dormía y la Tierra giraba. El cielo estaba azul y la luz despedía serenidad. La paz del lugar era de una pureza exquisita.

Una residencia encantada. Una fortaleza inexpugnable.

Todo el mundo estaba siendo de lo más solícito con el señor Forcas, empezando por el embajador de las Islas Heladas del Norte, que era una verdadera morsa y que convocaba la recepción con motivo de la fiesta nacional de su país, y terminando por los príncipes Bokoroco, él tan gordo y complaciente como siempre, con su ridícula barbita de chivo, y ella disfrazada de Edith Sitwell retratada por Roger Fry. Naturalmente, los Arbusto habían sido invitados junto con otras muchas personalidades del mundo político, financiero, diplomático y económico, Iglesia preconciliar y prensa acreditada. No se veía a ningún representante de la cultura debido a la tradicional enemistad española del Poder con la misma, excepción hecha de los prebostes de la rama conservadora y los artistas de la adulación.

En poco tiempo, Forcas había adquirido notoriedad entre la buena sociedad madrileña. Su carácter abierto, sus ingeniosas ocurrencias, sus misteriosos mensajes procedentes del lado oculto de la vida que hacían la delicia de las damas, su porte elegante y su conversación cosmopolita le estaban abriendo numerosas puertas y otras cosas más íntimas. Pero su presa favorita, María Ilustración Frondoso, se le escapaba hasta el momento. Forcas dejaba pasar el tiempo, confiado, mientras intentaba hacer medidos avances, aunque sabía que con la suerte de Maribel en sus manos él tendría la última palabra. La cuestión era que no deseaba emplear esa arma sino conseguir el fruto apetecido por su sólo esfuerzo personal. Se trataba, en efecto, de un reto personal, pues Ilustra era una mujer inteligente y de carácter que sabía a lo que estaba jugando y que sabía que Forcas lo sabía. Lo singular del asunto era que ambos querían solucionarlo *per se*, sin recurrir a subterfugios y sin dejarse, como se dice comúnmente, los pelos en la gatera; y eso se anunciaba imposible, al menos por el momento.

En consecuencia, mientras pasaba el tiempo, se ejercitaban en un juego clásico: los celos. En tanto él rendía ostensiblemente ante Ilustra a las damas de su círculo social, ella probaba a cerrarle caminos coqueteando con la princesa Bokoroco. Sin duda era un juego peligroso pues había que hacer coincidir en todo momento una extrema sutileza con el riesgo inevitable que comportaba el estar deslizándose por el filo de la navaja. Sí, porque María Ilustración, en su deseo de intentarlo todo, estaba jugando a dos filos como quien juega con dos barajas: su propio encanto y el encanto mercenario de Magdalena Desamants.

La posición de Ilustra era la más delicada. Sus armas de mujer no parecían poder combatir en condiciones similares a las aparentemente sobrehumanas de Forcas. Ante la confrontación, lo que sentía ella podía resumirse en una sola palabra: zozobra. La situación era muy inestable: no sabía qué era lo que le permitiría recuperar a Maribel. Por ejemplo: tal y como se estaba desarrollando el juego, no sabía si lo oportuno era entregarse al diablo o hacer lo contrario. Ella estaba dispuesta a llegar hasta donde fuera necesario, pero un error de cálculo podía llevarla a perder su baza antes de conseguir una contrapartida firme. En ese momento, todo se habría venido abajo: perdía a la hija y se envilecía ella. Y si tensaba al extremo la situación sin mover ficha, corría el riesgo de que Forcas acabara perdiendo interés, sobre todo viendo el éxito que tenía entre sus amigas. Así es como la torturaba el temor a equivocarse, perder a la hija y perderse ella misma. Esa zozobra la estaba matando.

Cuando empezó el baile, Forcas, decidido, se llegó a ella, ciñó su talle con el brazo derecho, la arrastró hasta la pista y bailaron un tango ante la admiración de los concurrentes e, incluso, de las otras parejas, que poco a poco se fueron retirando y haciéndoles corro. Lo cierto es que ambos bailaban muy bien, con un estilo elegante antes que canalla, un tango de salón, no de bulín. Tras los aplausos, el conjunto contratado por la embajada inició una melodía lenta y sensual y las parejas empezaron a apretarse cariñosamente. Ilustra no pudo por menos que dejarse transportar por un estado de elasticidad y ligereza al que era sensible. Resultaba difícil mantener esa gratísima sensación y mantenerse alerta a la vez, y durante unos momentos no supo si dejarse llevar o desprenderse de su pareja. De nuevo la dualidad de intenciones obraba sobre ella como inseguridad. ¿Cuándo sería? ¿Sabría detectar el momento preciso en el que debería jugarse el todo por el todo? ¿Existía un umbral de tentación como existía un umbral de dolor? ¿Hasta dónde podía soportarlo sin descomponerse y perder la cordura? Se movían apenas en unos palmos de suelo, llevando el ritmo no con los pies sino con el corazón, alimentándolo en la fricción de los cuerpos, en el roce de las mejillas, en el olor que procedía de las nucas: varonil en él, delicadamente floral en ella. Su mano se posaba en su mano, lo justo para reconocerse; la otra de él ceñía la cintura de ella con firme delicadeza; y, por fin, la mano libre de ella se ajustaba a la curva del cuello de él. Respiraban tan cerca el uno del otro que creían estar besándose sin juntar sus labios. Lejos de sí, lejos de todos, reunidos en un estado de embeleso que los aislaba del mundo y los conducía a través de la música, se dirigían a la rendición en el mutuo e inevitable deseo. Ella cerró los ojos en un supremo esfuerzo por rescatarse y él atrapó con extrema delicadeza el lóbulo de su oreja entre los dientes...

La música cesó y ambos despertaron de su transporte voluptuoso.

—¿Te encuentras bien? —le oyó decir ella.

—Necesito un cordial —respondió con voz quebrada.

Mientras Forcas corría a buscarlo, María Ilustración se aproximó a una ventana próxima en busca del fresco de la noche. Su pecho se agitaba entrecortadamente, su corazón le decía que acababa de dar un paso adelante sin ceder un centímetro de terreno ni perder la compostura, pero sentía también que el filo de la navaja había dejado un rasguño en su blanca y trémula carne.

Beovide observó al mendigo con desconfianza. La verdad es que era un mendigo de lo más zarrapastroso, pero tenía un algo que no supo definir. Una sensación. Bien, al grano: ¿qué era lo que tenía que contarle? El Plumillas, complaciente y satisfecho, le ofreció un cigarrillo que el hombre agradeció. Lo que más intrigaba a Tom era el aire de expectación que exhalaba su amigo Gregorio, el gesto que lucía en la cara, como diciendo: «Ahora vas a ver de lo que soy capaz cuando me pongo a ello».

El mendigo Martínez no nació mendigo. Lo de mendigar fue el resultado de una serie de dejaciones que lo redujeron a su lamentable estado actual. Tom, cuando veía a un hombre golpeado por la desgracia, tenía la manía de preguntarse cómo sería de niño e imaginar su infancia. No acertaba casi nunca porque lo idealizaba sentimentalmente, mas no podía librarse de intentarlo. El mendigo Martínez se cerró en banda ante la posibilidad de ser interrogado, pero por su vocabulario y la expresión de su rostro Tom llegó a la conclusión de que en algún momento había tenido estudios, quizá trabajo, pero que carecía de voluntad contra la pereza y que estaba a favor del aplazamiento indefinido de abordar cualquier acto positivo, incluyendo el esfuerzo para ir a comprar tabaco al estanco, por lo que fumaba de los pitillos que solicitaba a los viandantes. Lo más interesante era saber de dónde procedía esa especie de indiferencia ante el mundo, pero no había manera de sacárselo, así que sólo cabía la mera especulación a la espera de que por alguna de las costuras de sus harapos asomara su verdadera historia.

La información que el mendigo poseía dejó a Tomás fuera de combate. Al parecer, el padre de Maribel había llegado a un acuerdo con el diablo por el cual se libraba de la mordedura de la muerte a cambio de entregar a su hija como garantía mientras duraba el trato. Como es natural, Tomás no creyó esta historia. Y no sólo eso: tal revelación lo puso tan fuera de sí que amenazó al mendigo y al Plumillas con abrirles la cabeza con el primer instrumento que encontró a mano, y que fue la bandeja de servir que el camarero del bar donde se encontraban había dejado descuidada en un extremo de la barra. Sólo cuando lograron calmarlo, primero, y embaularle un par de whiskies, después, la naturaleza de Tom entró en cordura. Al fin y al cabo, ¿qué ganaban los otros dos con contarle una historia fantástica? En los tiempos que corrían, todos, incluso el mendigo, aceptaban la realidad virtual. ¿Por qué no aceptar entonces que algo muy anterior como es la existencia del diablo, y que la Humanidad había incorporado a su acervo con naturalidad, pertenecía a alguna clase de realidad que, en todo caso, afectaba a las emociones y los intereses de los seres humanos?

Al tercer whisky, el pacto entre Hermógenes y Forcas era el eje central de la conversación que mantenían los tres y desde la cual intentaban establecer una estrategia de rescate de la amada de Beovide.

El mendigo Martínez, todo hay que decirlo, metió la pata al inquirir la razón por la que un hombre culto como Beovide se interesaba por una analfabeta altanera como Maribel Arbusto.

—Que no digo yo que no esté buena —precisaba el infeliz—. De hecho está muy buena y estará podrida de dinero el día de mañana, pero no me parece suficiente aliciente para un hombre de la altura moral e intelectual de don Tomás.

Don Tomás cambió el color rojizo de bebedor por el blanco lívido de la ira y empezó a echar espuma por la boca, y el Plumillas hubo de intervenir de nuevo para hacer ver que la inferioridad mental del pobre mendigo no se debía al deseo de ofender sino a la imprudencia natural del que no tiene estudios ni medios para hacerse con ellos. El modo en que el pobre mendigo asentía a esta explicación humillante conmovió a Tomás, que ahora no tuvo reparo en darle un abrazo que el desdichado recibió con lágrimas en los ojos.

—Ya sabía yo que tenía usted un corazón como un castillo —acertó a decir entre sollozos.

El problema, sostenía Gregorio, era cómo presionar a Forcas para que se viese obligado a deshacerse de su compromiso de proteger la vida de Hermógenes. Ninguno de los tres conspiradores tenía la menor referencia de las posibles debilidades de un diablo. Los tres reconocían la superioridad de su naturaleza extrahumana y esto era lo que frenaba en seco toda propuesta. Se hacía evidente y necesario llevar a Forcas a un terreno de negociación, lo cual parecía imposible, o hallar el modo de intimidarlo, pero, ¡ay!, todos ellos habían olvidado su educación católica, apostólica y romana, y sólo para pensar, simplemente pensar, en las características del diablo partían ya en inferioridad de condiciones. Forcas sí que conocía la condición humana, pero ellos ¿sabían algo de la condición diabólica? Tan sólo que debían estar muy resentidos por la patada que les dio Dios mandándolos al infierno con la ayuda de unos arcángeles caguetas y aduladores.

—Pues Forcas no parece nada resentido. Yo más bien pienso que está encantado de no pertenecer a la Corte Celestial, a juzgar por cómo se lo pasa en la tierra —dijo Tomás, observando ceñudo el fondo de su copa vacía—. Ahora, que como se le ocurra ponerle la mano encima a Maribel, como hace con toda señora a la que se acerca, yo...

—Tú nada, bocazas —intervino Gregorio; y de repente se le iluminó el semblante y el pelo se le erizó como si hubiera recibido una descarga de quinientos voltios—. ¡Claro que sí! —gritó sin poder contenerse—. ¡Claro que sí! ¡Ya lo tengo! Colega —dijo, dirigiéndose a un aturdido Beovide—, ya tengo la solución, ya sé cómo podemos coger al diablo por la cola. ¡Salud, compañeros! ¡Vamos a emborracharnos!

«¡Ah, Maribel...!».

Magdalena Desamants estaba en la terraza del último piso del hotel Pavillon, desde la que se disfrutaba de una vista espectacular sobre los tejados de Madrid, aunque para los clientes que ocupaban los puestos de la terraza lo espectacular era la vista de Magdalena Desamants. Tranquilamente sentada a una mesa donde reposaban un cenicero, un mechero lacado, un paquete de cigarrillos y un vaso Collins —que contenía el conocido cóctel, al que el barman había añadido, a petición de Magdalena, una cereza marrasquino—, aguardaba con las piernas cruzadas, de muslos magníficos que la falda de su vestido negro, sin mangas y escote cuadrado, dejaba al descubierto. Una ligera brisa acariciaba la negra melena suelta que acentuaba sus intensos ojos azules. Ella era rubia natural, pero prefería teñirse de azabache porque sostenía que las rubias sólo son llamativas y, en cambio, las morenas poseen una misteriosa y tentadora profundidad de mirada, mucho más interesante. A ello contribuían, además de sus hermosos y turbadores ojos, unos labios llenos, unos pómulos pronunciados, un lunar adorable junto a la comisura de los labios y una sugerente voluptuosidad de cuerpo que imantaba las miradas de cuantos la rodeaban.

El señor Forcas apareció en la terraza con paso ágil, se detuvo un instante, que fue lo que tardó en dar con Magdalena, y se dijo a media voz, con un matiz de sorpresa y triunfo:

—Ilustra tenía toda la razón.

Se presentó, besó la mano que le tendía Magdalena y, con graciosa desenvoltura, solicitó su permiso para sentarse a su mesa.

—Es usted más bella de lo que hubiera sido capaz de suponer —dijo, mientras tomaba asiento en la silla contigua—. Ninguno de los elogios que he oído le hace justicia.

—Usted me halaga, caballero.

—A la belleza, honor —sentenció Forcas con su mejor sonrisa.

Forcas comparecía con pantalón verde claro, *blazer* azul sencillo, zapatos Brogue de ante de color crudo con calcetines blancos, camisa blanca con los dos botones superiores desabrochados y un florido pañuelo al cuello. Sin darle mayor importancia, Magdalena revisó atentamente la indumentaria y los modales de su cortejador y sacó las conclusiones que su experiencia le dictaba.

Ella había acudido a la cita por curiosidad tras la visita que le hiciera María Ilustración Frondoso. En realidad, ambas representaban las dos caras de una misma moneda social: mundana la una, decente la otra; la casquivana y la señora. Que la primera acudiera en socorro de la otra era un trato natural, pues ambas se repartían la misma tarta; podrían descalificarse con variadas formas de desprecio de cara a la galería, enseñarse los dientes como lobas en privado o ignorarse en el mismo metro cuadrado de una recepción, pero la coincidencia de sus intereses, cada una a un lado de la línea moralista, era absoluta, pues se necesitaban como ramas del mismo árbol para cobijar y persuadir a los hombres bajo su sombra.

Forcas parecía una presa fácil como tal, pero sonsacarle el modo de recobrar a Maribel, en el caso de que existiera esta posibilidad, sin causar la muerte de Hermógenes Arbusto por incumplimiento de contrato parecía menos factible. En todo caso, Magdalena comprendió enseguida que sería cuestión de tiempo y no estaba convencida de que María Ilustración quisiera esperar. Magdalena en aquel momento formaba con Forcas un cuadro costumbrista de seducción (él la había tomado del brazo y se inclinaba con audacia sobre ella, mientras ella conseguía el maravilloso efecto de alejarle acercándose, lo que estuvo a punto de lograr que de las mesas más cercanas se elevase un aplauso de reconocimiento), un cuadro, una secuencia cinematográfica a la que sólo le faltaba la continuación: que ambos salieran a la pista a bailar «The Continental» con alegre desenvoltura mientras se comían el uno a la otra con los ojos entre sonrisa y sonrisa. Una secuencia, en fin, que indicase a las claras que el contacto estaba hecho. María Ilustración, que, incapaz de contenerse en la espera, había tomado posición y avizoraba el encuentro desde detrás de una columna jónica que formaba parte del decorado («Dórica», le susurró un camarero al pasar) con el corazón palpitante, respiró aliviada. Victoria a los puntos en el primer intento.

Magdalena, con exquisita cortesía, dejó a Forcas en la mesa, abandonado a sus pensamientos, para acudir al baño, adonde la siguió María Ilustración. Allí, mientras ambas disimulaban retocándose el decorado personal con extrema atención, Magdalena le transmitió a su colega lo que la experiencia le decía, pero con la debida delicadeza: sus primeras impresiones, no inmediatamente favorables a la intención que las guiaba a ambas; María Ilustración, sin embargo, no retrocedió ante la bien argumentada lista de dificultades que le transmitió la otra; antes al contrario, citó a Lenin para reforzar sus intenciones:

—Dos pasos adelante, uno atrás —exclamó con vehemencia.

—Le recuerdo que esto no es Kiev —contestó Magdalena; ambas se trataban de usted.

—Ni falta que hace —respondió María Ilustración, decidida—. Vencer o morir.

—Veo que tiene usted una conciencia de la familia que dejaría en bragas al cardenal Newman —declaró Magdalena con cierta crudeza.

—Yo era una niña —dijo entonces María Ilustración, conmovida— cuando el cardenal Newman nos reunió en la plaza de Colón de Madrid para rezar el rosario en familia.

—Ahora lo comprendo —comentó Magdalena—. Hay traumas que nunca se borran del alma.

Se separaron. Magdalena volvió a la mesa desplegando todo su misterioso encanto de mujer fatal y María Ilustración, parapetada de nuevo tras la columna, se acodó en la barra del bar para pedir un gin fizz bien cargado. Lo necesitaba.

Como Tomás tenía el permiso de María Ilustración para visitar a su hija una vez a la semana, decidió aprovechar la puerta que se le había abierto para acudir junto al lecho donde reposaba su amada. Lo hizo, sobre todo, con la intención de volver a verla, de contemplarla y acompañarla durante toda una mañana, pero también con la idea de estudiar la estructura y las defensas del lugar donde se encontraba yacente.

La clínica Las Zarzas era una auténtica fortaleza alejada unos veinte kilómetros de Madrid, guardada por un ejército de celadores y vigilantes externos con perros, situada en medio de un pinar impenetrable debido a una tupida red de zarzales que daba nombre a la institución. Sólo había un medio de llegar a la puerta principal y era por una carretera construida ex profeso que atravesaba todas las defensas naturales y a la que se accedía por un portón de forja, único hueco de paso en el muro exterior que bordeaba el perímetro de la finca. Todas estas precauciones no se debían tanto a los pacientes que se encontraban en el interior, y mucho menos a los pacientes en estado vegetativo cual era el caso de Maribel, como a la sección de criogénesis donde se concentraban un centenar de cuerpos gloriosos, básicamente de políticos y empresarios corruptos, en espera de que prescribieran los casos judiciales en los que estaban incursos. Solían ser casos extremos, ya que por lo general, dado que los gobiernos mayoritarios nombraban por mayoría a los jueces, a menudo bastaba con recordar a quién debían el cargo para que las causas se dilataran e incluso se resolvieran por misteriosas insuficiencias de pruebas o diligencias mal practicadas. Sea como fuere, ello jugaba en contra de los intereses de Beovide y los suyos.

Cuando Tomás tomó asiento a discreta distancia del lecho de Maribel, pues no le permitían acercarse más, estuvo a punto de perder la cabeza. La paz de su estado contribuía a hacer aún más bello y perfecto su rostro, más deliciosa su respiración asistida, más excitante el compás de sus pechos subiendo y bajando, más apetecibles sus ebúrneos brazos y sus manos delicadas, más impresionante el estilizado volumen de su cuerpo. Por un momento estuvo tentado de perder toda consideración con su indefensa amada y levantar la fina gasa de seda que la protegía, vaporosa y transparente, para solazarse con lo que había debajo, pero un último golpe de dignidad, añadido a la posibilidad de estar siendo observado por alguna cámara oculta, hizo que reprimiera sus deseos. Así pues, se limitó a observarla mientras sufría las feroces acometidas de su imaginación turbulenta.

¿Y si la besara?

Nadie podría recriminárselo, como nadie se lo recriminó nunca al príncipe cuando despertó a la bella durmiente del cuento. Durante un buen rato se debatió entre el intento de probar la verdad del relato y el temor a ser atacado y reducido por un celador contratado a tal efecto. Y al fin se decidió: apartó el tubo respiratorio de la boca de la muchacha y colocó allí sus labios con tanta pasión que sólo un acto reflejo de la durmiente a punto de asfixiarse le hizo comprender cuán alocado y peligroso puede ser el ímpetu amoroso en ciertas circunstancias. Espantado, volvió a colocar el respirador, el pecho de la bella consiguió volver a su ritmo natural y Beovide quedó severamente mortificado por su lascivia. Había estado a punto de matarla, había olvidado su estado, había actuado con un narcisismo intolerable escondiéndose tras el innoble deseo de despertarla cuando ésa era labor de héroes y no de bachilleres en celo. No había luchado por ella tan limpio de malos deseos como para merecer el premio de despertarla y recibir su amor incondicional. Por el contrario, se había comportado como un patán, como un adolescente patán, como un cerdo adolescente, como un gañán arreando al ganado.

Avergonzado, meditaba cómo hacerse perdonar. ¡Qué extraños eran los impulsos del amor y cuántas las tentaciones que pretenden enturbiarlo! Pero el suyo era puro y auténtico, se dijo para reconfortarse. «Y si la carne tiene sus exigencias, no es menos cierto que forma parte del contacto amoroso y sus efluvios a menudo desbordantes; lo que sucede es que el amor lo perdona todo». Así se mantuvo dándole vueltas a la cabeza hasta que se sintió limpio de toda culpa y más dispuesto que nunca a merecerse a su amada. Y al cabo del rato, ya plenamente reconfortado y sin alejarse de su lado, empezó a dibujar en su memoria un plano lo más exacto posible de la clínica. Después, cuando se hubo cumplido la hora de visita autorizada, tuvo buen cuidado de fijarse en el camino de entrada y salida y en la disposición de los guardias. El Círculo Gongorino dispondría de toda la información necesaria para ejecutar con éxito sus planes.

Claro que ¿para qué rescatar a un ser inerte? «¡Maldición!», se dijo. «Hemos vuelto a precipitarnos. Primero hay que saber si yo puedo volverla a la vida con esta falta de pureza de intención que acabo de demostrar». Era de todo punto evidente que no podían cargar con ella mientras se mantuviera en ese estado y, de animarse a hacerlo, tendrían que preparar con todo detalle un lugar donde poder instalarla sin causarle un daño irreversible. Por otra parte, la condescendencia de su madre hacia él duraría lo que tardase en comprender que semejante don nadie se había colado de rondón en sus sentimientos maternales; así que el tiempo, que por una parte parecía estar a su disposición, se constreñía y apuraba por otra. ¿Cómo resolver ese dilema? ¿Cómo romper el maleficio diabólico? ¿Cómo conseguir que la bella muchacha borrase de su mente el bochornoso espectáculo del día en que se conocieron? Eso era lo que más temía: que despertase y recordase. Cuando echaba la vista atrás y rememoraba los detalles del incidente fatídico, le recorría por dentro un hormiguillo histérico cada vez más difícil de dominar. Sí: ¿cómo conseguir que ella olvidase los detalles más comprometidos para él de aquel día en que se conocieron? Este pensamiento acabó por angustiarlo. El suyo era un caso de evidente mala suerte. ¿Tendría ocasión de explicarse antes de que ella, tras despertar y recordar, lo rechazara?

Don Fernando García de las Letras fue quien, con su experiencia, puso los puntos sobre las íes tras constatar el desánimo que había invadido al grupo de contertulios del Círculo Gongorino:

—El diablo, señores, puede ser derrotado no sólo por Dios y los arcángeles más sosos, como dicen que sucedió antaño, sino por los hombres. A primera vista parece tarea imposible pero no es así. Todos tenemos nuestras debilidades y este diablo también las tiene, pocas, pero las tiene, y sólo es cuestión de encontrarlas.

»Veamos —continuó diciendo ante la expectación de los concurrentes—, ¿puede atribuirse el estado de la señorita Maribel a una decisión absoluta del diablo o, por el contrario, cabe la posibilidad de que el azar haya participado en el accidente de manera efectiva? Si bien el diablo puede hacer y deshacer, lo que no puede llevar a cabo es una contradicción. De manera *qué* —acentuó la expresión— si, como sabemos, ha tomado a la hija del abogado Arbusto con el compromiso de detener a la Muerte entretanto, o bien este rapto tiene un plazo pactado entre ellos o bien la Muerte habrá de obrar más pronto que tarde, pues todos sabemos la edad de este caballero y sabemos igualmente que la inmortalidad no existe.

—Excepto para el diablo —aventuró un aspirante a dramaturgo.

—No sea usted impertinente, Ramírez.

Ramírez se encogió en su asiento.

—Por lo tanto, la conclusión es evidente: habría que matar al señor Arbusto.

Una oleada de miradas que se cruzaban llenó el espacio como un murmullo. Los jóvenes aspirantes a escritor, sin atreverse a abrir la boca, parpadeaban entre sí; ni se atrevían a sacar conclusiones ni a tomar la palabra. Don Fernando los observaba complacido cruzando las manos sobre su vientre bonachón. Evidentemente, los había impresionado.

—En este momento todos ustedes están pensando que yo les he propuesto cometer un crimen —se animó a hablar—. Quizá sopesan si es moral cambiar una vida por otra; alguno incluso se habrá preguntado: «Si el diablo detiene a la Muerte, ¿cómo matar al señor Arbusto?». Señores: utilicen el cerebro que Dios les ha dado a cada uno. ¿Es que acaso es necesario asesinar al padre para recuperar a la hija? Cuando hablamos, por ejemplo, de matar al padre como término coloquial, ¿qué estamos diciendo? ¿Acaso alguno de ustedes ha matado a su padre, por más ganas que le tenga? ¡No! ¡Claro que no! —Alzó el dedo índice con tal vehemencia que los oyentes se echaron hacia atrás al unísono—. ¿Por qué? ¡Porque es la mera representación de un deseo! Y, sin embargo, la mayoría de ustedes se ha deshecho ya de su padre, dicho sea con el debido respeto. Pues bien, ¿adónde nos lleva esta reflexión?

Un silencio expectante se apoderó de los presentes como un soplo de aire que los hubiera hecho levitar un par de centímetros sobre el suelo.

—¿Quiere usted decir que la muerte simbólica del señor Arbusto rompería el hechizo? —se atrevió a preguntar Beovide.

—Señor Beovide... —Don Fernando García de las Letras adoptó una pose de seguridad tan convincente que todos aguzaron las orejas simultáneamente—. ¿Ha oído usted hablar del elemento sacrificial en la cultura tradicional de los pueblos?

—Sí, señor.

—¡Ahí lo tiene! —exclamó con acento triunfal—. Tráigame una víctima que cambiarle al diablo por el señor Arbusto y de inmediato le abandonará y, de modo natural, quedará libre la niña.

«No tan niña», dijo el Plumillas para su coleto.

—Pero tendrá que ser una vida aún más importante que la del señor Arbusto —protestó el pobre Beovide—. ¿De dónde saco yo a alguien con esa característica y que tenga un ser querido a quien vender?

—Temo que no me he explicado bien, Beovide, o su mollera está fuera de concurso en este momento. Sí, ha de buscar a alguien a quien poder amenazar de muerte de tal modo que el diablo, interesado, le proponga su ayuda para conjurar la amenaza. Un alma tan interesante que, en el preciso instante de ser fulminada por la Muerte, se vea obligada a echarse en brazos del diablo para salvar el pellejo, una presa superior. Está bien claro: ése es el cebo para que el diablo suelte la pieza ya cobrada y acuda a por ésta. Al diablo siempre le ha encantado tratar con las más altas instancias del poder. Siempre.

—¡El presidente del Gobierno! —exclamó el Plumillas, entusiasmado.

—Mmm... —reflexionó el profesor—. Es más soso que un boniato, pero visto lo que tenemos en España al día de hoy... —Hizo el gesto de pasar página y cerró los ojos significativamente.

—No —dijo Tomás—, no nos precipitemos en el absurdo. Ahora dispongo de unas pocas horas de un día a la semana para estar junto a mi amor. Hoy por hoy me compensa mientras pasa el tiempo. Todo antes que acabar fichados y apaleados y encerrados en un psiquiátrico por intentar raptar al presidente del Gobierno. Esto está yendo demasiado lejos. ¿Es que nadie va a poner aquí un poco de cordura?

Un severo ronquido respondió a su pregunta: el viejo maestro García de las Letras roncaba con gesto beatífico en su sillón de mando.

IX
El narrador, de nuevo

¿Quién soy yo? No soy un personaje, no tengo nombre propio; no puedo dejar de relatar si quiero existir y nada de lo que cuento es mío, son vidas ajenas a cuyo servicio me encuentro; no tengo poder de decisión, una vez cumplida mi misión desaparezco de la memoria del lector, no así los personajes; no puedo manifestar mis sentimientos, tampoco se me permite opinar por mi cuenta, hacer al menos un chiste de cuando en cuando, tomar partido, piropear a una mujer hermosa como Magdalena Desamants, la bella y misteriosa *femme fatale*, acariciar su piel... Ellos son personajes, yo no; yo soy una voz sin matices ni personalidad, una voz castrada incapaz de fecundar a otras voces, una voz escondida detrás de la letra impresa en la que no repara el lector, pura funcionalidad. Si al menos supiera cantar...

¿Rebelarme? Soy voz por voluntad de otro. Presto mis servicios con modestia, tratando de pasar desapercibido, es lo que se espera de mí y, sin embargo, ¡cuánta frustración acumulada! No soy capaz de expresar mi decepción, no tengo autonomía suficiente para hacerlo. A pesar de la cantidad de vidas malogradas que he contado, a pesar de ejercer de confidente, amigo, bálsamo, *curator* y qué sé yo cuántas cosas más, me gustaría tener una vida propia; una vida con sus detalles, sus anécdotas, sus recuerdos. El autor me lo ha repetido muchas veces: «Tú, que estás libre de dolor, ¿para qué quieres sentirlo, enredarte en él, sufrir como esos personajes a los que empujas a la vida de ficción o como nosotros mismos, los seres reales? Eres un espíritu puro; disfruta de ello».

Sí, soy un espíritu puro y por eso conozco, pero no siento. No carezco de emociones por más que deba ocultarlas y a veces, en las escenas de alto contenido dramático, aunque debo contenerme para no interferir, percibo las lágrimas o la emoción del lector. Esos son los momentos más emocionantes de mi inexistencia; esos donde los seres humanos muestran su desamparo o su afecto, donde dos corazones se unen, donde por unos momentos creo existir. Sí, con ello me contento, pero no es suficiente; cada vez me encuentro más desubicado a pesar de mi apariencia de indiferencia, mi presencia inadvertida que, sin embargo, queda incursa en la puesta en escena, como si fuera un perfecto mayordomo inglés: nadie ve lo que ordenas y preparas, pero todo está preparado y ordenado cuando se necesita. Quizá un día desaparezca, quizá un día por esas fisuras del sentimiento se filtre mi propia destrucción; no quiero pensar en ello. Yo también tengo miedo.

Sí, tengo miedo. Mi presencia es tan delicada que todo se transparenta como si yo no existiera; la obra se va a desarrollar y yo me siento casi un acomodador que acompaña a cada espectador a su butaca, le entrega el programa de la representación y se retira a las sombras, y es allí, desde las sombras, cuando mi voz empieza a narrar, y sí, tengo miedo, tengo miedo de que esto acabe, de que la historia no vuelva a repetirse, de que nadie vuelva a abrir este libro, de que las sombras me engullan y yo desaparezca en la nada, en la negación, en la oscuridad donde pululan los desposeídos sin conocer a nadie, sin ser reconocido por nadie, sin alma y sin destino.

Pero me reclaman, discúlpenme.

X
Confianza en el diablo

Forcas tuvo un extraño sueño. En él trataba con una asfixiante multitud de seres diminutos. Al despertar se sintió atrapado por miles de pequeños filamentos, como le ocurriera a Gulliver, y sólo cuando se incorporó en el lecho reconoció el lugar en el que se encontraba, el frío sótano donde se recogía para pasar la noche. A solas, en la intimidad, sintió el brusco deseo de maldecir en voz alta. Forcas, durante sus estancias en la tierra, vivía de día como un señor y dormía de noche como un guerrero: en la estancia que le servía de abrigo no disponía más que de una cama de campaña plegable que extendía para dormir, una lámpara sobre un taburete que hacía las veces de mesilla, un sucinto cuarto de baño y un armario donde colgar la ropa. Todo ello contribuía a contrarrestar la fuerza del mundo y sus atractivos, por la que ningún diablo de su posición debía dejarse llevar. Señor y guerrero, guerrero y señor, su paso por la tierra era una permanente demostración de superioridad y resistencia.

Sin embargo, repensando el sueño mientras hacía sus abluciones de la mañana, se puso en alerta al relacionar los pequeños filamentos que lo atrapaban y la ronda de las dos mujeres, sutil como un hilo de seda dejado en sus manos por ambas, un hilo que vibraba en el temblor del recuerdo de cada una. En su opinión, ninguna mujer se acerca a un hombre, al menos a un hombre de su posición, si no es por razones interesadas. Es cierto que el interés podría responder al mero instinto de seducción o ser simplemente sexual, pero prefería pensar peor.

Que ambas coincidieran en un acercamiento, que en una, sospechaba, no era deseado y en la otra podría ser sólo profesional, no le parecía una casualidad. ¿Habría algún nexo entre ambas, una acción conjunta? ¿Y con qué intención? ¿O se trataba de una pugna por un trofeo? Descartó esta última posibilidad, pues no se veía como trofeo. No, había algo más tras este súbito interés de ambas por su persona y sus presumibles habilidades amatorias. Bien, estaría muy atento. Sin embargo, eran tan adorables...

Por lo demás, se sentía satisfecho en líneas generales. No sólo se estaba divirtiendo de lo lindo en sociedad sino que había conseguido de la Muerte un aplazamiento respecto a Hermógenes Arbusto. Necesitaba tiempo para cumplir sus planes y la Muerte se resistía, no estaba acostumbrada a ver su voluntad torcida. No era fácil aplacarla, por tosca y de ideas fijas, en realidad uno de los seres más aburridos que existían; nada la atraía, nada la divertía, nada la excitaba, sólo la obsesión fija de acabar con cuanto mortal se ponía a su alcance; pero no lo hacía por disfrutar, no, lo hacía por cumplir, era tan bruta como para condenarse a repetir eternamente el mismo gesto. En el infierno la tomaban a chacota, sobre todo los diablos menores.

El acomodo en el sótano no era una elección sino una imposición. Pocos seres conocen tan bien como el diablo el irresistible atractivo de la tentación. Por ello, cuando Forcas se sumergía en la vida mundana, se recogía en lugares como el sótano en el que actualmente se hallaba instalado como medida de contraste. La vuelta al sótano cada día era un recordatorio de su condición diferente. Sin embargo, había elegido un sótano con las ventanas, más bien ventanucos, a ras de la acera no por una humildad que era incapaz de poseer sino por la costumbre de mirar a los humanos desde las profundidades del averno. A lo largo de la noche, como era una calle de un barrio concurrido, tendido en su camastro de campaña mientras le llegaba el sueño, se entretenía en mirar y clasificar las piernas de los viandantes imaginando que, en cualquier momento, bien podía abrir el ventanuco y atraparlos por los tobillos, hombres y mujeres, introducirlos en el interior y deleitarse con el terror que sabía inspirar.

A la noche le costaba conciliar el sueño. Esta era una novedad en sus incursiones en la tierra porque de sus conversaciones y relaciones con hombres y mujeres había llegado a la conclusión de que debía de ser cierto lo que decían de que no duerme bien quien no tiene la conciencia tranquila. Esa realidad era una de sus bazas a la hora de atormentar almas. Pero el hecho de que fuera a él a quien últimamente le costase conciliar el sueño le causaba cierta intranquilidad. El diablo nunca ha tenido conciencia en el sentido que le dan los humanos y, por lo tanto, el insomnio le parecía un contrasentido. En realidad lo que le ocurría era que se quedaba pensando y le daban las tantas de la noche. Pensando ¿el qué? No había nada que pensar. Su existencia era la que era y no estaba sujeta a actitudes condicionadas por la emoción, los sentimientos o la nostalgia.

La novedad era que se alejaba del sueño reparador pensando en vidas imaginarias. Vidas de hombres y mujeres. ¿Qué pintaba lo imaginario en su cabeza? No necesitaba para nada —de hecho nunca se le había ocurrido semejante dedicación— andar imaginando vidas de nadie, ni siquiera de sus *confrères* infernales. Él vivía hacia adelante y la memoria la utilizaba solamente para recopilar experiencias de las que echar mano en algún momento por pura referencia estadística, para comparar, confirmar o desechar conclusiones. Esta novedad, esa sensación de inventar a partir del conocimiento de los demás (de los demás humanos) le desconcertaba y atraía a la vez. ¿Cuál sería el secreto atractivo de la pasión de inventar? Una última resistencia le advertía de lo impropio de esta afición, si es que se la podía llamar así. Pero no, no era una afición, era una tentación, un deseo nuevo, exigente y desconcertante. ¿Inventar vidas? ¿Con todas las que tenía a su disposición? Él, el perfecto *voyeur*, ensoñaba. Él, al que no había tejado, pared o cerradura que se le resistiera, se encontraba de pronto pensando en María Ilustración o en Magdalena Desamants. Él, que podía perfectamente atravesar cualquier obstáculo que lo separase de la privacidad más extrema, que podía acechar los actos y gestos más íntimos de las mujeres elegidas con total libertad y sin hacerse notar, como un fantasma lascivo que calibrara sus próximos trofeos, que podía acecharlas sin trabas, sorprenderlas en su *boudoir* en estado de total y espontánea naturaleza, entregadas sólo a sí mismas, sin maridos o amantes, disfrutaba ensoñándolas. Él, en fin, en cuyos brazos se desmayaban de placer las señoras sin el menor pudor, insaciables y dispuestas, se contentaba con deleitarse imaginando a estas dos mujeres, con las que coqueteaba descaradamente, antes de haberse hecho con ellas, antes de que ellas le entregaran sus cuerpos y sus almas.

Inventar vidas, escenas, sensaciones. Pura ficción. Ninguna realidad palpable, sólo imágenes. ¿Acaso había entrado sin percatarse en algún extravío deleznable, una atracción capaz de arrastrarlo a un abismo desconocido? El temor inexplicable que sentía al meditar sobre ello era extrañamente semejante al miedo irracional que sintieron cuando Gabriel se precipitó sobre ellos al grito de: «¿Quién como Dios?». Pero ¿por qué le atormentaba en su insomnio? ¿Qué se escondía tras el placer que le acometía al pensar en ellas? Miedo, deseo... era una conjunción irresoluble.

Nunca antes había experimentado el placer de imaginar.

Como el caballero que vela sus armas antes de la contienda, Tomás Beovide Soñador descansaba cuan largo era sobre la cama de su estudio mientras pensaba en su dama y escuchaba cantar a Julie London. Era una voz única que lo transportaba, le parecía tenerla allí a su lado, sentada en el suelo, recostada en el borde de la cama, cantando para él con una dulzura y una sensualidad cargadas de claroscuros, sensible y quebradiza por la emoción, exhalando y haciendo volar la melodía voluptuosamente para sus oídos.

La voz de Maribel le había parecido ronca pero arrebatadora, aunque apenas había tenido ocasión de escucharla más que cuando le conminaba a alejarse de ella con palabras más bien destempladas mientras perdía la ropa en sus manos. Esa ronquera también era música para sus oídos, música indecente y carnal; le excitaba esa voz gruesa emanando de un cuerpo de sublime doncella. Tenía que ser tremenda en la cama. Sí, porque a Tomás no se le hacía extraño combinar lascivia e ideal, más bien al contrario: lo excitaba hasta la exasperación en cuanto se dejaba llevar por esa imagen.

Entre ambas, pues, se hallaba Tom suspendido cuando unas voces, que pronto supo de dónde procedían, lo sacaron de su placidez. El piso de abajo parecía haber sido invadido de repente por una horda de españoles escandalosos que en unos segundos se instalaron a sus anchas y sin el menor reparo por el efecto que la barahúnda pudiera causar en los vecinos del inmueble. Se hallaban bajo su buhardilla y, por el volumen de las voces y la tumultuosa capacidad de hablar todos al mismo tiempo, le pareció que habían dado comienzo a la invasión de su domicilio. Saltó de la cama, alarmado ante el estruendo que amenazaba con rasgar el forjado de papel que lo separaba de ellos, porque de ese material parecía estar hecho el suelo separador de ambas viviendas. En unos segundos su paz había sido destruida, lo mismo que su ensueño, y ahora sólo le quedaba soportar una tarde de juerga del populacho madrileño, la heroica clase media, futbolera y folclórica, entregada a la expansión natural de sus instintos.

—¡Mátalo, mátalo, mátalo...! ¡Me cago en tus muertos!

—Mariano, no te dejes llevar por tu natural.

—No hay criterio, no hay criterio.

—¿Para qué quieres tú el criterio? Esto es fútbol.

—Ahí le has dado.

—Se defienden bien, los cabrones.

—Y estos cabrones que siguen empeñados en jugar con un solo punta. Así no hay manera de abrir la lata.

—¡Mariano, hijo, baja el sonido del televisor, que no oigo nada!

—Pero si estás en la cocina, Maruja.

(«Pues imagínate mi caso», pensó Tomás tapándose los oídos).

—¡Toma ya! ¡Vaya entrada!

—Y ahora a perder tiempo mientras salen las asistencias.

—Mira cómo se retuerce el hijoputa. ¡Vaya cuento que tienes, amigo!

—Hombre, que le han metido la rodilla en salva sea la parte.

—No digas chorradas. Lo grave sería una lesión muscular, o de ligamentos, o el abductor...

—Pues yo creo que le han dado en los cataplines.

—Niño, cállate la boca, que tú de esto no entiendes. Todo es puro cuento.

—Ingenua criatura...

—Pero si se está tocando ahí...

—Se toca porque se le ha debido poner dura del susto, pero es una lesión de proximidad, chaval, como la apendicitis, que te da en un lado y te duele en otro.

—No sé yo si estar de acuerdo con tu chico.

—Otro que tal baila.

—Venga, que ya se levanta; si no ha sido nada.

—Papi, ¿qué es un cataplín?

—Anda, nena, vete a la cocina a ver qué está haciendo mamá, que el fútbol no es para las mujeres.

—Ni para los maricones, ja, ja.

—Y tú, niño, ¿ves lo que has conseguido hablando de estas cosas?

—Papá... yo... al tío ese le han dado...

—Deja de provocar y vete a por una cerveza. Haz algo útil por una vez, carajo.

—La educación de los hijos...

El portazo de Tomás al salir huyendo de su buhardilla sonó en el pasillo como un estampido y se alejó escaleras abajo deseando que hubiera causado una momentánea desconexión del televisor. En el rellano inferior echó una mirada torva hacia la puerta de los vecinos y continuó descendiendo y mascullando maldiciones. Al minuto, cuando hubo desaparecido por la escalera, una cabeza asomó por la puerta del piso de abajo, cuyo rellano acababa de abandonar y oteó el pasillo.

—Vaya modales. Hay gente que no tiene consideración con el prójimo —rezongó la cabeza antes de volver a introducirse en la vivienda. El griterío continuó con la misma intensidad.

Hermógenes Arbusto encendió con deleitosa parsimonia el puro que le ofreciera el príncipe Bokoroco. Se encontraban en el piso propiedad de este último en Madrid, un ático en un conjunto de edificios cercado y rodeado por un extenso jardín en pendiente del Paseo de la Habana que visitaba tan sólo dos o tres semanas al año, entre abril y mayo, por coincidir con la feria taurina de San Isidro, o de paso hacia alguna de sus otras residencias en el ancho mundo.

—Deberíais aprovechar este piso tan magnífico y venir a pasar otras dos o tres semanas en otoño —dijo exhalando una contundente bocanada de humo—. El otoño es la mejor estación del año en Madrid.

—En el otoño la princesa elige invariablemente Roma, antes de retirarse a las islas.

—Pero tú, tus negocios...

—Lo pensaré. Por cierto, hablando de negocios, una sociedad de capital-riesgo con sede visible en Londres, aunque, naturalmente, tiene diversificadas sus oficinas en varios países, quiere estudiar la posibilidad de operar en España invirtiendo en empresas que, ya me entiendes, estén en, ejem, condiciones de ser rescatadas, no importa a qué se dediquen siempre que ellos evalúen las posibilidades de sanearlas y sacarlas a flote, y, como es lógico, a un precio por acción convenientemente bajo, e incluso simbólico si las condiciones de la empresa lo exigen.

—Alguien que quiera deshacerse de ellas sin hacer ruido, en suma.

—Eso es. Todo legal de partida, por supuesto.

—Unas empresas que ellos se encargan de sanear...

—Justamente.

—O injustamente —dijo Arbusto soltando una carcajada.

—Querido amigo...

—Era una broma, no he podido evitarlo. Luego, naturalmente, la ponen en venta.

—Para lo que también necesitarán de tu experiencia —completó el príncipe.

—Bien, bien, bien —dijo Arbusto al tiempo que seguía con la vista la aparición de la princesa a espaldas del príncipe.

Vestía una bata de la que se despojó antes de echarse en una tumbona, enfundada en un maillot de baño abierto en una vertiginosa uve por delante y con la espalda descubierta. Más que delgada era de cuerpo afilado, bien conservada aunque su piel tostada mostraba el exceso de cuidados de una mujer dedicada por entero a sí misma. La muchacha que la acompañaba, una graciosa morena muy joven vestida con un biquini cuya parte inferior escondía bajo un pareo, se inclinó sobre ella para aplicarle amorosamente crema solar. Al terminar, la princesa la atrajo hacia sí y la besó en los labios de manera voluptuosa. La criada apareció con una bandeja de bebidas con aspecto de cócteles tropicales, le ofreció una a la princesa, y la muchacha cogió otra y se sentó en el suelo de la terraza recogiendo las piernas y apoyándose en la tumbona de su protectora.

—Así que hablábamos de mi participación en esa operación financiera... —dijo Arbusto regresando a la conversación.

—Me parece evidente que tú eres el hombre que necesitan —dijo con firme convicción el príncipe.

—¿Ya les has hablado de mí?

—Sin tu permiso, sólo tentativamente. Pero saben que tú has trabajado para mí y ya te puedes imaginar en qué términos les he hablado de tu profesionalidad y discreción.

—En fin, que los tienes a punto de caramelo.

—Puede decirse que sí.

—Pero tú y yo tenemos que hablar de nuestras condiciones, antes y después.

—Por supuesto, mi querido amigo.

Las dos mujeres habían abandonado sus bebidas y se besaban y acariciaban impúdicamente. A Hermógenes le admiraba la naturalidad con que el príncipe se comportaba, sin haber dirigido una sola mirada hacia lo que ocurría a sus espaldas, una naturalidad tal que sugería el conocimiento absoluto de lo que sucedía, lo cual le hizo sentirse halagado, pues él estaba de frente a las mujeres, contemplando con una excitación no fácil de disimular la tórrida escena, de manera que la imperturbabilidad del príncipe ante su contemplación le hacía sentirse recibido y aceptado en su círculo más íntimo. En verdad eran una pareja extraña, pensó, desvergonzada, cosmopolita y libre de ataduras; lo cual no le impedía pensar a su vez si la princesa no sería en realidad bisexual y si aquella sorprendente y desinhibida escena no contenía una invitación particular, bien sólo de la princesa o bien consentida por el príncipe, una invitación a deslindar negocio y placer.

—Yo tengo que salir de viaje mañana, pero la princesa se queda por el resto de la semana. Si no te importa, a mi vuelta discutimos el asunto con mis amigos. Entretanto, diviértete cuanto puedas porque la negociación será dura.

—Cuento con ello —respondió Hermógenes alzando su puro en señal de complicidad.

Sólo entonces el príncipe, perfectamente consciente de cuanto sucedía a su alrededor, se volvió hacia la princesa:

—¿Nos acompañas? —preguntó, bienhumorado.

XI
Miscelánea

—Odio el fútbol, pero aún odio más a los futboleros —dijo Tomás a su amigo Gregorio.

Ambos estaban sentados en un banco del parque del Retiro con una botella de cerveza en la mano, a la que daban un tiento de vez en cuando.

—Y yo odio tener que estar bebiendo cerveza comprada en un chino en el banco de un parque en vez de estar cómodamente instalados en una terraza, atendidos y servidos por un camarero castizo.

—Es lo malo de ser pobres —reflexionó Tomás.

—Tú al menos eres funcionario, pero yo... ¿Por qué se me ocurriría estudiar Biológicas?

—Porque no hay carrera de novelista en la universidad española.

—Yo habría elegido ser investigador en lugar de hacer libros de texto para el bachillerato como estoy haciendo.

—Empeño digno de encomio, pero mal pagado.

Los dos suspiraron al unísono.

—Bueno, cambiemos de tema —propuso Gregorio—. Hoy, que estoy lúcido y frustrado, me pregunto: ¿qué hacemos nosotros planeando rescatar a una chavala en coma a la que no conoces de nada?

—¿Que no la conozco? La he tenido en mis brazos —respondió Tomás.

—Querrás decir que se te escurrió entre los brazos. Pobrecilla, la dejaste casi en pelotas.

—Por el afán de ayudarla. ¿Qué culpa tengo yo de que las mujeres de hoy en día vistan ropas tan ligeras?

—Sí, hombre, búscate excusas. Te aprovechaste de la situación para catarla. A mí no me vengas con cuentos.

—Me da igual. Es la mujer de mis sueños. He dejado escapar demasiadas oportunidades en la vida por cortedad. Y te estoy hablando sólo de mujeres en general, no de una mujer de ensueño como ésta. Así que no te empeñes porque no me harás desistir. Esta vez no.

—Vale. Pues yo me lo he montado con la pequeña, que es una opción concreta.

—¿Qué? —exclamó Beovide—. ¿Con Verónica? ¿Con una menor?

—Sí, sí, menor —dijo el Plumillas con sorna—. ¡Menuda es la chavala!

—Pero, Grego, ¡eres un pederasta, un delincuente, un peligro para la sociedad! ¿Cómo puedes seducir, qué digo seducir, aprovecharte de la inocencia de una menor para satisfacer tus más bajos instintos?

—Oye, oye, para el carro. Primero, que son los instintos normales de todo hombre o mujer. Segundo, que la chica no sólo me lo puso a huevo sino que no era virgen. Y tercero, que yo pienso ser novelista y necesito experiencia porque como carezco de imaginación, tengo que vivir la vida en sus distintas facetas.

—Ah, claro, ya lo entiendo. Estás escribiendo una novela sobre una *nymphette* inocentemente tentadora, una *baby doll*.

—Escribiendo, no; de momento me estoy documentando.

—¿Y ahora qué le digo yo a su hermana?

—Pues no creo que se entere. En fin, no sé cómo decirte.

—Cuando le hablo, se entera. O sea, no se entera pero algo se le debe quedar en el subconsciente, algo que un día, cuando despierte, aflorará en la memoria.

—Tío: ni se entera, porque está en modo desconexión, ni existe el subconsciente, según los últimos avances de la psiquiatría.

—No cambies de conversación. Lo que estás haciendo con esa criatura es una infamia que debería avergonzarte.

—La que debería avergonzarse es ella de las guarrerías que me propone. Anda que como la hermana sea igual, te va a dejar seco. Eso si no te parte la cara, porque es lo parecía querer hacer en los breves instantes en que os conocisteis, si es que a eso se le puede llamar conocimiento.

—El que está en modo sarcástico eres tú, por lo que veo.

—Mira, yo de un tío que se llama Soñador de segundo apellido me espero cualquier cosa, pero te quiero igual.

Ambos se quedaron en silencio durante un rato. Estaban ante el estanque del Retiro viendo pasar patinadores, corredores en ropa deportiva, transeúntes con perro, transeúntes apresurados que aprovechaban para hacerse con un poco de oxígeno limpio, extranjeros con su cámara o *smartphone* —en su mayoría japoneses, italianos y argentinos—, niños de algún colegio que se inclinaban peligrosamente sobre la barandilla para dar de comer a los peces, tipos desocupados y jubilados, un par de guardias municipales a caballo... También se escuchaba, de un extremo a otro como música de fondo, a un acordeonista y a un saxofonista que rivalizaban en tener un oído de cuero; y las voces incitadoras de dos o tres titiriteros que habían montado su teatrillo en el Paseo.

—O sea, que tú crees que no me oye —preguntó Tomás con un deje de inquietud en la voz.

—*Seguro* que no te oye —subrayó el otro—. Estamos en la realidad.

—Ya; por eso tratamos con el diablo.

—¿La imaginación es real? Pues entonces. Dicho esto, tenemos a un sujeto con forma humana que pretende ser el diablo y anda haciendo promesas y tirándose a toda mujer que se le pone a la vista. Éste, desde luego, es real. Si es el diablo o un fingidor de primera yo no lo sé.

—Visto así...

—Supongamos que ha tenido la suerte de que le cayera una maceta a tu adorada y se ha aprovechado de la situación, ¿por qué no?

—Sí, pero lo del padre, lo de librarlo de la Muerte.

—¿Cómo sabemos que lo ha librado de la Muerte? Eso es lo que cuenta él. Algo trama ese sinvergüenza.

—La verdad es que eres jodidamente terreno. ¿Y tú quieres escribir una novela?

—Ya te he dicho que yo no tengo imaginación. Yo soy como santo Tomás, por mucho que Jesucristo diga que es hijo de Dios y todo eso, quiero tocar las llagas para confirmar que ha resucitado.

—Pero era hijo de Dios.

—Bueno. No sé yo. Era un nacionalista judío y ya sabes la habilidad que tienen los nacionalistas para reinventar la Historia según les conviene.

—Muy bien: ahora, blasfemo.

—Pesadito estás, macho.

—En algo hay que creer, tío, la poesía no nace del aire, hay algo sublime común a todos los poetas, en mayor o menor grado...

—No me digas que crees en Dios.

—No, pero en algo hay que creer.

—Así escribes tú como escribes, en pleno siglo XXI.

—Y el amor, la idea del amor, ¿de dónde sale?

—En tu caso de la obsesión, de la obcecación, del ideal lírico y, sobre todo, de tu lubricidad. ¿Qué sabrás tú del amor? Tú, que no eres más que un enamorado del amor, o sea: un clásico. En el fondo, a ti te gustan todas, una tras otra, porque necesitas estar enamorado.

—Pura envidia.

—¿Envidia yo? Yo tengo a Verónica viva y tú a Maribel zombi, no sé si me explico.

—No me recuerdes lo tuyo con Verónica. Tendría que denunciarte por pederasta.

—¿A que no osas?

—¿A que oso?

Don Fernando García de las Letras dormía plácidamente en su butacón del café. A su alrededor, diversos miembros del Círculo Gongorino charlaban a media voz para no despertarlo, lo cual pertenecía más al respeto reverencial que al sueño propiamente dicho, pues éste era abisal y, por tanto, inatacable. El local estaba como quien dice vacío y los camareros habían salido a la calle a fumar unos cigarrillos. Era la hora de la siesta, cuando los contertulios se reunían a tomar café o una copita de brandy o de pacharán a la espera del despertar del maestro; porque el maestro dormía, se despertaba, inquiría por el tema de discusión que se estuviera tratando y, tras hacer unos cuantos comentarios sentenciosos para poner las cosas en su sitio, volvía a dormirse con toda felicidad.

Dedicados como estaban a sus asuntos, ninguno se apercibió de la entrada de un tipo atractivo, de mediana edad, con aspecto de *dandy* un poco pasado de rosca pero elegante. El tipo se sentó a una mesa cercana y pidió al solícito camarero un julepe de menta. En ese momento se suspendieron las conversaciones y todos, incluido el camarero, se hicieron eco del silencio expectante que siguió a tan insólita petición.

—Disculpe el señor —acertó a decir el camarero—, pero es que esta casa no trabaja el julepe.

—Ah —contestó el misterioso personaje con un gesto mundano—, entonces sírvame usted un bloody mary.

El camarero tragó saliva.

—Perdone la intromisión —dijo uno de los contertulios, un pelirrojo que escribía reseñas de libros en una revista de automovilismo—. Quizá ha confundido usted este café tradicional con una coctelería, en cuyo caso me permito sugerirle que acuda usted a Chicote, en la Gran Vía, donde es seguro que encontrará lo que desea.

—Ah —dijo el hombre—, pero ¿es que todavía sigue en activo Perico Chicote?

—Bueno —carraspeó su interlocutor—, el propio Chicote murió, pero el local, renovado, sigue abierto.

—Muy bien —aceptó el hombre—, entonces lo correcto será pedir un café y una copa de orujo.

El camarero respiró y recuperó la sonrisa.

—Al momento, caballero —dijo, aliviado, y partió a cumplir la comanda.

El caballero extrajo de un bolsillo de su chaqueta una cajetilla de Player's Navy Cut de la que sacó un cigarrillo, lo encendió con un Dupont bañado en oro que apareció mágicamente en su mano y aspiró el humo con deleite.

—Disculpe de nuevo —dijo el pelirrojo—, pero está prohibido fumar en un local público. No es que yo sea un censor —explicó apresuradamente—, pero le prevengo porque el camarero está obligado a hacerle cumplir la ley.

—Ah, la ley... —dijo, displicente—. Qué tontería.

—Disculpe, señor —intervino el camarero, que regresaba con el pedido—. No quisiera molestarle, pero aquí no se puede fumar. No es cosa mía...

—Ya sé, ya sé —dijo el tipo, y acto seguido introdujo el cigarrillo en la taza de café, que lo apagó con un chisporroteo. Y ante el asombro de todos los circunstantes, dio un sorbo a su copa de orujo, se arrellanó en la silla de brazos y se puso a hojear tranquilamente el periódico del día.

Sin recelar del recién llegado, que disonaba con el público habitual del café, los contertulios continuaron hablando de sus planes inmediatos relativos a la liberación de la señorita Maribel Arbusto y no se percataron de la atención que estaban suscitando en su vecino de mesa, aparentemente inmerso en la lectura del periódico, pero cuya sonrisa de suficiencia no dejaba lugar a dudas respecto a la verdadera razón de su estancia allí.

En aquel mismo momento, Tomás Beovide y Gregorio Espínola aparecieron por la puerta de la calle. El sobresalto que atacó a Tomás, al punto de desencajarle la cara, hizo que Gregorio se echase para atrás como medida de precaución. Ambos amigos se retiraron a la acera y, desde allí, Gregorio atisbó el interior en busca de lo que causara tal espanto a su amigo, pero sólo vio a los contertulios charlando con brío, posiblemente porque el profesor había alcanzado la profundidad máxima de sueño, y a un sujeto muy peripuesto que leía la prensa.

—Ese hombre... —balbuceó Tom—. Hay que avisar a los muchachos. Si hablan de Maribel estamos perdidos.

—Tío, yo creo que te estás trastornando de veras con todo este asunto.

—Que no, Plumillas, que él es... él es...

—¿Quién es quién? —dijo el otro, molesto.

—Ese hombre... ese hombre es el diablo —acertó a decir Tom.

—Bueno, tiene cierta pinta de castigador y persona de no fiar, pero no creo que sea para tanto.

—¡El diablo en persona! —exclamó Tom, convulso.

—Ya veo que la has tomado con él.

—¡El diablo, el diablo, el diablo! —repitió Tomás en el colmo de la exasperación.

—Vale, tío, vale. Lo que tú digas. Y ahora ¿entramos?

—Por Dios, Grego, te estoy diciendo que ese hombre es el diablo, literalmente, el de verdad, el de los infiernos.

—No jodas.

—El mismo.

—Pues no nos conviene nada que se entere de lo que planeamos.

—¿Y qué es lo que estoy tratando de decirte, mendrugo?

—Oye, si te vas a poner a faltar, aquí te quedas porque me piro.

—Es que no me escuchas. Te digo las cosas y no me escuchas. Ese tipo, que se hace llamar Forcas, es el causante de toda esta desgracia, el que tiene a Maribel en prenda por la deuda de Hermógenes Arbusto.

—Hombre, si lo ha librado de la Muerte, también tiene sus derechos.

—¡Me cago en tus muertos, Plumillas! Eres un jodido diletante y un tipo sin corazón.

—Bien pensado, puede que tengas razón...

—¡Joder! —exclamó Tomás, crecido.

—... si es que existiera el diablo, hermanito, que ya es suponer y tener fe. Pero el diablo de verdad, no ese buen señor que lee su periódico tan contento y sin meterse con nadie. La verdad es que lo tuyo es de psiquiatra. El diablo, dice... A ver si maduras, chaval, que ya pasas de los treinta.

Tomás Beovide apretó los puños, echó una última mirada al interior del café, respiró hondo y se dispuso a entrar, no sin antes echar una mirada incendiaria a su compañero.

—¡Pues bien, si debo enfrentarme solo a él, lo haré solo! ¡Ya tendrás tiempo de arrepentirte!

Magdalena Desamants se encontraba en la sala de estar de su llamativo y recargado apartamento escuchando la escena del brindis de *La Traviata* en las voces de María Callas y Alfredo Kraus cuando la criada le anunció la visita de María Ilustración de Arbusto. Con un gesto le indicó que la hiciera esperar antes de recibirla. Luego se puso en pie para mirarse en el espejo ovalado de cuerpo entero montado en un bastidor de madera que se encontraba en una de las esquinas de la estancia, junto a un mueble-vitrina lleno de bibelots. Estaba vestida con un complicado y sugerente *deshabillé* de color aguamarina. Ante el espejo, se retocó el pelo con un gesto maquinal y coqueto y, tras comprobar lo adecuadamente seductor de su aspecto, retiró el disco del plato, lo dejó sobre su funda e hizo una seña a la criada, que aguardaba de vuelta bajo el umbral, para que hiciera pasar a la señora.

María Ilustración, muy elegante con un sastre Chanel de color malva, entró en la sala y se apresuró a besar a Magdalena en ambas mejillas. Ésta le indicó una butaca junto a la suya y ordenó a la criada un servicio de té. Cuando las dos mujeres tomaban asiento, María Ilustración se fijó en un espectacular centro de camelias blancas que reposaba sobre la mesa auxiliar que había entre las dos butacas.

—¡Qué preciosidad de centro! —exclamó Ilustra—. Mi marido siempre me regala camelias blancas, son sus favoritas.

—¿De verdad? Pues alabo su gusto —contestó Magdalena con una sonrisa encantadora.

Siguió un silencio, tranquilo y expectante por parte de Magdalena, e inquieto y contenido por parte de Ilustra, que fue quien se obligó a hablar, empujada por su inocultable ansiedad.

—Y bien —preguntó sin recato—, ¿ha contactado ya con el señor Forcas? ¿Qué impresión le ha causado? ¿Hasta dónde han llegado?

—La última pregunta me parece impropia de una señora de su posición —bromeó Magdalena con un brillo de malicia en sus hermosos ojos.

—Oh, lo siento; de verdad que lo siento, y me avergüenzo además. Ha sido una indelicadeza por mi parte.

—Ah, no, en absoluto —respondió alegremente Magdalena con un estudiado golpe de melena que causó no poca envidia en el devastado ánimo de Ilustra—. Tiene usted todo el derecho a preguntar, es algo que está en nuestro acuerdo, ¿no le parece? La verdad es que estaba bromeando. Hay ciertos modos que a mí no me afectan, no olvide que soy una mujer fatal.

Ilustra vaciló a la hora de considerar el sentido del comentario, pero ya le parecía bastante complicada la conversación como para detenerse en tales pensamientos, por lo que decidió seguir adelante.

—Le ruego que comprenda mi ansiedad. Es la vida de mi hija lo que está en juego.

—¿No ha experimentado mejoría desde la última vez que hablamos?

A Ilustra le pareció que Magdalena trataba de desviar la conversación.

—¿Mejoría? No se lo tome a mal, pero le recuerdo que está en coma.

—Oh, sí, a eso me refería.

—Del coma puede que tarde años en salir... si es que sale —dijo Ilustra, desconcertada a su pesar y pesarosa por el dolor íntimo que le produjo el recuerdo de su hija tendida en la cama del hospital, dependiente del respirador y el gotero.

—Sé lo que es el dolor de una madre, aunque yo no lo sea —dijo de pronto Magdalena con un inesperado acento afectuoso.

—Gracias, muchas gracias. —Se repuso enseguida—. Y de su encuentro con el señor Forcas, ¿puede decirme algo más?

—Por supuesto que sí, querida. En realidad estoy a la busca del punto débil del señor Forcas, pero, afortunadamente, el camino es sinuoso.

—¿Afortunadamente?

—Pues sí. La verdad es que es un hombre endemoniadamente atractivo.

—¿Quiere usted decir...?

—Quiero decir que ni me parece prudente ir deprisa ni me apetece apresurarme porque, le seré sincera, es un hombre, o lo que sea, muy, pero que muy tentador. Y, en un caso así, la demora, o la morosidad, mejor dicho, es tan deliciosa que no puedo resistirme a ella. A todas nos gusta catar de lo mejor cuando se pone a tiro. De todos modos, no crea que pierdo de vista el fin último de este encuentro erótico que gracias a usted he venido a encontrarme sin buscarlo. Pero, además —se adelantó a un gesto de impaciencia de Ilustra—, la lentitud es decisiva: no basta con echar el lazo, hay que saber apretarlo hasta que el otro quede aprisionado en él. Y ¿no es eso lo que me ha pedido? Forcas no es un hombre fácil; es extraordinariamente astuto y sensual a la vez, lo que aumenta su atractivo, por lo que debo ir con el mayor tiento. Me niego a creer, querida amiga —Ilustra torció levemente el gesto ante esta muestra de confianza no solicitada—, que a usted le resulten lejanas estas artes de seducción.

—Bien... Sí... la verdad es que no me son desconocidas, aunque en cuanto a la práctica...

—La práctica —dijo Magdalena con un mohín de desconfianza, alargando la respuesta—. En mi caso todo es práctica, no distingo de la teoría.

—Ah, ya —dijo Ilustra, desconcertada.

—Quiero decir, amiga mía —otra vez torció el gesto Ilustra—, que mi vida es una peripecia continua, una práctica desenfrenada que sólo se detiene cuando mi *partenaire* entra en debilidad, momento en el cual pierde todo interés y sólo permanece su cuenta corriente, que es de donde yo me cobro, por decirlo a las claras. Me considerará usted vulgar —dijo al ver torcer de nuevo el gesto a Ilustra—, pero la verdad es que no puede lanzar la primera piedra contra mí. Usted ya tiene la cuenta corriente a su nombre o a su completo alcance, además de una vida asegurada, de manera que entiendo que me mire con recelo, si no algo peor. Le voy a pedir que no se tome a mal este comentario; usted vino a mí a intención descubierta y sabiendo quién era yo, por lo que no hay nada que encubrir. Creo que podemos dejarnos de protocolos y hablar abiertamente, sin fingimiento. Usted quiere que yo seduzca al señor Forcas y es lo que estoy haciendo, aunque por el camino él también me esté seduciendo un poco a mí, lo confieso. Usted quiere que yo encuentre su punto débil abusando de su confianza o de su ceguera amorosa, lo cual no la deja a usted en buen lugar, lo sabe perfectamente y por eso ha venido. De manera que usted me incita a la traición más vil, la que se aprovecha de los sentimientos más desinteresados; eso es pura bajeza. Y usted me busca a mí porque sabe que soy una mercenaria. Muy bien: es mi condición y no me disgusta, pero no se haga pasar por una mujer desolada que pena por su hija sino por una mujer que está dispuesta a cualquier vileza con tal de salvar a su hija. ¿Estamos de acuerdo?

—Estamos de acuerdo —dijo Ilustra, y se sorprendió de la facilidad con que lo admitía.

—Muy bien; pues espero ofrecerle resultados pronto. —Hizo una pausa para encender un cigarrillo en su boquilla—. Y ahora pasemos al cumplimiento de sus obligaciones, como corresponde a la parte contratante. Por cierto, no puedo aceptar un cheque porque, debido a mis contactos al más alto nivel, Hacienda me vigila de cerca. Prefiero el dinero en metálico, si no le incomoda.

—Por supuesto que no —dijo María Ilustración mientras echaba mano al bolso—. Lo había supuesto y lo traigo preparado. ¿Le parece bien...? —Exhibió un fajo de billetes de quinientos euros, que entregó a su interlocutora—. No sé si es un poco descarado por mi parte, pero he creído que sería lo más conveniente para usted.

—Claro que lo es —contestó su anfitriona—. Cómo se nota que participa de una familia acostumbrada a desenvolverse en el mundo de los negocios opíparos.

—Mi marido, que es un experto.

—Como todos —concluyó Magdalena recogiendo el dinero con verdadera gracia, sin duda producto de la costumbre.

Hermógenes Arbusto se encontraba en la plenitud de su gloria. No sólo era el abogado fiscalista más solicitado del país sino que numerosos clientes extranjeros hacían cola ante su bufete. Hermógenes se encontraba a solas en el despacho donde le sorprendiera la Muerte y recordaba aquel momento en que se desembarazó de la taciturna figura con un ágil movimiento de fuga que la dejó encerrada en el despacho. A la Muerte, que era algo lerda, le costó comprender lo que había sucedido, pero cuando lo hizo se fue calentando hasta el extremo de golpear la puerta primero, con toda furia, y empezar a romper con su vieja guadaña todos los objetos que poblaban el despacho, incluida la imponente mesa de caoba que Hermógenes acababa de restaurar. De no haber sido por su valerosa secretaria Felícitas, que abrió la puerta para dejar salir a la fiera poniendo en riesgo su propia vida, la Muerte habría acabado con todo, *boiserie* incluida, la bandera de España y el retrato del Rey.

Rió para sí al recordar el incidente y se frotó las manos con satisfacción. Todo marchaba perfectamente; tanto era así que también en el terreno erótico tenía novedades. De una parte, había podido comprobar que la princesa Bokoroco era bisexual y que su envaramiento no era sino producto del esfuerzo que debía hacer para no exteriorizar su apetito sexual. El príncipe organizaba orgías por su cuenta, sobre todo a bordo de su yate, como Hermógenes había tenido ocasión de comprobar y disfrutar, mientras la princesa hacía la vida por su cuenta sin limitaciones.

La relación de Hermógenes con el libertinaje era relativamente reciente, pues con anterioridad, salvo alguna aventura aislada, había sido fiel a María Ilustración, a la que correspondía frecuente y satisfactoriamente; pero ahora el desenfreno de los príncipes le parecía estimulante, sobre todo después de haber tenido un encuentro con la Muerte y estando ya en una edad que empezaba a pasar factura.

De otra parte, su secreto y su objeto deseado tenía ojos de mujer fatal: Magdalena Desamants. La conoció casualmente, cuando se despedía de su esposa, y desde el primer momento se entregó en cuerpo y alma a la llamada irresistible de esos ojos que lo atraían como los cantos de sirena que abdujeron a Ulises; sólo que Ulises pidió a sus compañeros que lo atasen al mástil y no lo soltaran bajo ningún pretexto y, en cambio, Hermógenes no pudo disponer de la misma ayuda por lo que cayó en los brazos de la misteriosa embrujadora, hasta tal punto y con tal entrega que apenas si le quedó tiempo para seguir complaciendo a la princesa. El morbo que le proporcionaba ésta era *peccata minuta* en comparación con la turbia y voluptuosa sensualidad de Magdalena.

De resultas de todo ello, Hermógenes paraba poco en el domicilio conyugal y María Ilustración se resentía. Y mientras el uno se dedicaba a su despacho y a sus mujeres y la otra a la memoria viva de su hija dormida, Verónica Arbusto había entablado relaciones con un joven don nadie que la encandilaba mostrándole los bajos fondos del mundo de la cultura, los bares y el bailongo. La capacidad de asimilación de la joven resultó ser imparable y pronto su socio, Gregorio Espínola, treintañero e insolvente, empezó a ser desbordado por el ímpetu de la niña y sus deseos de saber y conocer. Nadie se percató de ello excepto Gregorio, Gregg para ella, sobre todo a partir del momento en que empezó a seguirla él a ella y no ella a él. Pero su madre sólo dio muestras de preocupación y sorpresa cuando, al sentarse a desayunar una mañana, descubrió su pelo azul eléctrico, la pulsera de pinchos, los pantalones desgarrados, la camisa satánica, la pantorrilla tatuada (y prefirió no mirar bajo la ropa) y los *piercings*, y especialmente uno que le colgaba de la nariz en forma de moco metálico.

Cuando se hubo repuesto del soponcio, tendida en el sofá del salón con paños húmedos en la frente y una jarra de tila a su lado, la chica había desaparecido y en su lugar se hallaba un don nadie que la contemplaba en actitud de conmiseración sentado en una silla cercana.

—¿Dónde está mi hija? —preguntó en cuanto pudo hacerse cargo de la situación.

—Ha ido un momento al váter y viene enseguida —dijo el don nadie.

María Ilustración no pudo evitar un respingo al escuchar tan ordinaria respuesta.

—¿Quién es usted? ¿El que la ha pervertido?

—¿Yo, señora...? No se preocupe, que para eso su hija se pinta sola. Puede decirse que yo soy su protector, el que evita que se descarríe...

—Pues estará orgulloso de su dedicación.

—En efecto, señora, no sabe usted los antros y callejones por los que transita su hija. Si no fuera por mí, que tengo experiencia...

María Ilustración se echó a llorar de tal modo y con tal desconsuelo que conmovió el duro corazón de su interlocutor.

—¡Dios mío! ¡De dónde habrá sacado esa niña tales aficiones! —gemía.

—Eso, si me permite usted la opinión, es vocacional.

—¡Pero antes no era así! Una niña tan dulce, tan cariñosa...

—No, si cariñosa sí que es. Lo que sucede es que el territorio de la adolescencia es una auténtica selva de hormonas. Piense en usted misma...

—Oiga, joven —le interrumpió Ilustra—, no sea descarado. Mi intimidad sólo me pertenece a mí, ¿está claro? —Repentinamente, el tono cambió—. Ha de saber que puedo denunciarlo por perversión de una menor y que lo haré si en menos tiempo del que se tarda en preparar la denuncia no me devuelve intacta a la niña.

María Ilustración pasó del desconsuelo a la altivez en unos segundos y fue justamente su actitud, una mezcla perfecta de brío, elegancia y energía en su cuerpo tentador, lo que excitó los sentidos del Plumillas, siempre afecto a las mujeres de mediana edad bien conservadas y mejor alimentadas.

—Señora —dijo el Plumillas inclinando la cabeza ante ella—, prometo hacer lo posible y lo imposible para devolver a su hija a casa, pero lo haré por usted y sólo por usted.

Ilustra, sorprendida y sin tenerlas todas consigo, le agradeció la promesa.

—Y sepa usted que no tenía el gusto de conocerla más que por referencias, pero, por la autoridad que me da la vida, juro que no he visto mujer más atractiva que usted en todos los días de mi existencia y, si consiguiera obtener su favor, tendría usted en mí a su más ferviente admirador, al mayor guardián de sus deseos y al hombre más devoto de sus encantos.

María Ilustración iba a hablar pero se quedó con la boca abierta sin acertar a articular palabra, pues así de grandes eran su estupor y su confusión. A aquel pelanas que tenía enfrente debía hacerlo echar a la calle por la servidumbre por su inaudita insolencia y, sin embargo, algo que sentía en su interior, un halago —sí, un halago— incomprensible y antinatural, se había abierto dentro de ella como la rosa al sol que preludia la primavera. ¿Acaso aquel tirillas que se sometía a ella sin condiciones, aquel producto de la calle, era poseedor de un alma noble y un corazón arrojado? Seguía sin poder articular palabra, pero un calor que subía por su cuerpo se convirtió en sofoco al acercarse a su rostro y, consciente de que iba a enrojecer, volvió la espalda a Gregorio. Él la rodeó porque había visto agitarse su pecho, del que no podía apartar los ojos, razón por la cual tardó en apercibirse del rubor que asomaba a las mejillas de la dama y que ésta, a ventaja suya, logró ocultar con habilidad femenina. Cuando se recuperó, contempló conmovida a su adorador pendiente de sus pechos y acarició con la punta de los dedos su pelo hirsuto y descuidado, pero los retiró de inmediato.

—En fin —dijo recomponiéndose—, solamente le recuerdo su promesa...

—Que cumpliré como leal siervo suyo.

En ese momento, Ilustra pensó que en lugar de frases noblemente construidas hubiese preferido un par de ordinarieces bien soltadas, pero se contuvo e, incluso, se riñó por ello. Sí, pero lo deseaba, reconoció. «Dios mío», pensó. ¿Qué estaba cambiando en ella? Al fin decidió eludir la tentación.

—Espero noticias de usted y de ese agradable amigo suyo que vela a mi hija cada tarde —dijo escuetamente.

—Señora, puede dejar a sus hijas en nuestras manos con toda confianza.

Si Tomás hubiera estado presente, lo habría fulminado con la mirada.

Don Fernando García de las Letras despertó de pronto, recompuso la figura y dijo con la voz ronca del que sale de un sueño profundo:

—Caballeros del Sifán...

—Poderoso señor... —respondieron al unísono y levantándose de sus asientos los componentes del Círculo.

—Bien —carraspeó entonces el maestro—. Se reanuda la sesión.

Todos se sentaron y empezaron a hablar a la vez.

—Me pregunto... —empezó a decir para hacerse oír el maestro, pero enseguida bajó el tono a medida que el silencio se hacía a su alrededor.

(—Ustedes disimulen, pero me pregunto si ese caballero de la mesa vecina no está sintiendo un especial y sospechoso interés por nuestra tertulia.)

Todos se volvieron a mirar al referido, que se encogió como si hubiera recibido una perdigonada.

(—Lleva aquí un buen rato, ahora que lo dice.)

(—No es por haceros de menos, pero ¿qué puede ganar nadie con espiar nuestras conversaciones?)

(—No te hagas el modesto porque lo tuyo es soberbia escondida. ¿Cómo que *haceros*? ¡Hacernos! —subrayó el *nos.*)

(—A mí no me parece sospechoso.)

(—Porque tú no sospechas ni del señor desnudo que te encontraste el otro día en el dormitorio de tu novia.)

(—Es que era su entrenador personal y me dijo que estaba haciendo una demostración en vivo de la interrelación entre las diversas partes del cuerpo humano.)

(—Ya. Las partes. Vale. En fin, volvamos a donde estábamos.)

(—¿Y si nos dedicamos nosotros a escucharlo a él?)

(—Estupenda idea, teniendo en cuenta que está solo.)

(—A ver, señores, no hablen tan bajo que no oigo nada.)

(—Don Fernando, ¿quiere usted que lo sometamos a un astuto interrogatorio?)

(—Tengo una idea mejor: despistémosle.)

Y añadió, ahora en voz alta:

—Hablemos de fútbol, caballeros.

Los contertulios se aprestaron, pero no dio tiempo a comenzar porque en ese mismo instante se abrió la puerta del café y por ella entraron, muy agitados, haciendo horrendos visajes de advertencia, Tomás Beovide y Gregorio Espínola. En dos segundos se plantaron en el círculo de amigos y con indisimulados gestos referidos al misterioso cliente de la mesa cercana, les advirtieron de quién era el sujeto que los había estado escuchando. Entonces la curiosidad pudo con la discreción y todos se volvieron a mirar a donde se encontraba el interfecto. Pero a éste parecía que se lo hubiera tragado la tierra.

—¿El diablo mismo?

—En persona.

—Imposible.

—Creednos.

—No; a mí no me creáis. Yo tengo mis dudas acerca del diablo —precisó Gregorio.

—Don Fernando, ¿usted qué opina?

—Tengo para mí —empezó a decir el maestro— que, si bien todas las historias de las religiones dan, de una manera u otra, fe de la existencia del mal, la existencia del diablo es un tanto discutible. ¿Es un símbolo? Sin duda. Un símbolo del mal. Pero raramente los símbolos se encarnan en seres humanos con nombre y apellido. ¿Es un semoviente? ¡Hum! —gruñó—. He de reconocer que, como poco, me cuesta admitirlo. Pero la cuestión es decidir si el hombre que estaba junto a nosotros y que misteriosamente ha desaparecido sin dejar siquiera un rastro de azufre era el diablo. Es verdad que estamos embarcados en una navegación de altura cuyo destino es dar con la fórmula que, permítanme esta expresión, resucite a la señorita Maribel Arbusto. ¿Podemos acaso asegurar que su estado actual de inmovilidad es obra del diablo o, por el contrario y ateniéndonos a lo que la ciencia médica nos dice, estamos ante un caso de infortunada lesión cerebral debida al impacto de un objeto contundente en su cabeza, producto del azar? Espinosa cuestión, en la que la decisión de aceptar o no la existencia de fuerzas sobrenaturales juega un papel de la máxima importancia. Si tuviera que atenerme a mis convicciones, yo, que soy un ateo dubitativo, debería inclinarme, a pesar de todo, por la idea de que el accidente ha sido, exactamente, un accidente. Ahora bien, ¿qué papel podemos asignar a una intervención extraordinaria de origen bien desconocido, bien capaz de guiar al mismo azar con una intención malévola? Porque el diablo está en todas partes. Pero, si no recuerdo mal, lo que pretendíamos resolver es la posibilidad de que este caballero que acaba de esfumarse en nuestras narices sea un enviado del diablo, ya que no el diablo en persona. Con lo que volvemos al principio de la cuestión: ¿puede el diablo tomar forma humana o son sus seguidores en la tierra los que cumplen ese papel?

—Teniendo en cuenta la cantidad de mala gente que anda suelta por aquí, no veo ninguna necesidad de apelar al diablo. En este país podrido hasta la médula nos basta y nos sobra con el material nacional —apuntó Espínola.

—Pero usted decidió —dijo tímidamente uno de los contertulios dirigiéndose al maestro—, fue quien se encargó de diseñar la estrategia para arrebatar a la chica de las garras del diablo.

—¿Qué? Oh, sí, sin duda, querido Menéndez, sin duda, pero disiento de tan simple e interesada objeción. Es decir, ahora yo creo, mi opinión... —El profesor bostezó largamente y al término de tan considerable esfuerzo se durmió como si lo hubiera fulminado un rayo.

—Se ha quedado frito —dijo Menéndez, desolado.

—No podemos rendirnos ante la primera contrariedad —dijo Tomás—. Ahora no.

—¿Y si esperamos a que la medicina obre? —dijo otro.

—No hay medicina —contestó Tomás, exasperado.

—Hay una medicina: esperar —dijo otro más—. Por lo que yo he oído, el estado de coma puede durar días o años.

—Es joven...

—¡A la mierda! —gritó Tomás—. Ahí os quedáis, cabronazos. Yo voy a salvarla. ¡Los que estén conmigo, los que tengan imaginación y pelotas, que me sigan!

Tomás se quedó solo en la acera y, además, empezó a llover. Tenía un aspecto tan patético que Gregorio se decidió a seguirle, así que avanzó hasta la puerta de la calle, pero antes de salir, se dirigió a los demás, agrupados en torno al profesor, dormido como un infante:

—Vosotros permaneced en vuestros puestos, que para hacer el gilipollas nos bastamos nosotros dos.

El señor Nadal-Zambomba y Rosa Espinosa ultimaban un plan. Desde su posición como presidenta de una empresa de hidrocarburos de capital mixto hispano-italiano, la señora Espinosa buscaba la influencia del señor Nadal para conseguir organizar un consorcio hispano-catalán-napolitano dispuesto a copar la distribución y venta de productos derivados del petróleo en el área mediterránea. Naturalmente, se encontraba con ellos Hermógenes Arbusto, cuyos preciosos conocimientos en materia fiscal, con especial referencia al blanqueo, ocultamiento de capitales y evasión eran harto reconocidos tanto en los más respetados círculos empresariales como entre la delincuencia internacional.

Serafí Nadal-Zambomba siempre rehuyó la entrada en política por una cuestión de astucia, ya que consideraba que la pertenencia a un partido no era más que una especie de altar de los sacrificios donde periódicamente se sacrificaba a los más destacados; y a los que no lo eran o dejaban de serlo les aguardaba una existencia funcionarial que no iba con su carácter; le parecía mucho más seguro y beneficioso mantenerse unos pasos más atrás, pero repartiendo jugosas prebendas y granjeándose las simpatías del estamento gubernamental. Rosa Espinosa, por el contrario, había pasado de la política a la empresa privada bajo el paraguas de los partidos a los que había servido en puestos de máxima responsabilidad local y nacional. Desde las filas de la extrema izquierda hasta las de la gente de orden, su trayectoria había sido un ejemplo de formación del espíritu práctico y análisis de la realidad que la llevaron a la cabeza de una de las grandes empresas privatizadas por el Gobierno en razón del mismo espíritu práctico que ella encarnaba; no era, pues, de extrañar que sus excepcionales dotes de adaptación la hubieran llevado a un puesto de alta responsabilidad, un puesto para el que carecía de cualificación en una materia que desconocía por completo.

El plan que ambos ultimaban contaba con el asesoramiento de Hermógenes Arbusto, cuya exorbitante minuta había descolocado a los dos próceres, razón por la cual se hallaban reunidos en un recogido hotel de la Costa Brava. Allí, al abrigo de toda intrusión en su intimidad, se habían entregado al sexo y a la rapiña por partes iguales, el primero en directo y el segundo en proyecto.

—Ha sido un gusto mezclar los negocios con el placer, querido —acababa de decir ella, envuelta en un albornoz del hotel, tan suntuosamente acogedor que pensaba acomodarlo en su maleta al abandonar la habitación.

—Es lo que yo digo, nena, que no hay nada como un buen polvo para cerrar un acuerdo —dijo a su vez Nadal-Zambomba, que no era hombre refinado, mientras recogía y guardaba en su maleta el kit de baño y el abrillantador de zapatos que el hotel ponía a su disposición.

—Ahora tengo un asunto entre manos que te puede interesar. Estoy buscando socios para instalar una red de gasolineras por la costa mediterránea. Sólo Cataluña y Levante, de momento. Es un proyecto en pequeña escala, para ir poniendo el pie en las dos zonas con discreción. Iríamos paso a paso, con un *timing* perfectamente calculado para no llamar la atención. Tengo inversores en Madrid, pero me parece prudente encontrar socios en Barcelona o Valencia para ligarlo más a la tierra, que es algo que gusta mucho a la gente.

—Podríamos hablar de eso. Déjame que esté de regreso en Barcelona y a más a más se me ocurre que podríamos ampliar el área de competencias hasta Mallorca, que puede ser muy interesante —repuso Nadal, mientras elegía un par de perchas del armario y las metía en la maleta que tenía abierta sobre la cama.

—Es el momento —dijo Rosa, guardando una jabonera y un cenicero con las iniciales del hotel grabadas en el fondo—. Las épocas de crisis son las que dan lugar a los grandes negocios. Pero, eso sí, hay que pensar en grande. Si te achantas, otros te toman la delantera con tu misma idea y ahí te quedas, que hay muchos tiburones al acecho.

—Tienes razón, donde esté una buena crisis... —comentó Serafí mientras guardaba a su vez un vaso bajo de cristal procedente del cuarto de baño.

—Y tengas dinero fresco... —concluyó Rosa, doblando y metiendo a presión el albornoz que tanto le había gustado, y el juego de jabones y crema corporal dentro del doblez.

En los jardines del Ritz, aprovechando el buen tiempo, María Ilustración de Arbusto y Rocío Eskarcha comentaban los últimos acontecimientos.

—Chica, ya no sé qué pensar. El estado de mi hija Maribel no me deja vivir ni me deja dormir. Estoy a base de valium, pero no hay manera. Si esto dura mucho más, la que va a acabar en coma soy yo.

—Jesús, Ilustra, no digas barbaridades —dijo su amiga Rocío—. Lo que tenemos que hacer es buscar una solución.

—Si yo lo intento. He hecho de todo: hasta he ido a hablar con una mujer de compañía para que intente seducir a Forcas y le sonsaque la manera de romper el maleficio, y yo creo que lo está seduciendo sin sacar nada en limpio. Incluso he llegado a pensar en entregarme yo misma, porque sé que le gusto...

—A ver, Ilustra, yo sé lo que una madre puede llegar a hacer por sus hijos, pero ni menciones ese plan porque hay que pensar con la cabeza. Una persona como tú cayendo en los brazos de un hombre que no es tu marido. Sí, ya sé que el tal Forcas no es un hombre. Pues peor. ¿Quién te dice que no se aprovechará de ti ese fresco, que no te arrastrará con él? Mira, vamos a alejarnos del riesgo y a pensar en soluciones sensatas. Oye, chica, como hemos hecho siempre.

—Tienes razón, estoy loca, ya no sé en qué pensar, Rocío.

—Pues mira, ¿sabes qué te digo? Que se me está ocurriendo una salida.

—Pero ¿qué salida, Rocío, si no hay salida?

—Tú déjame a mí. A ver: ¿has oído hablar del padre Mundaka?

—Nunca.

—Sí, chica, si lo conoce todo el mundo de lo famoso que es. Si hasta sale en la tele.

—¿Ah, sí? Pues nunca lo he visto.

—Bueno, a lo mejor es porque sólo sale en Euskal Telebista; uno que habla mucho del demonio y sus tentaciones, un jesuita bien majo.

—Ah, ya —comentó Ilustra, más bien desconcertada.

—Pues a este hombre de Dios tenemos que llevarlo a ver a Maribel.

—¿Para qué? —preguntó Ilustra, perpleja.

—¡Para qué va a ser! ¿Para confesarla? Pues claro que no. Lo que va a hacer es un exorcismo para sacarle al diablo del cuerpo.

—Pero ¿eso se puede hacer?

—Claro, mujer, ¿para qué te crees que están los exorcismos?

—Te recuerdo que Maribel está en coma.

—Ilustra —dijo enérgicamente Rocío—, está en coma porque así es como la tiene agarrada el demonio. A grandes males, grandes remedios. ¡A Bilbao, chica!

—Como si fuera tan sencillo... No nos van a dejar moverla.

—¿Que no? Deja que yo intervenga. Naturalmente que no lo es; sólo se hace en ocasiones especiales y el padre Mundaka tiene mucha mano, oye, que con él no hay que pedir autorización ni nada.

—Qué barbaridad.

—Mira, oye, sin complejos. Yo hablo con el padre Mundaka y le convenzo; que no sé si va a hacer falta porque le va a gustar. Con el carácter que tiene y la que se trae con el diablo, no hay nada que le apetezca más que darle un buen pescozón a un demonio de postín.

—A ver si se enfada y lo estropeamos más de lo que ya está.

—A ése no se le resiste ni el mismo Satanás. No sabes la fama que tiene en todo Euskadi.

—¿Y en Francia? —preguntó Ilustra, dubitativa.

—Más. Allí tiene el apoyo de la Virgen de Lourdes.

—Ay, no sé, Rocío. Por un lado me apetece intentarlo y por el otro me da un miedo... ¿Y si pierdo a mi hija para siempre?

—Pero, oye, ¿tú crees que un cura euskaldún se va a dejar marear por un demonio? ¡Anda ya!

—Bueno, bueno, si a ti te parece bien... pero Hermógenes no tiene que enterarse.

—¿Cómo puedes pensar que yo se lo vaya a decir a nadie? Menudo egoísta es ése, como para dejar que llegue a sus oídos lo del exorcismo.

—Oye... ¿Y hay que pagar?

—Ah, nada, chica, la voluntad. Claro que si quieres ayudar a la Iglesia en algo concreto, eso le va a gustar más al padre.

—Yo, Rocío, lo que haga falta, lo que sea con tal de que me saque adelante a Maribel.

—Pues déjame a mí que lo organice y en cuanto sepa algo voy y te llamo.

—Dios te oiga.

—Vamos a aparcar a Dios hasta la siguiente fase para no mezclar una cosa con otra.

—Tienes razón. ¿En qué estaría yo pensando?

—Pues en tu hija. ¿En qué iba a ser si no?

Pero Ilustra, que no era de piedra, pensaba en otra cosa más. Pensaba en lo que sucedería con Forcas si el exorcismo daba resultado. ¿La perdonaría Dios por haber puesto sus ojos en aquel demonio seductor?

El sótano del edificio de tres plantas en el que estaba instalado el bufete de Hermógenes Arbusto era un espacio blindado, sin huecos al exterior, situado justo bajo la planta baja y al que se accedía desde el interior de la misma por una puerta semejante a la de una caja fuerte cuya combinación sólo conocían el propio Hermógenes y su valiente y fiel secretaria Felícitas, aquella que tuvo el coraje de liberar a la Muerte del despacho de su jefe antes de que lo redujera a astillas. Hermógenes solía bajar al sótano de cuando en cuando, unos cuandos que dependían de su estado de ánimo. Esa mañana, nada más llegar al bufete y tras despachar muy brevemente con Felícitas, su valerosa secretaria, le avisó de que estaría un buen rato allá abajo. Ella tomó su abrigo, lo colgó dentro del armario, recogió la cartera y se alejó con la conciencia clara de que nadie debería molestarlo en una o dos horas. Tal era la costumbre.

Arbusto entró en su búnker. Nada más entrar en él, el visitante se encuentra en un pequeño vestíbulo que da a un rincón-bar con barra y taburetes incluidos y un surtido extraordinario de bebidas dispuestas en una amplia estantería. Al fondo, hay una doble puerta batiente tras la que se halla el vestuario, el cuarto de baño y una sauna; una vez atravesada esta sala, hay una puerta blindada que conduce a un espacio bien diferente, puerta que nadie, ni la mujer que se encarga de la limpieza —que sólo accede al sótano bajo la supervisión de la secretaria de Arbusto—, puede traspasar.

Hermógenes pasó al sótano y se dirigió al vestuario. Allí se despojó de la ropa, que colocó ordenadamente en una taquilla que más bien era un armario estrecho y recogió del banco de madera enrejillado, donde también había unas toallas dobladas, un albornoz en el que envolvió su oronda desnudez. A continuación fue hacia la puerta del fondo, que abrió con su llave exclusiva, y penetró en el interior.

Una extraordinaria piscina cubría las tres cuartas partes de la habitación. Era una instalación deportiva de natación en todo semejante a las piscinas de competición salvo por su tamaño, más reducido. Lo que la hacía extraordinaria era que la piscina estaba llena de miles de fieles reproducciones de monedas de curso legal, piezas menudas y brillantes y muy ligeras, con aspecto de estar recién acuñadas, que resplandecían sumergidas en un líquido oleoso. El misterioso líquido, semejante al que se emplea en los masajes, cubría toda la piscina de modo que podía decirse que había casi tanta cantidad de monedas como de líquido, lo que hacía que las primeras quedaran apenas un dedo por debajo de la superficie: era un enorme depósito de monedas en movimiento debido a las turbulencias de la depuradora que se ocupaba de filtrar y renovar el líquido, que además poseía propiedades tonificantes, suavizantes e hidratantes.

Hermógenes se despojó del albornoz, hizo unos cuantos ejercicios de estiramiento, extensiones de brazos y piernas, flexiones y saltos, simuló una carrerita sin moverse del sitio y acto seguido, sin un titubeo, se lanzó a la piscina con los pies por delante.

Al entrar en contacto con las monedas tuvo una deliciosa sensación de fluidez por todo su cuerpo; primero exteriormente, sólo con el roce de la piel; después, un escalofrío de placer brotó en su interior expandiéndose con generosidad; por último, apenas empezó a bracear, percibió cómo empezaba a tensarse su miembro viril. Mientras nadaba, las monedas lo aprisionaban con suma delicadeza, como una miríada de pececillos boqueando sobre su cuerpo, una sensación relajante que acompañaba su navegación por la piscina, y, en contraste con la grata laxitud del cuerpo, se valía de la dureza de su falo enhiesto a modo de quilla, por lo que podía bogar sin miedo a darse la vuelta y sostener el avance de su cuerpo sin que su oronda figura pudiese volcar. Así estuvo haciendo largos lentamente, disfrutando de su desnudez, aplazando las urgencias de su miembro, recreándose en confundirlo para disfrutar del placer que le proporcionaba, jugando a un simulacro de palo y zanahoria con el que mantuvo la erección. Arbusto era un maestro creando expectativas.

Al fin, buscó aquella zona de la piscina donde podía hacer pie sin dificultad, recogió el miembro en su mano derecha y empezó a friccionarlo arriba y abajo con entusiasmo. Poco a poco su rostro fue adquiriendo una gozosa distensión que enseguida se transformó en una sucesión de gemidos anhelantes, y cuando el diapasón alcanzó el clímax y se fundieron un par de bombillas nuestro hombre exhaló un estertor agónico que resonó en las paredes y rebotó hacia él, sumiéndole a continuación en un estado semicatártico.

Pasado el momento, se tendió de espaldas sobre la superficie del agua y las monedas, levantó el trasero hasta donde le fue posible en su pesadez, extendió ambos brazos con las palmas hacia abajo y así permaneció haciendo el muerto.

Sin duda debió de quedarse dormido en esta posición, pues cuando abrió los ojos sintió a la vez un pequeño escalofrío recorriendo su cuerpo y se observó, indolente. El miembro viril descansaba de consuno en estado de máxima relajación. Tras unos momentos de duda, en los que permaneció quieto tratando de recobrar la conciencia de sí mismo y de las cosas, se revolvió hacia delante con un gesto enérgico y nadó hasta el borde de la pileta. No subió a pulso sino que utilizó la escalera, pues era consciente de su peso y forma física. Apenas llegó arriba, se aposentó sobre sus nalgas y, dejando los pies metidos en la piscina, jugueteando sus dedos con las monedas, reflexionó.

Se hallaba en un momento óptimo de su vida, la Muerte se le antojaba lejana, confiaba en los excepcionales avances de la medicina para la recuperación de su hija mayor y, en todo caso, le quedaba la pequeña; su esposa confiaba en él a pesar de todo, incluso confiaba en sus infidelidades, así que no tenía nada que temer; a su vez, ella nunca le sería infiel; de hecho, cuando él le reprochó las confianzas que poco a poco se estaba tomando con el peligroso Forcas, ella le confesó que le detestaba y que sólo pretendía encontrar alguna salida a la situación de Maribel. Al final ella le propuso utilizar a Magdalena Desamants para hacer el mismo papel y a él le pareció convincente, sobre todo cuando conoció a Magdalena. A partir de ese momento se entabló silenciosamente entre ambos, Forcas y Hermógenes, un secreto combate por conseguir a la mujer fatal, si bien ninguno de los dos llegó a asumir la idea de que era Magdalena la que se disponía a conseguir a ambos, como corresponde a una mujer fatal.

En fin, sea como fuere, el caso es que Hermógenes se encontraba en su búnker disfrutando de su desnudez y pensando si concertar allí una cita con Magdalena; allí, en aquel lugar que ni siquiera María Ilustración conocía, en su paraíso. Tampoco su secretaria podía acceder a la zona de la piscina, pues esa puerta disponía de llave única. Solamente con la aquiescencia de Hermógenes podía su intrépida secretaria entrar en el sótano estando él presente. La limpieza del recinto de la piscina la llevaba a cabo Patro, cuya lealtad era incuestionable, una vez a la semana. Cuando su secretaria accedía al vestuario, se quedaba en la primera estancia, la que hacía de antesala de la piscina, con la exclusiva misión de hacer valer su versatilidad cumpliendo como masajista y ocupándose de templar el cuerpo del jefe. Y sólo en los días en que la insaciabilidad se apoderaba de don Hermógenes, lo cual no era infrecuente, se ocupaba también de hacerle descargar hábilmente sus urgencias para rematar la faena.

Con un suspiro, Hermógenes se puso en pie, atravesó la estancia y se dirigió a la puerta del vestuario. Allí le esperaba una refrescante ducha. Estuvo largo tiempo bajo el agua, limpiándose el cuerpo de la materia oleosa, que escurría con facilidad y actuaba al mismo tiempo como hidratante corporal, secándose enérgicamente con las toallas hasta quedar impoluto y disfrutando de la sensación de una piel tersa y fragante como la de un niño. Luego, tras cerrar la puerta del recinto más secreto, se llegó a un discreto interfono que había junto a la entrada y llamó a Felícitas, ordenándole que bajara hasta la antesala, hecho lo cual entró en la sauna. Una de las distracciones que más apreciaba era la de ver cómo su secretaria, asfixiada por el calor de aquel pequeño recinto antitoxinas, iba poco a poco desprendiéndose de su ropa hasta quedarse en bragas y sujetador antes de dedicarse a la tarea que tenía encomendada. Uno de los entretenimientos de Hermógenes era proveer a su aún esbelta secretaria de lencería de la mejor calidad.

Caía la noche cuando un exaltado Tomás y un agotado Plumillas se detuvieron a la puerta del Bar das Almas Perdidas. Tomás había cubierto la distancia del café donde se reunía el Círculo a paso de carga y Gregorio, flaco, vestido con su inseparable chaleco negro sobre una camisa de color indistinguible y con un pañuelo balcánico arrollado al cuello, le había seguido penando y resollando. A la puerta del bar se encontraron con el mendigo Martínez.

—¡Pero, hombre, Martínez! ¿Qué hace usted aquí a la intemperie?

—Es lo que me corresponde —contestó el tímido Martínez—, y aquí debo quedarme. Mejor de pedir que de robar.

—Venga, Martínez, pase usted y tómese un carajillo por nuestra cuenta.

—Agradecido, señores —contestó Martínez, cortés.

El local bullía de público y tuvieron que abrirse paso con esfuerzo hasta alcanzar la barra. Esa noche se reunía allí un personal de lo más variopinto.

—¿Qué va a ser? —preguntó el camarero, un tipo que atendía en camiseta, lo que permitía admirar sus tatuajes de tema infernal en ambos brazos. Carballeira estaba de retirada esa noche.

—¿Tú qué tomas, colega?

—Lo que tú.

—Ponnos dos orujos y dos cervezas para nosotros y un carajillo para aquí el amigo.

—Marchando.

El Plumillas se acodó de espaldas a la barra y echó una mirada panorámica al lugar.

—Esto está que arde —comentó.

—Y que lo diga usted —apostilló un gordo imperial que bebía a su lado—. Hoy la parroquia está que trina.

—¿Y eso por qué?

—¿Por qué va a ser? Por la vida política, hombre, por la vida política. ¿O es que no sigue usted la prensa?

—¿Qué es lo que ha pasado esta vez? —indagó Beovide.

—Qué ha dejado de pasar, diría yo más bien —dijo un individuo bien perfilado, de voz ronca y nuez pronunciada—. Si le parece a usted, joven, regalar globitos al contribuyente. No te digo...

—Eso es cosa del Gobierno, que vela por nosotros —apuntó el gordo imperial.

—Del Gobierno y de la Banca, caballero —dijo el individuo bien perfilado que había hablado en segundo lugar—. O sea, los poderes públicos, que son los que tienen que legislar para repartir, y los poderes privados, que se quedan el reparto. O sea, que no es que yo esté contra la propiedad privada y el beneficio, pero, en mi opinión, deberíamos tender a compensar con parte de este último los desajustes. O sea: ir a una redistribución de la Renta.

—Mira por dónde, un cliente socialdemócrata en este bar —dijo el gordo.

—Mejor eso que ser un facha como parece ser usted —soltó el individuo bien perfilado.

—Y mejor de pedir que de robar —apuntó el mendigo Martínez, que apuraba su carajillo, por ver si le caía otro.

—El dinero, señores, el dinero —intervino el Plumillas, que estaba siempre a la cuarta pregunta—. El dinero es el mal, el dinero y su corte: la estafa, la corruptela, la doble contabilidad, la avaricia, la codicia, la ambición desatada...

—Sin dinero, joven, no se estaría usted tomando un copazo —dijo el gordo.

—¡Hay que suprimir el dinero! —gritó uno al fondo de la barra—. ¡Viva el trueque!

—Estaríamos en las mismas —comentó filosóficamente el Plumillas—, porque los acaparadores llenarían alforjas y almacenes y vuelta a empezar. Los mismos perros con distintos collares.

—Lo que falta aquí es autoridad —objetó el gordo.

—¿Dónde, en mi bar? —preguntó el camarero, amenazante.

—No, señor, en el país. Que aquí cada uno hace lo que le viene en gana, y la autoridad, ni mu. Si es que no se nos puede dejar solos. La jodida democracia... —dijo el gordo.

—Será a *usté* al que no se le puede dejar solo. Y mire *usté*: esto ni es democracia ni es nada; esto es una merienda de negros —respondió el camarero, alterado.

—Pero, che, ¡qué pelotudo el macró! —comentó Gregorio.

—Mira el otro: o una merienda de fachas. ¿No te arrebata el racista? —exclamó el del fondo de la barra, que se aproximaba.

—Y a mucha honra, que yo no tengo que aguantar a mi lado a los negros ni a los maricones —respondió, contundente, el gordo.

—¡Qué bárbaro, tú, eso es un directo a la mandíbula! Con lo fingida que es la gente, da gusto este fulano; va por el combate a las claras —comentó el bien perfilado, sarcástico.

Entonces empezó la barahúnda de voces.

—Pues a lo mejor voy yo y le toco a usted la cara a las claras.

—¿Ah, sí? ¿Usted y cuántos más?

—Haya paz, señores, haya paz.

—A ver: los fachas a la derecha, los demócratas al centro y los marxistas a la izquierda, que nos veamos las caras y discutamos con tranquilidad.

—¿Discutir? ¿Quién quiere discutir?

—¡Atento el personal! —gritó el camarero sacando una recortada de debajo del mostrador—. ¡Al primero que rompa un solo cenicero de este bar lo descojono vivo!

—Este camarero es un *crack* —susurró el Plumillas al oído de su amigo—. Yo le he visto poner firme a un equipo irlandés de rugby. Tiene un respeto, el tío.

—No, si ya.

—Esto es lo que falta en este país —dijo el gordo mirando desafiante a su alrededor—: una buena descarga.

—Y tú el primero —dijo el camarero refiriéndose a él—. Todo el puto día con tus soflamas. Aquí se viene a beber y a charlar y, si se da el caso y doy permiso, a cantar también.

—¿No te amuela el andoba? —dijo a media voz un chuleta que contemplaba displicente la escena.

—Qué castizo es este local —comentó, también a media voz, Gregorio.

—La España eterna —sentenció Tomás.

El presunto facha hizo mutis, la parroquia extendió la conversación a temas variados de actualidad y el camarero bajó la escopeta lentamente, la guardó y terminó el chupito que estaba bebiendo antes del conato de trifulca.

—Oye, se me ocurre que aquí podríamos encontrar y reclutar gente para el rescate de Maribel, mucho más fiable que los blandorros del Círculo.

—Ay, Tomás, a ver cuándo despiertas.

—Estoy tan despierto que me duelen los sesos.

—Parece mentira, a tu edad, viendo oscuras conspiraciones donde sólo hay diagnóstico médico. A ver, macho, que esa chica te ha sorbido el seso y no entiendes que está en una clínica en estado de coma por culpa tuya.

—¿Mía? ¿Le tiré yo el tiesto?

—No, pero la colocaste debajo con tu ansia. Deja ya el limbo, tío, que no tienes edad, y procura escribir unos cuantos poemas dignos de tal nombre. Pero, colega, ¿cómo vas a llevarte a esa muchacha del hospital en el estado en que se encuentra? Te estoy hablando claro, tío. Tú vas a acabar en la cárcel por homicidio involuntario. Madura, despierta de una vez, hombre, despierta de una vez. Tú sí que tienes que despertar y no esa pobre chica; para ser un poeta ni hace falta una Beatrice ni es necesario ser gilipollas, Beovide, que eres un soñador.

—Por parte de madre.

—Anda y que te folle un pez.

—Ya sé que es difícil, pero tenemos que sacarla de allí o el diablo se la llevará para siempre.

—¡Qué se la va a llevar, tío, qué se la va a llevar! Me tienes hasta el pelo con el rollo del diablo. ¿De verdad te crees algo así?

—Forcas...

—No me toques los cojones. Forcas es un gigoló común y corriente. Pero, a ver: ¿cuántos diablos has visto tú, eh? ¿Cuántos?

—Ninguno, pero yo sólo sé que Maribel no está en coma sino pagando la deuda de su padre con el diablo.

—Entonces haz caso a lo que te han dicho ya, pégale un tiro al padre y asunto resuelto —dijo el Plumillas, desesperado.

—Lo cual no es poéticamente factible —masculló un crítico literario que bebía a su lado y venía siguiendo la conversación de los dos tirillas.

Desde que había descubierto la imaginación, su imaginación, Forcas no paraba de imaginar. La vida le parecía algo nuevo y lleno de posibilidades y pensaba en la sorpresa que iba a dar a todos cuando regresara al mundo inferior. Ahora veía desde otra perspectiva lo de ser Creador y entendía como nunca que Satanás se la jugara tratando de arrebatarle el puesto al Supremo Hacedor. «Con la imaginación todo se puede», había oído decir a un escritor en uno de los saraos que frecuentaba, y él estaba comprobando lo acertado de esa proposición. Quizá en los tiempos muertos entre sus visitas a la tierra podría ponerse a escribir una novela, pensaba.

«Usa tu imaginación», le había susurrado Magdalena Desamants entre las sábanas de su cálido lecho. «Ella sí que tiene imaginación», se dijo, mecido por voluptuosos recuerdos. Pensó que, entre la imaginación y la mujer fatal, estaba en el séptimo cielo. «Uf, cuidado con lo que piensas. Mejor el séptimo infierno, que hay colegas muy quisquillosos».

Fuera como fuese, Forcas, hasta entonces un galanteador, había abandonado a toda su corte de damas, incluida María Ilustración, para dedicarse exclusivamente a Magdalena. Sucedió al acudir a su casa y encontrarla en su confortable y recargado salón vestida sólo con sujetador y bragas, liguero y medias de seda, todo tan negro como insinuante, y con una cintilla al cuello: un clásico. La astuta cortesana sólo llevaba encima una negligé transparente y de color humo que hizo tambalear las más infernales convicciones de Forcas. ¿Qué era lo que tenía aquella mujer además de un cuerpo escultural, un cutis de seda, unos muslos marmóreos, unas nalgas adorables, un pecho fieramente enhiesto, unos labios incitantes y una mirada turbadora? Lo que tenía era una capacidad inagotable de coordinar y poner en movimiento todos esos atributos con la sensualidad y el peligro de una pantera que ha elegido a su presa.

A Forcas le divertía, es más: le encantaba ser apresado, lo cual no dejaba de producirle una cierta intranquilidad. Al fin y al cabo, se trataba de ser apresado por una humana, lo que en el lugar de donde provenía sería tomado como una imperdonable debilidad. Además, por primera vez sentía la imperiosa necesidad no ya de vivir esta experiencia sino de darle forma de narración, lo cual semejaba un acto de autoexaltación narcisista, una proyección tan desmesurada del ego que por unos momentos le hizo dudar de sí mismo; ese ego era el que había llevado a Satanás al infierno; pero, a fin de cuentas, ¿él no era uno de los diablos mayores? Todos los pequeños y menores estaban por ahí dispersos chinchando a la Humanidad, carentes de empatía, y los que eran de un orden inmediatamente inferior, o incluso afines a él, no se lo reprocharían. Sólo Satanás lo haría, pero éste andaba siempre muy ocupado de maniobras con su hueste.

Tener a Magdalena entre sus brazos, y ella a él entre sus piernas maravillosamente torneadas, hacía que se desbordasen sus sentidos y echara a volar su imaginación. Él nunca se cansaba y ella parecía insaciable. Recluidos en el dormitorio de la bella, oían a los amantes consternados que, uno tras otro, despachaba la criada con las más variadas excusas. Esa sensación de posesión acrecentaba aún más si cabe la lujuria y la autoestima de Forcas, concepto este último cuyo descubrimiento no dejaba de sorprenderle. No hay diablo que no se estime. Entonces, ¿qué era lo que sentía él?

De pronto, en uno de los envites amorosos, le asaltó la duda de si no estaría cayendo en las redes terrenas y un escalofrío lo sacudió de pies a cabeza. Por unos instantes se apartó de ella y la miró con una mezcla de sorpresa y desconfianza. Fueron sólo unos instantes porque ella, al advertirlo, frunció sus labios con un gesto de mimo y ofrecimiento que le hizo vacilar; y acto seguido recogió entre sus manos su aparato genital con una especie de caricia y demanda que no pudo resistir; y esa explosión de sensualidad se llevó sus recelos por delante como una corriente de aguas bravas.

Pues ¡no tenía recursos ni nada la hermosa y ardiente cortesana!

XII
El narrador exige un descanso

Necesito un descanso. Me estoy haciendo un lío con tanto acontecimiento y tanto escenario. Una novela sin un narrador ordenado está condenada a la confusión y, de ahí, al hastío del lector. No sé si el autor está tan preocupado como yo, pero mi modesta opinión es que debiera estarlo. Este sistema de andar a saltos, ahora hablo de uno, ahora hablo de otro... estoy perdiendo el hilo. ¿Qué le cuesta al autor contar las cosas por orden cronológico? En este momento ya no sé ni en qué estación del año me encuentro y así no hay manera de elegir la ropa, ni de saber si al salir a la calle tienen calor o frío. Necesito orden, necesito transiciones naturales. Y, por si fuera poco, tenemos al país en recesión, con altos índices de empobrecimiento, con un paro galopante, con la mitad de la población joven en paro y nadie se ocupa de informarme qué disposiciones se están tomando, si es que se está tomando alguna, porque imagino que, de un modo u otro, la situación ha de estar afectando a los diversos personajes que pueblan la novela, o la fábula, o lo que sea, porque esto es la casa de tócame Roque y cada uno campa por sus respetos. Pido un respeto para mi trabajo, yo, que actúo de incógnito sin posibilidad de reconocimiento. «¡Ah, sí, el narrador!», dice el lector, y sigue leyendo sin reparar en mi naturaleza, mis sentimientos, mi orgullo herido... Pero todo tiene un límite y yo tengo el mío. Me necesitan, me necesitan todos o estaremos abocados al caos. Ni siquiera las más modernas y abstrusas técnicas narrativas serían capaces de superarlo. Cada página que pasa presiento que acabaré como el náufrago que lanza una botella al mar...

¡Dios mío! ¿No será ésa la verdadera intención del autor? ¿Experimentar fríamente con un inocente narrador sin la menor sensación de culpa? ¿Acaso estoy en manos de alguien que carece de sentimientos, de empatía, un verdadero fanático dispuesto a todo con tal de conseguir sus fines?

XIII
Desesperanzas

Sumido en la penumbra del estudio donde vivía, Gregorio Espínola escuchó algo parecido a un zumbido oscuro que lo reclamaba insistentemente y lo sacó del sueño dejándolo desconcertado. Fue necesaria una segunda llamada para que al fin relacionase el zumbido con la superficie de la mesilla sobre la que vibraba su móvil, lo cogiera y se lo aproximara a la oreja.

—¡Plumillas! —gritó Beovide sin darle tiempo a preguntar quién era—. ¡Deja lo que estés haciendo y baja al portal que yo ya estoy llegando! ¡Es algo horrible! —Y colgó.

Gregorio sacudió la cabeza y se dejó caer en la cama de nuevo. A su lado dormía como una bendita Verónica Arbusto, despojada de sus atributos de adolescente contestataria e incluso de toda su ropa. Gregorio respiró hondo, trató de extraer alguna conclusión de las palabras y la alarma de su amigo y al final se volvió hacia la chica, que tenía la cara vuelta hacia él y parecía estar adormecida como una princesa de cuento. Tras despejarse ligeramente, levantó la sábana que la cubría a ella y, otra vez más, se quedó abismado en la contemplación de la sensualidad insolente de aquel cuerpo abandonado al sueño.

Una fuerza superior a su voluntad le impelía a permanecer en el lecho, de manera que tuvo que exigir a su voluntad una fuerza superior a la fuerza que lo ataba a aquel cuerpo para poder saltar de la cama maldiciendo y echando sapos y culebras por la boca. Se vistió a tientas la misma ropa que había dejado tirada sobre una silla cercana, por lo que en la confusión no se percató de que se ponía las bragas de Verónica, y cuando pensó que estaba más o menos recompuesto fue al cuarto de baño, metió la cabeza bajo el agua fría del grifo, se secó a la brava y salió del estudio sin hacer ruido. Al segundo volvió a entrar para dejar una nota a la chica, descolgó el telefonillo para evitar que un frenético Beovide llegara en ese momento y despertase a Verónica y volvió a salir cerrando la puerta con cuidado.

En efecto, Beovide ya estaba en la puerta de la calle, pegado al cristal y haciendo gestos y visajes como un poseso. Gregorio, resentido, avanzó muy lentamente hacia su alborotado amigo, que estaba a punto de echarse a llorar.

—¿Qué pasa, te ha mordido un perro? —preguntó cerrándole el paso.

—Arriba te lo cuento —contestó, angustiado y apresurado Beovide tratando de entrar.

—¡Alto ahí, amigo! Esta mañana mi estudio es sagrado.

—Pero ¿qué dices? Necesito hablar contigo. Ha sucedido algo espantoso.

—Por espantoso que sea, nos buscamos un bar o un banco de la calle, pero arriba no subimos.

Beovide le miró con gesto de incomprensión, pero, acto seguido, la decepcionante respuesta del Plumillas pudo con él y se desinfló. Tenía lágrimas en los ojos.

—Es Maribel —dijo con la voz rota por la emoción—. Es Maribel... —Se detuvo un instante, como si aguardase a ver alguna reacción expresada en el rostro de su amigo y, al reconocer la indiferencia del otro, continuó—: Ha desaparecido, Gregorio; Maribel ha desaparecido.

—O sea, que se ha despertado —apostilló Gregorio.

—No, macho, no se ha despertado. Ha desaparecido. Sigue en coma, según me dijeron en Las Zarzas, pero ha desaparecido.

—No querrás hacerme creer que la han raptado con gotero y respiración asistida incluidos —dijo Gregorio con deje sarcástico en la voz.

—Eso es, eso es —confirmó Tomás al borde de la histeria—. La han raptado con todo.

Gregorio suspiró mientras revolvía el café doble que había pedido y se volvió hacia el camarero:

—Prudencio —dijo con voz cansada—, échale un golpe de coñac a mi café.

En resumen: el bueno de Beovide se había personado esa mañana en la clínica Las Zarzas para cumplir con su visita diaria a Maribel, contra su costumbre, pues solía acudir por las tardes, pero esa tarde tenía una reunión de profesores en el instituto donde impartía sus clases, y al entrar en la habitación que ocupaba su amor la encontró vacía. Pensó que se la habían llevado para asearla o algo así, y allí lo halló una enfermera una hora después. Así fue como se enteró de que se habían llevado a Maribel. La enfermera no sabía nada más y en la recepción no estaban autorizados a dar información, por más que Beovide recurriera al fingimiento y aun al soborno. Desde allí acudió desolado a la casa de los Arbusto, pero no había nadie excepto el personal de servicio, que le dio con la puerta en las narices porque ya estaban hartos de él. Entonces vagó por las calles como un perro apaleado y abandonado hasta que se le ocurrió ir a pedir ayuda a su amigo del alma.

—Pues estamos jodidos —dijo el Plumillas a modo de certero resumen.

Un largo silencio rodeó a ambos amigos envolviéndolos en un halo de consternación. La noticia era, desde luego, grave y se imponía tomar medidas.

—A ver, Tom, lo primero de todo: ¿estás seguro de no haberte equivocado de clínica?

Tom alzó la cabeza con un conmovedor gesto de dignidad herida.

—¿Por quién me tomas? —preguntó con la voz quebrada—. ¿Acaso crees que puedes jugar con los sentimientos de los demás?

—Venga, macho, no me vengas con chorradas. Tienes que entender que lo que me cuentas no tiene ni pies ni cabeza.

—¡Pero es así! —protestó Tom.

—Entonces, no nos queda otra que interrogar a su hermana.

—¿A su hermana? —preguntó Tomás, perplejo—. ¿Por qué a su hermana?

—Porque es la única a la que podemos agarrarnos y la tengo arriba, durmiendo en pelotas.

—¿A Verónica? —exclamó Tomás, horrorizado—. Tú vas a acabar en la cárcel.

—Vale —respondió el otro—, pero mientras me detienen soy el único capaz de encontrar una pista desde la propia familia, ya que a ti han dejado de hacerte caso, por lo que se ve.

Beovide se rindió a la evidencia.

XIV
El narrador precisa por su cuenta

En realidad, y permítanme que como narrador tome las riendas de este vehículo de ideas a punto de accidentarse, y para que se vea que un narrador también es alguien con alma y corazón y necesidad de reconocimiento, lo ocurrido con Maribel en esa madrugada fue lo siguiente: María Ilustración Frondoso, haciendo valer su condición de madre, se había personado en la clínica con una ambulancia perfectamente acondicionada con los últimos avances de la medicina, había recogido y retirado a su hija y partido con rumbo desconocido tras obtener el preceptivo visto bueno del médico de guardia, quien, tras asegurarse de que las condiciones del traslado eran idóneas, no puso reparo. La ambulancia salió, pues, de la clínica y enfiló la carretera de Burgos. En el parte de salida no figuraba destino alguno y María Ilustración de Arbusto se hacía enteramente responsable del traslado de su hija.

El rapto, pues así se lo puede llamar sin el menor reparo, se llevó a cabo en el mayor secreto. La ambulancia sólo paró en un hotel a la entrada de Burgos, muy frecuentado por los automovilistas que hacían habitualmente el trayecto Euskadi-Madrid y viceversa, para que María Ilustración se atizase un par de huevos fritos con morcilla que le vinieron de perlas para levantar el ánimo. Al conductor y al enfermero los invitó a un bocadillo de jamón ibérico y una cerveza que agradecieron, y, apenas dieron cuenta de ellos, volvieron a la carretera. El día se había despejado por completo, la luz era óptima y en el cielo se mostraba un sol radiante.

Cuando entraron en el País Vasco el tiempo empeoró, el cielo se fue cerrando y cuando llegaron a Las Arenas llovía. La ambulancia se dirigió al chalé donde les esperaba Rocío Eskarcha. Desde allí se dirigieron a una capilla cercana propiedad de una familia de alta condición. Con la ayuda del criado, los enfermeros sacaron a Maribel en camilla e Ilustra los acompañó portando entre todos los trastos de respirar y el gotero. Una vez en la sacristía la instalaron en una amplia habitación de la planta superior. Era una habitación grande y desnuda, pero no olvidada porque se podía advertir el hueco de algún mueble que había sido retirado recientemente para dejar espacio a la cama que figuraba en el centro. Allí fue depositado el cuerpo de la infeliz muchacha y los auxiliares se retiraron con la camilla. La cama era una cama de hospital dotada de todos los adelantos modernos que había sido prestada ex profeso a Rocío, benefactora del Hospital de la Virgen del Pueblo Elegido, de la que eran muy devotos los vascos y vascas pata negra.

Y ahora, contando con que el autor haya recuperado el aliento, me retiro y vuelvo a ponerme a sus órdenes confiando en que este excurso no me cause trastorno ni reprimenda.

XV
Negocios a la luz de la luna

En el jardín de la casa de los señores Arbusto, dos hombres recién llegados y de pie bajo la esplendente luz de una luna de primavera se saludaban ante la atenta mirada de una criada de la casa, que se encontraba tras ellos con una bandeja donde portaba una botella de whisky japonés, dos vasos, una cubitera con hielos y un platito de almendras tostadas. La noche de Madrid ofrecía una temperatura deliciosa y del jardín emanaban aromas de flores nocturnas y césped mojado porque el chófer y jardinero acababa de apagar los aspersores. En varias ventanas se veía luz, pero ningún movimiento delataba que hubiera habitantes en la casa salvo el servicio, que tenía establecido su territorio en la planta sótano, que se asomaba al exterior por medio de unos ventanos apaisados abiertos a ras de tierra.

—Serafí Nadal-Zambomba, encantado de conocerlo —dijo éste presentándose.

—Ah, ¿es usted catalán?

—De Catalunya vengo, ¿pasa algo?

—Nada, hombre, ¿qué va a pasar?

—Por si acaso.

Breve pausa.

—Y... ¿de qué conoce usted al señor Arbusto? —preguntó el todavía desconocido concurrente.

—Hacemos negocios —respondió Serafí—, y se ocupa de las cuestiones fiscales.

—Pues lo mismo que yo. Supongo que por eso nos ha reunido.

—Yo no sé decirle, ¿eh?, a mí me ha citado aquí a esta hora.

—¿Y qué, qué tal las cosas por Cataluña?

—Pues ya ve usted, bajo la opresión.

—¿Qué opresión?

—La del Gobierno Central.

—No sabía.

—¿De dónde es usted?

—Yo he nacido en Madrid, de ascendencia manchega.

—¡Ostras! Ahora lo entiendo.

—¿Por qué? ¿Qué tiene de malo ser manchego?

—Nada, sólo que pertenece al Estado opresor.

—¡Anda éste con lo que me sale! A mí, que he trabajado mucho en Lérida y Barcelona, sí que me han oprimido con el dichoso idioma.

—Pero ¿qué dice usted, hombre? Si ha sido el castellano el que ha machacado siempre al catalán.

—Y una mierda, que yo he estado en Cataluña, como le digo, y ahora lo que se oprime allí a lo bestia es el castellano. Lo mismo que protestaban ustedes con Franco, pero al revés. Es lo que pasa, que en cuanto el oprimido se libera, lo primero que hace es imitar al opresor, como me explicó mi profesor de Historia. Cuánto mejor estarían ustedes en la actualidad si no fueran tan quejicas.

—A usted le convendría estudiar Historia de Catalunya, señor...

—Polvareda, Ambrosio Polvareda.

—¿Cómo? ¿No será usted Polvareda, el constructor?

—El mismo.

—Pero ¡mi querido amigo! Yo soy el presidente del Incare: Industrias Catalanas Reunidas.

—¡Anda la leche! Ahora caigo. ¿No estuvimos en un tris de hacernos con aquellos terrenos que iban a regularizar en el Ayuntamiento de...?

—Y tan a punto, como que me los quedé yo —dijo Nadal-Zambomba.

—Pues menuda cabronada, dicho sea sin ánimo de ofender —contestó el madrileño—, porque eran una ganga. ¡Cualquiera se asocia con usted, después de eso!

—Hoy por ti y mañana por mí, como dicen ustedes.
—No sé yo...
—Oiga, mire, los negocios son los negocios, no hay que estar con nadie y hay que estar con todos.
—Ya veo, ya.
—¡Queridos amigos! —exclamó Hermógenes Arbusto apareciendo de pronto en el jardín—. Veo que ustedes ya se conocen.
—Nos hemos reconocido —dijo el manchego con cierto retintín.
—Pues nada, señores, a lo nuestro, que aquí hay pastel para repartir. ¿De qué estaban hablando cuando he llegado? ¿O acaso habían empezado ustedes ya con el asunto que nos ocupa?
—Teníamos algunas rencillas —dijo el manchego.
—Acercábamos posiciones —dijo el catalán.
—Pues si les parece a ustedes, plegamos, como dicen en Cataluña, y nos servimos otra copa y unos canapés para entretener el hambre, y aquí mismo, en el jardín, que se está estupendamente, cerramos planes.
—¿Ve usted como el catalán oprime al castellano? Ha dicho «plegamos».
—Eso son tonterías para políticos y fanáticos. Nosotros a lo nuestro, amigo Polvareda.
—Muy bien, pues vamos a ello. Se trata de conseguir ganar la licitación de los servicios de limpieza de varias capitales de provincia...
—De autonomía —dijo el catalán—. Y por ahora.
—Vale, de lo que quiera. El asunto es sencillo: nosotros nos presentamos a la licitación con una empresa creada ex profeso; como nueva que es y sin cargas aún, ofrecemos un veinte por ciento por debajo de la mejor oferta y nos lo llevamos de calle. Entonces, un mes después, hacemos un ERE por el cincuenta por ciento de la plantilla, con lo cual soportamos el descuento —que ya nos ocuparemos de adelgazar con el tiempo— y la diferencia con la nómina nos viene al bolsillo. Ahí está el negocio. Redondo.
—*Collons*, Polvareda, es usted un fenómeno. Me deja usted con la boca abierta —comentó el catalán.

—Pues vaya cerrándola porque eso no es nada. Ya verá usted, ya, Serafí, lo que da de sí este caballero —dijo Hermógenes Arbusto refiriéndose a Ambrosio Polvareda—. Y es que la colaboración entre los diversos pueblos de España no tiene desperdicio.

—Bah, no es nada —comentó este último—, puro ingenio capitalino.

—Muy bien —dijo Gregorio, que al fin había podido retener a Tomás en su casa antes de que iniciase cualquier intento de seguir tras las huellas de los desconocidos raptores de Maribel—, procedo a leerte el argumento de mi novela. Espero que entiendas que es un acto de confianza extrema por mi parte, así que no vayas a contarlo por ahí ni te aproveches de él porque en tal caso mi maldición eterna te seguirá hasta el día en que rindas tu alma.

—Pero ¿por quién me tomas? —protestó, airado, Tomás.

—Por si acaso —advirtió Gregorio—. En fin, allá va.

—Espera, ¿tiene título?

—No seas ansioso. Empiezo: «Una preciosa joven, dotada de todos los encantos físicos, hija de un multimillonario y de una cantante de ópera retirada, es solicitada por toda clase de jóvenes, ricos y menos ricos, emergentes y cazafortunas, con la intención de matrimoniar con ella. Un día ella se fija en un joven que capta de inmediato su atención y se convence —basándose en la intuición— de que ése es el hombre con quien debe casarse, pues es leal, desprendido y honesto. El padre monta en cólera, pero la terquedad de la hija es imbatible y acaba admitiéndolo como yerno. Cuando lo cita para establecer las condiciones y habla de separación de bienes, el joven le espeta: "¡Naturalmente que habrá separación de bienes! ¡No pretenderá usted unir a su inmensa fortuna mis modestos ahorros!".

»Se casan los jóvenes ante la murmuración, la envidia y la maledicencia y ella se reafirma enseguida en lo cabal de su elección. El joven sigue ganando poco dinero con su oficio de artista y ella mantiene la casa y una vida perfectamente acomodada (viajan, van a conciertos, restaurantes, hoteles, compran coches, disponen de servicio...) a cuenta de ella, que a su vez recibe del padre una sustanciosa cantidad de dinero para gastos. El padre reconoce despechado que las cosas van bien entre ellos; la madre envidia a la hija.

»El entendimiento entre los jóvenes es casi perfecto. Ella ha llegado virgen al matrimonio, pero él se encarga de hacerle conocer los placeres del sexo, al que se entregan con no menor entusiasmo que a vivir. Ella se irá convirtiendo en una amante consumada dejándose guiar por el joven y su felicidad se va viendo colmada a medida que realizan todas sus fantasías eróticas, lo que crea en ellos una complicidad e intimidad absolutas. Son uña y carne. Él llega a decir: "Estamos tan unidos, somos tan uno los dos que lo nuestro, más que erotismo, parece una gloriosa e interminable masturbación". Deciden no tener hijos hasta que no agoten su felicidad erótica y vital.

»Desde fuera, todo el mundo espera que ella acabe por hastiarse de él. Pero otro joven —éste, uno de los adinerados pretendientes previos de ella— logra introducirse en la pareja; al observar astutamente que la clave es su pleno entendimiento erótico, intenta acercarse y adentrarse en su intimidad desde la amistad y el compañerismo hasta conseguir un día (¿en un viaje conjunto?) ser aceptado por la pareja para montar un trío. Tras un dubitativo y complejo rechazo inicial, el trío se abre y colma unas nuevas expectativas eróticas que proyectan su relación (de la pareja) hacia delante con un espléndido impulso y, perdida toda prevención y todo pudor, se entregan a la novedad. El intruso, de momento, no percibe que la relación de los dos jóvenes procede de la intuición de ella sobre el carácter de su marido. Sólo sabe que ha conseguido introducir una cuña en esa relación.

»El siguiente paso es una lucha entre el bien y el mal. Quien está del lado del bien (la pareja) está del lado de la duda porque es consciente de la inseguridad de las cosas. El mal, en cambio, no duda: va directo a por su objetivo. Ellos no son creyentes y no tienen el amparo de la fe; el mal cree en la maldad como verdadero motor del mundo».

Se produjo un largo silencio entre los dos compinches que Tomás rompió finalmente.

—¿Es una indirecta? —preguntó.

—Me has calado —respondió, sarcástico, el Plumillas—. Todo el mundo sabe que yo me tomo el trabajo de escribir novelas para poder soltar indirectas a los amigos.

—Perdona, tío, es que lo de esa pareja...

—Que no se parece en nada a la inexistente entre Maribel y tú... entre otras cosas porque ellos consuman y tú...

—Vale. Estoy obsesionado.

Se produjo un nuevo silencio. Tomás se sumió en sus pensamientos y Gregorio se lo quedó mirando, primero expectante, luego impaciente y, por fin, carraspeando con rudeza.

—¿Qué? —exclamó Tomás saliendo de su ensimismamiento—. Ah, sí, la novela. Muy buena, ¿no? Yo creo que puede ser un éxito.

—Me cago en tus muertos —respondió Gregorio.

—¿Qué pasa? A mí me parece buena.

—Pero si ni está escrita ni la has leído —dijo, indignado, el otro.

—¿Cómo? Ah, vale, es el argumento. El argumento es el que me parece muy bueno.

—Tu otro apellido es Soñador, ¿no?

—Por parte de madre.

—Ya me parecía a mí —comentó Espínola.

—¿A qué te refieres? —preguntó Tomás, mosqueado.

—A que, como de costumbre, te han vuelto a tomar el pelo en la Residencia Arbusto. Anda, ven conmigo y te enseñaré cómo.

Al día siguiente y mientras el señor Arbusto hacía pasar a su despacho a sus dos clientes, el catalán y el castellano, para proceder a poner por escrito las bases de lo acordado, su secretaria le llamó en un aparte.

—Señor Arbusto —dijo Felícitas, solícita—. Ha telefoneado su señora diciendo que no se preocupe, que la señorita Maribel está en buenas manos.

Hermógenes Arbusto, que disfrutaba de su café con leche recién servido, se atragantó, escupió café por la boca y la nariz, se vació el resto de la taza en la pechera y también sobre unos papeles cercanos y volcó el sillón al levantarse impetuosamente, tosiendo y tratando de respirar a la vez.

Cuando pudo articular palabra, lo preguntó todo a la vez.

—¿Maribel? ¿Mi mujer? ¿Cómo que está en buenas manos? ¿Con quién? ¿Para qué? ¿Cuándo? ¿En qué porfía?

Felícitas no perdió los nervios ni la compostura.

—Al parecer, señor, su esposa y su hija han salido de viaje con destino desconocido. O eso es lo que me ha dicho el criado.

—¿Salido? ¿Cuándo?

—Esta madrugada.

—¿Por qué?

—No se sabe.

—¿Por qué no me lo ha avisado?

—No se sabe.

—Pero ¿se sabe algo?

—Nada, señor.

—¡Maldita sea mi estampa! ¿Es que nadie va a ayudarme?

—Si estuviera en mis manos... —apuntó la secretaria, desabrochándose un botón de la blusa.

—A ver: que me pongan con la clínica Las Zarzas; que me localicen al señor Forcas inmediatamente; que lo traigan a mi presencia; que vigilen estaciones y aeropuertos, que me traigan ropa nueva; que me traigan también un carajillo; no: tres; que localicen el GPS del móvil de mi esposa; que me busquen una agencia de detectives; que nadie llame a la policía...

Agotado, se dejó caer en la soberbia butaca de cuero donde practicaba y muñía sus chanchullos. Los dos capitalistas le observaban con indisimulada inquietud.

—Señores, procedamos cuanto antes porque tengo un serio problema familiar sobre mis espaldas.

Procedieron y se marcharon deseándole buena suerte.

No era el destino de su hija Maribel lo que le atormentaba; o, mejor dicho, el destino de su hija Maribel era lo que le atormentaba en segundo lugar. El primero lo ocupaba la idea de que cualquier desgracia que cayera sobre su hija, incluida su muerte real, podía dar al traste con el acuerdo hecho con Forcas, y no le costaba mucho imaginarse a la Muerte acechando, con un cabreo de campeonato y un resentimiento no menor, y el menor índice de falibilidad por su parte. Se hacía necesario encontrar a Forcas y obligarle a tomar cartas en el asunto.

¿Qué insensatez se le habría ocurrido a Ilustra? Tendría que haberla vigilado más, pues a causa de su obsesiva preocupación por el estado de su hija era capaz de ponerse en manos de cualquier curandero e incluso llevarla a Lourdes o a la mismísima tumba de Juan Pablo II, que necesitaba unos milagros inmediatos para obtener la beatificación exprés por la que tanto piaban las avecillas integristas del Señor.

¿Cómo no lo había previsto? Era evidente que si salía del coma por causa de esta aventura inconsecuente y absurda, el destino, que era un mandado, actuaría por su cuenta.

—Parece mentira que no la conozcas —se dijo en voz alta, pensando en su esposa, mientras se vestía de nuevo—. En cuanto se trata de la familia, lo ve todo rojo; no se concede ni un minuto para pensar.

La eficiente Felícitas esperaba en la puerta con el mozo de la tintorería para recoger la ropa ensuciada y mandarla a limpiar. Luego, el abogado, en camiseta y calzoncillos, empezó a pasear como un león enjaulado por el perímetro de su despacho.

—Don Hermógenes, ¿no le convendría a usted bajar al sótano a... distenderse? —le dijo Felícitas con una sonrisa prometedora.

—No estoy para masajes ahora, Felícitas; qué cosas se le ocurren, en un momento como éste.

—¿Y una buena mamada?

—El diablo carece de imaginación —dijo don Fernando García de las Letras—. No tiene imaginación sino malicia, que es un pobre sucedáneo. La imaginación no la echa en falta porque tiene a todo el mundo a su disposición.

—Pero ¿qué haría con ella si llegara a conocerla? —preguntó el alumno Menéndez, que era el más vivo.

—Oh, ésa es una buena pregunta. Indudablemente sería un peligro más que añadir a los muchos que amenazan a la Humanidad. Imagínense ustedes a un diablo creador, ¿de qué no se sentiría capaz, aparte de arrebatar el monopolio de la creación a los humanos? Un diablo creador... no quiero ni pensarlo. Un diablo que se sentiría como un Dios, un Dios dueño de almas y corazones. Si el sueño último e íntimo de todo escritor, de todo artista, es ser como Dios... imaginen ustedes lo que eso significaría para el diablo. ¡La repanocha! ¡El acabose!

—Pero... —insistió Menéndez, pugnaz—. Si yo no creo en Dios, no me queda otro remedio que aceptar la explicación más lógica a su existencia: que Dios es, en realidad, la mejor invención del ingenio humano.

—¿Y el diablo? —saltó Pérez Pérez—. ¿Qué me dices del diablo?

—Bien, si me permiten intervenir —dijo bondadosamente don Fernando—, les propongo el siguiente planteamiento: a Dios se le invoca por desesperación y al diablo por necesidad.

—¡Por eso existe! —afirmó con entusiasmo Menéndez—. ¡Nada más que por eso! Porque es necesario apuntalar la figura de Dios.

—Pero, chico, tú eres un hereje —exclamó Altagracia Miamol, que desde que conoció al Plumillas se había incorporado al Círculo.

—Un hereje lo será el diablo, y con rabo, que bien que lo disfruta ese gigoló a lo que parece —precisó Gregorio, que acababa de entrar por la puerta seguido por su compinche Beovide.

—Usted cállese, desvergonzado —le espetó Altagracia, aún resentida por el abandono de Gregorio.

—En mi opinión —dijo este último haciendo caso omiso de la guatemalteca—, Forcas tiene alma de artista. Buscaba algo más que conocer una realidad, o sea, a nosotros. Ahora, como dice el maestro García de las Letras, busca *crear* una realidad. Ser como Dios. Ser Dios.

—Acabará en el infierno ese pinche gigoló —dijo Altagracia.

—O nos hará la vida imposible a los poetas como yo —se lamentó Tomás.

—Como ya te he dicho en otras ocasiones, sólo tu egoísmo es más grande que tu ambición —apuntó Gregorio.

—Yo creo que a Dios se le echa de menos, y a mí me parece que es por vagancia; por vagancia celestial, se entiende —explicó Pérez Pérez—. Con la excusa de que Dios escribe derecho con renglones torcidos, en el cielo se han echado a dormir a la bartola. Los diablos, en cambio, están muy activos. El mal tiene mucho ritmo.

—¡A ver, señores, que hay que consumir! —La voz del camarero les hizo dar a todos un brinco en sus asientos—. ¿Alguien quiere atizarse un gin-tonic, un destornillador, un cuba libre, un chute de coñac?

Todo el mundo se puso a rebuscar en sus bolsillos.

—Pónganos una jarra de agua y una ración de palillos —dijo el Plumillas, que era el más desinhibido.

—Deje usted en paz a los muchachos, que son los que están sosteniendo el ambiente de este café —dijo don Fernando García de las Letras con bonhomía—, y ponga usted café para todos a costa mía, que mucho les debo por ayudarme a vivir con estas reuniones tan animosas.

Hubo un sentimiento general de gratitud y devoción por parte de la concurrencia e incluso alguna lágrima que otra asomó a sus ojos. El camarero se marchó a cumplir con el pedido un tanto desanimado por la cuantía del mismo.

—Y ahora, mis fieles amigos, porque amigos son antes que alumnos, veamos qué noticias nos trae la pareja de inéditos.

Un tanto sonrojados, Tom y Gregorio sonrieron apuradamente a la concurrencia y Tomás se decidió a tomar la palabra.

—Sabemos que mi novia adorada...

Gregorio carraspeó con toda intención.

—... ha sido raptada y enviada a algún lugar del norte de España con algún propósito incalificable porque, hasta donde sabemos, ni siquiera el padre de la novia se había enterado de este movimiento estratégico. ¿Lo han hecho con el propósito de alejarla de nosotros? ¿Ha sido por un súbito agravamiento de su dolencia? ¿Alguien quiere hacerla suya aprovechándose de su estado? No tenemos respuesta. Lo único cierto, irrebatible, incontestable, es que ha desaparecido sin dejar rastro.

—Los cafelitos de los señores —dijo con retintín el camarero apareciendo de improviso. Un espeso silencio se extendió por la rinconera mientras los repartía por toda la mesa—. Y que aproveche.

—No me atrevo a mirarme a la cara —confesó Tomás, contrito.

—Venga, que no es para tanto —le animó Menéndez.

Tomás lo fulminó con la mirada.

—Amigos —habló don Fernando puesto en pie—, éste es sin duda el momento más difícil de nuestra campaña, pero no por ello vamos a retroceder. Si hay camino, se sigue; si no hay camino, se busca; si los dioses están de nuestra parte, triunfaremos; si no lo están, seguiremos viviendo. Todo antes que desfallecer. Y ahora, a la acción: caballeros —dijo alzando majestuosamente su taza de café—, Inglaterra espera que todos cumplan con su deber.

Era una de sus frases fetiche. Todos, puestos en pie, alzaron sus tazas:

—¡Por Inglaterra y por san Jorge!

—Por Maribel y por España —gritó a su vez Tomás, y salió de estampía seguido por un Plumillas que maldecía como un endemoniado.

La sacristía tenía techo alto, ventanas que dejaban pasar la borrosa luz del día y, como se ha dicho, ni un sólo mueble excepto un trabajo de carpintería de madera oscura y de metro y pico de altura que se prolongaba a todo lo largo de la pared ciega enfrente de las ventanas. El mueble sólo mostraba puertas tras las que debían de esconderse baldas y cajoneras. También había unos cajones largos y estrechos bajo la tapa, como los que se usan para guardar manteles. El suelo era de madera de pino muy gastada y crujía a cada paso de los visitantes. En una de las dos paredes más estrechas, frontera con aquélla donde se abría la puerta, aparecía una pared tan desnuda como las donde presidía la muy desnuda estancia un crucifijo triste y perdido en la pared.

En el centro de la habitación, con todos los aparatos de asistencia al enfermo necesarios, se encontraba la cama donde yacía imperturbable Maribel Arbusto. Debido a la adecuada alimentación vía intravenosa o a su propia naturaleza, la chica presentaba un aspecto verdaderamente envidiable, como si estuviera dormida y no en coma. Trajinando alrededor de ella se encontraban dos hacendosas monjas que no la perdían de vista y parecían volar con sus aladas tocas alrededor, la acomodaban, la acariciaban, la arropaban, la preparaban para ponerla en las manos de quien sería su salvador, el rompedor del hechizo. Apartadas a un lado, pero sin perder de vista a la niña, Ilustra y Rocío, vestidas con elegante decoro y peineta española, componían la figura de dos feligresas de alto *standing* que aguardan con modesta pero señorial compostura la llegada del ministro del Señor.

La temperatura era agradable, quizá algo fresca. Las dos mujeres habían llegado a primera hora de la mañana, adelantándose a la ambulancia, y se habían dirigido al hotel Ercilla para asearse y arreglarse antes de la ceremonia, después de darle una hora de asueto al chófer. Pidieron el desayuno en la habitación, un desayuno vigorizante a base de café con leche, zumo de naranja natural, panecillos tostados con aceite, huevos escalfados, mermelada y *croissants* y al cabo de una hora se presentaron en el vestíbulo del hotel causando la natural sensación entre los clientes. El chófer las aguardaba gorra en mano, las acompañó hasta el coche, les abrió las portezuelas correspondientes a los asientos traseros, empezando por la acompañante de su señora, y sin más dilación las condujo entre el denso tráfico de la mañana al lugar donde iba a oficiarse la ceremonia.

—¿Tú crees que no vamos a hacer una barbaridad? ¿Que esto puede funcionar? —preguntó Ilustra con voz débil.

—¡Quita, hija, por Dios! —respondió con toda convicción Rocío Eskarcha—. ¡Pues claro que va a funcionar!

Afuera había empezado a llover y la dudosa claridad se escondió aún más, por lo que fue necesario acudir a la luz eléctrica. Sobre ellas y sobre Maribel y las monjas, que ahora se encontraban a ambos lados de la cabecera de la cama en actitud devota, cayó una luz fría que congeló la escena por unos momentos. Nadie se movía, tampoco Maribel, que era la única de aspecto saludable. El silencio se poblaba de suspiros y tosecillas.

Por fin, unos pasos rotundos, acercándose procedentes del exterior, hicieron que todas las mujeres presentes levantaran la cabeza excepto Maribel. Quienquiera que se acercase al lugar emitía seguridad y firmeza. Las dos mujeres seglares se miraron impresionadas y las dos religiosas agacharon la mirada con seráfica sumisión. Los pasos se detuvieron junto a la puerta, se abrió ésta de un golpe y una oscura e imponente figura de autoridad, precedida por su aún más larga e imponente sombra, se recortó a contraluz en el umbral.

Era el padre Mundaka.

Tomás y Gregorio, apenas llegaron a la clínica Las Zarzas, exigieron ser recibidos por el director, lo que causó una gran hilaridad en el personal de recepción. Tomás, entonces, se dio a conocer como el visitante autorizado de Maribel, lo que cambió la cara de las recepcionistas de la hilaridad a la carcajada humillante. Tomás no estaba por la labor de ser humillado en público, pero Gregorio, más sensible a ello por ser de condición más humilde, optó por alejar a su amigo y, tras varios forcejeos, ponerlo en el camino de vuelta. Así fue como terminó su frustrada visita a la clínica en busca de noticias sobre Maribel. En el camino que iba de Las Zarzas a Moncloa no encontraron un sólo automóvil que quisiera acercarlos a Madrid, por lo que al cabo de una hora de caminata llegaron medio exhaustos a la parada de un autobús en una urbanización muy cercana a la ciudad. El autobús los dejó en Moncloa y desde allí se dirigieron en metro a la casa de la familia Arbusto. Cuando arribaron a la misma, eran dos sombras consumidas por la fatiga.

—Esto de ser pobre en ocasiones es un asunto harto desagradable —dijo Tomás ante el portón de entrada de la casa de los Arbusto.

—Ser pobre es una desgracia permanente —afirmó casi sin aliento su compañero—. Detengámonos hasta que recobremos unas pintas aceptables.

—Señores, una limosna, por el amor de Dios. Ojalá que nunca tengan ustedes que verse en mi condición. Preferible es de pedir que robar —dijo una voz a su lado.

—Joder, el mendigo Martínez —dijo el Plumillas—. A buen sitio ha venido a pedir éste también.

—Por un eurillo yo les diría lo que quieren saber —respondió el mendigo.

—¿Qué puede usted saber de lo que nosotros queremos?

—Ay, que la cara de su amigo lo dice todo, que está por los huesos de la señorita Maribel.

—¿Cómo? ¿Qué sabe usted de la señorita Maribel?

—Por otro eurillo más podría añadir el nombre del lugar al que se la han llevado.

—¿Qué? ¿Cómo? ¿Quiénes? —preguntó Beovide, revivido, sujetándolo por las solapas de su raída chaqueta.

—Déjalo, hombre, que le desgarras los harapos —dijo el Plumillas interponiéndose entre los dos hombres.

—Pues verán ustedes... —empezó el mendigo, una vez rehecho y calentando las dos monedas de euro en su puño cerrado—. Da la casualidad de que un servidor se acercaba por aquí para ver si me hacían la caridad de darme algo de las sobras del desayuno, porque la señora es muy católica y dadivosa, y me encontré a la servidumbre a la puerta de la casa, como si acabaran de despedir a alguien que se fuera de viaje, y yo me dije: «Martínez, a ver si con las prisas de la partida no han desayunado y hoy no te cae nada...». Sí, sí, ya voy —dijo ante la furiosa mirada de apremio de Beovide—. Total, que, como ya me conocen y me tienen confianza, siguieron hablando delante de mí como si nada y así me enteré de que el chófer del señor acababa de salir cagando leches con el señor dentro porque se iban en persecución de la señora y de la señorita Maribel.

—Pero ¿qué dice usted? —protestó el Plumillas—. Ahora mismo voy adentro a preguntarle a Verónica qué lío es éste.

Y dicho y hecho, aunque sólo logró llegar al portón porque el servicio le negó el paso.

—Pues hagan el favor de avisar a la señorita de que está aquí don Gregorio Espínola.

—¿Sí? No me diga. ¿El gran Espínola?

Gregorio empezó a mosquearse.

—No. El pequeño Espínola. El gran Espínola era mi padre. Y usted —continuó altanero—, ¿de qué circo se ha escapado?

La gran virtud del Plumillas cuando se encaraba con alguien era su superioridad verbal; en cambio, los contrarios, por lo general, solían disponer de una superioridad física que aplicaban sin pestañear a la primera oportunidad. En esta ocasión fue un directo a la mandíbula de cristal del novelista lo que hizo que diera con sus huesos en la acera, y allí se quedó tendido mientras el servicio cerraba el portón y Beovide y el mendigo trataban de reanimarle.

—He estado a punto de romperle los dedos con mi barbilla —comentó Gregorio mientras se levantaba medio mareado—. Le ha debido de doler.

—Sí, macho, iba aullando de dolor.

—¿Lo ves? Si es que no fallo.

—Venga, recupérate. Y usted, Martínez, justifique el valor de esos dos euros que encierra en su puño.

—Pues, como les decía, estaba yo junto al servicio mientras ellos hablaban entre sí como quien comenta una gran noticia que los tenía afectados...

—Martínez, que se queda sin los euros.

—... y se preguntaban por qué se habían llevado a Maribel a Bilbao —soltó de un tirón.

—¿A Bilbao? No me jodas —dijo el Plumillas recuperándose en segundos por efecto de la sorprendente información—. ¿Está usted seguro? ¿Qué se le ha perdido a esta familia en Bilbao? Ahora más que nunca tengo que hablar con Verónica —explicó mientras se disponía a escalar el muro de protección.

—¡Quieto ahí, malandrín! —dijo el poeta. Luego se dirigió al mendigo—: ¿Sabe usted qué demonios pretendían hacer en Bilbao?

—Con toda mi humildad de mendigo me veo obligado a decirles que esa información vale un euro más.

—Pero ¡esto es un robo a mano armada!

—Qué va. Más vale pedir que robar —dijo el mendigo.

—Es listo el cabrón, ¿eh? —comentó Gregorio—. Roba pidiendo.

Beovide le alargó la moneda.

—Gracias y que Dios se lo pague. A la señorita Maribel se la han llevado a que la vea un cura.

En el rostro de los dos compañeros se pintó un tan vivo asombro que el mendigo añadió:

—Un tal Mundika o Manduka, algo así con nombre polaco. Y esta información va por cuenta de la casa.

—¡Dios mío! —exclamó, consternado, Tomás—. ¡El padre Mundaka! Ahora sí que Maribel está perdida.

El automóvil de Hermógenes Arbusto volaba en dirección a Bilbao. Apenas recibió la noticia de la desaparición de Maribel puso en marcha todos los mecanismos que conocía para intentar dar con su paradero. Además trató de localizar a su esposa, pero ésta no respondía al teléfono.

—¿Para qué diablos quiere esta mujer un teléfono móvil si nunca atiende a las llamadas? —despotricó.

Sin embargo, no tardó mucho tiempo en relacionar la desaparición de la niña con la desaparición de su mujer: en la clínica le informaron de que, con la autorización de la madre, Maribel había partido hacia un lugar del norte de España, que luego pudieron identificar como la ciudad de Bilbao, en una ambulancia dotada de todas las medidas de seguridad conocidas. Todo ello bajo un estricto secreto que Hermógenes, veterano en estas lides, consiguió romper.

Se había quedado estupefacto. Tardó unos minutos en reaccionar, él, un hombre acostumbrado a decidir sobre la marcha en todos sus asuntos de trabajo; pero cuando lo hizo, estuvo a punto de estallar. Toda esta pantomima, todo este falso rapto sólo tenía un fin y apenas le costó relacionarlo con las conversaciones habidas entre su esposa y su amiga Rocío Eskarcha acerca de la función de los exorcismos y su uso dentro de la Iglesia católica en la actualidad. ¿Conque ésas tenían? Hermógenes, que ya había puesto sobre aviso desde su coche a la Guardia Civil, la Ertzaintza y el PNV para batir la mayor cantidad de terreno posible, se puso también en contacto con el Obispado para advertirles de la posibilidad de que esa misma mañana fuera a practicarse un exorcismo a una muchacha cuyo *único* problema —comentó con sorna— era que se encontraba en coma.

Se había puesto en tela de juicio su autoridad. Él era el padre y el cabeza de familia, y a él y sólo a él correspondía tomar una decisión, cualquiera que fuese, sobre el futuro de su hija. Porque María Ilustración, a peor, tenía que haber revelado a Rocío la presencia del diablo, el trato y quién sabe qué más, lo cual era de una irreflexión sólo propia de mujeres. Y con el diablo de por medio era incapaz de darse cuenta del verdadero alcance del disparate que se disponía a cometer si él no lo impedía.

¡Un exorcismo! ¿Qué diría Forcas de ello? ¿Rompía su acuerdo con Forcas el mero acto o sólo el resultado? En todo caso, se cernía sobre él una amenaza mortal. ¿Y si el exorcismo devolvía a su hija a la vida de este mundo? La había dejado en prenda y despertando se rompía el acuerdo.

Pero ¿podía un exorcismo sacar a un ser humano del coma profundo? En tal caso tendría que ir pensando en una alianza con la Iglesia para explotar comercialmente esta posibilidad. Pero éste no era el momento de pensar en eso sino de guardarlo como proyecto. Si no la despertaban las hechicerías del cura Mundaka, su trato con Forcas seguía firme, pero lleno de incógnitas. Un exorcismo por fuerza debía de llamar la atención de Satanás. ¿Qué ocurriría si Satanás, divertido por el hecho de que estuvieran tratando de sacarlo del cuerpo de Maribel mientras él contemplaba desde fuera con regocijo el inútil intento, decidía intervenir? A Satanás, como al propio Hermógenes, le gustaba intervenir en todo acto o hecho relativo a su competencia y a su persona. Al asomarse al inocente cuerpo de la muchacha mientras era objeto de exorcismo, quizá se interesase por ella más de lo normal y decidiese reservarse aquella alma para él.

¿Estaría Forcas al tanto de lo que ocurría esa mañana? ¿Estaría Satanás al tanto de su alianza con Forcas? ¿Estaría ya la Muerte rondando cerca por si podía atizarle el golpe de gracia? Forcas era uno de los diablos mayores, pero no el mayor. ¿Habría actuado por su cuenta, sin consultar con nadie de la cúpula a la que seguramente pertenecía y se descubriría ahora todo el pastel?

Lo que no perdonaba a Ilustra es que hubiera puesto en juego su vida, la de él, por un ciego y monstruosamente egoísta amor de madre. La paternidad había sido dejada de lado con artimaña para conseguir un beneficio dudoso (—¡Cómo que dudoso!: fantástico, imposible, delirante—) que lo dejaba a él, Hermógenes Arbusto, a los pies de la misma Parca. ¿Cómo era posible que Ilustra, sabiendo como sabía que la temporal estancia de su hija en aquella suerte de limbo —el precio a pagar para que la familia no quedara descabezada— era debida a una situación pactada, hubiera sido capaz de poner en peligro el acuerdo que les permitía continuar con sus vidas como si nada hubiera sucedido? ¿Acaso no valoraba la fuente de ingresos que provenía de su marido y que era la que sostenía aquel tren de vida que les había permitido codearse con lo mejor de la sociedad y las mayores fortunas nacionales e internacionales? ¿Acaso no acudían a él los más acreditados defraudadores, los más selectos corruptores y corrompidos, lo más granado de la delincuencia de guante blanco, los más atrevidos empresarios y los más ricos e inflexibles propietarios de bienes muebles e inmuebles? Pues bien, con su conducta irreflexiva estaba poniendo en peligro ese entramado tan laboriosamente tejido, esa agenda por la que suspiraban tantos clientes, esa confianza que había sabido ganarse en el mundo de las finanzas.

La mañana había amanecido con el cielo salteado por formaciones de cirros y un sol radiante, que tomó como una buena señal para echarse a la carretera y concebir esperanzas de llegar a buen puerto a tiempo, pero, a medida que avanzaban, los cirros fueron sustituidos por cúmulos de bordes brillantes y, ya a la altura de Burgos, unas masas grisáceas comenzaron a interponerse entre el astro rey y el fiscalista. Cuando se aproximaban al alto de Altube empezó a temer que la acumulación de nubes, ahora de color gris oscuro, acabara dando en un aguanieve que retrasase la marcha del vehículo. El chófer trató de tranquilizarlo, pero en Altube les sorprendió una lluvia intensa.

En aquel momento pensó en su hija; pensó si no habría actuado irreflexivamente al aceptar de buenas a primeras la oferta de Forcas. Él, que nunca cerraba un trato sin ponderar los pros y los contras, se había dejado llevar por la premura de la situación. Pero ¿quién habría sido capaz de mantener la cabeza clara si se le presenta la Muerte en su despacho dispuesta a cercenársela sin miramiento alguno? Sí, había entregado a su hija, pero contra su vida y la del resto de la familia.

—Pobre hija mía —suspiró—, pobre hija mía.

En ese preciso momento el coche salió de la lluvia y, jaleado por el chófer, que ahora pisaba el pedal a fondo, se lanzó al encuentro de la capital bizcaitarra.

Era mediodía cuando Tomás Beovide y Gregorio Espínola arrastraron sus cuerpos hasta el Bar das Almas Perdidas. El bar acababa de abrir, tan a punto que, al traspasar el umbral de la puerta, ambos recibieron una bocanada del aire fétido de la noche anterior. Una señora barría con soberana indiferencia hacia el aire espeso mientras el olor a masa humana y a alcohol se evaporaba encerrado entre las cuatro paredes del local, y tampoco pareció apreciar la lenta entrada del aire exterior en dura pugna con el del interior. En la penumbra a la que el bar estaba acostumbrado, no se distinguía el polvo que estaba levantando ni era posible observar al trasluz si alguien se había molestado en lavar los vasos.

Los dos amigos se aposentaron en un extremo de la barra con sendas cañas de cerveza. Había otra persona en una de las mesas bebiendo vino y hojeando un periódico, y en el rincón opuesto a aquél en el que se encontraban Tom y Gregorio una pandilla de añosos curdas entonaba una y otra vez una canción que, al parecer, les hacía una gracia loca:

Somos los tuberculosos,
los que más, los que más nos divertimos
y en todas nuestras reuniones
arrojá, arrojamos y escupimos.

—Éstos son por lo menos tabernarios de posguerra —dijo el Plumillas.

—Qué será de Maribel —dijo Tomás con la voz quebrada—. Qué le estará haciendo ese maldito cura con sus hechicerías. No saben que pueden matarla.

—Bah, no lo creo. Todo lo más, despertarla. Claro, eso te jodería por no estar allí para recibirla en la vida. Hay una diferencia entre despertar con un beso, a lo bella durmiente, o despertar con un alucinado encima de ti soltando latines y agua bendita.

—Gregorio, por favor, no seas frívolo.

—A mí me gusta que sea frívolo —dijo una dulce voz femenina a la espalda de los dos compadres.

—¡Verónica! —exclamó alegre el Plumillas—. ¿Qué haces tú aquí?

—Ya ves, seguirte. No sé si te acuerdas, pero has pasado la noche conmigo y me has dejado tirada y sin explicaciones en tu cama. Me he levantado sola, y sabes que no me gusta nada despertarme sola cuando estoy con un tío.

—Oye, preciosidad, que yo me he escapado porque Tomás estaba necesitado de afecto. No te iba a despertar sólo para decírtelo.

—Pero, macho, ¿entonces era verdad lo de que estaba en tu casa y sigues acostándote con una menor? —preguntó Tomás, horrorizado—. Que te meten en la cárcel.

—No pasa nada —dijo Verónica—. Tengo dieciocho años.

—¡Fenómeno! —exclamó, gozoso, Gregorio—. Ya no soy pederasta.

—Lo que pasa es que a éste lo calé enseguida —continuó ella—. Y como le gustan las colegialas, saqué el uniforme del armario y me hice colegiala. ¿A que doy el tipo?

—Así te notaba yo de exuberante dentro del uniforme.

—A éste lo que le gustan son las colegialas y, excepto los escoceses, todo lo que lleve faldas, incluidas las *cheerleaders* —precisó Tomás.

—Ya lo suponía... —dijo Verónica, y mirando a Gregorio—: Le mola lo de mirarles las bragas cuando levantan la pierna... So cerdo, que eres un guarro. Un cerdo encantador, la verdad.

—Los escoceses en vaso me van —precisó Gregorio.

—Las chicas de ahora sois todas unas locas —sentenció Tomás.

—Pues anda que tú... —respondió Verónica.

—Yo soy un tipo consciente y legal que no se mete en la cama con la primera que llega. Yo creo en el amor.

—Y yo. Yo doy mazo amor, y si no, pregúntale a éste.

—Deberías aprender de tu hermana —dijo Tomás, contrariado.

—Anda, claro, la que faltaba. ¿De quién crees que he aprendido yo? Tú apártate cuando se despierte, porque después de lo que le hiciste, dejarla en bolas a la puerta del café donde os reunís todos los artistas pijos y darle con una maceta en la cabeza, se va a hacer albóndigas contigo.

—¡Eso es falso de toda falsedad!

—Hombre, falso... —terció Gregorio.

—¿Qué pasa? ¿Ahora te pasas a su bando por un miserable polvo?

—¡Eh, tú! ¿A que me bajo las bragas y me cago en tus muertos? Ya quisieras echar un polvo conmigo, tío, ya quisieras... —dijo, indignada, Verónica.

—Venga, haya paz —propuso Gregorio, y añadió dirigiéndose a la chica—: Y tú cuida un poco tu lenguaje, que cada día estás más ordinaria; al fin y al cabo eres de buena familia.

—A ver, tío, me gusta ser una ordinaria. He sido una finolis toda mi vida y no he sacado nada en limpio. Hay que vivir.

—¿Eso es vivir? ¿Andar de disco en disco bebiendo a morro y dejándote manosear por todos? —dijo Beovide, puritano.

—Macho, no te rayes —contestó Verónica—. Mi vida es mía, ¿no? Pues me la quedo para mí.

—No le des importancia —intervino Gregorio—. Es un idealista.

—Yo también me veo ideal —protestó ella, mimosa.

—Anda, ven para acá —dijo Gregorio abrazándola—, que te monto aquí mismo, nena.

—Mola... —contestó ella adhiriéndose a él como una lapa.

—Además, exhibicionista —murmuró Tomás—. No le falta ningún vicio a esta delicada flor de la sociedad.

No lograba olvidar el trance por el que estaría pasando su Maribel. El comentario de su hermana le había hecho daño. Le parecía increíble comprobar hasta qué punto la maledicencia tergiversa las cosas. Él, que hubiera preferido recibir la maceta en su cabeza por salvarla a ella, acusado de agresión. La vida era tan injusta a veces, había que luchar tanto por lo que uno deseaba...

—Nos vamos a casa —dijo Gregorio interrumpiendo sus pensamientos—. Luego te llamo.

—*Bye, bye, baby* —dijo Verónica con su mejor sonrisa—. Que tengas noticias pronto.

—¿Será hija de puta? —se dijo Tomás a media voz—. Pero ¿qué clase de productos crían hoy los ricos?

Palito Escobosa, audaz reportero de la prensa sensacionalista madrileña, y Peio Kutxipanda, comentarista gastronómico además de ácido columnista nacionalista bajo el temido seudónimo K. K., se encontraban a las puertas de la capilla de la iglesia de... en cuya sacristía se iba a practicar el exorcismo a Maribel Arbusto. El porqué de haberse enterado de la ceremonia pertenece a las alcantarillas de las fuentes de información anónimas (tan misteriosas como previsibles en la mayoría de los casos, y con tarifas establecidas), pero lo cierto es que allí se personaron ambos. Su primer intento de acceder al recinto fue cortado en seco por un sacristán que les cerró el paso con firme cortesía, en vista de lo cual rodearon el edificio de la iglesia primero y las dependencias adyacentes después, pero siempre que lograban dar con una posible entrada aparecía el ubicuo sacristán, como si tuviera un radar que le permitiese seguirles desde el interior en su periplo exterior. Peio se cansó pronto, pero Palito, cuya pericia en encontrar los más sórdidos y escondidos secretos y rincones para obtener sus escandalosas exclusivas era legendaria, no desmayó, de modo que aquello se convirtió en un duelo personal entre el sacristán y el periodista, un duelo de emocionante curso y no menos incierto resultado que fue interrumpido cuando, de repente, como salida de la nada, confluyó en la explanada ante la iglesia una ruidosa y acelerada caravana de automóviles.

De un *jeep* de la Guardia Civil, dos coches de la Ertzaintza, uno del delegado del Gobierno, otro del PNV, otro del Obispado y el Jaguar de Hermógenes Arbusto bajaron en tromba agentes y civiles y tomaron posiciones ante la entrada mientras una furgoneta de la policía que llegaba en ese momento distribuía a sus hombres a lo largo del perímetro del edificio. En unos minutos las fuerzas del orden estaban dispuestas al asalto de la iglesia en cuanto el secretario del obispo lo autorizase. El secretario, un sacerdote de mediana edad muy elegante vestido de clériman, acompañado de un canónigo, tanteó la pesada puerta y, al comprobar que estaba cerrada, golpeó con el puño varias veces en una de las hojas. Al poco se abrió una rendija, hubo una primera conversación, enseguida se volvió a los sitiadores haciendo una señal de espera y penetró en el interior.

Hermógenes Arbusto, entretanto, conversaba con las cabezas visibles de la operación de rescate y, a medida que lo hacía, una sensación de vacío y hecatombe iba ocupando su lugar en el estómago del famoso abogado. ¿Se habría precipitado al alertar a todas las fuerzas vivas con excepción del ejército? ¿Estarían dentro su mujer y su hija o la información recibida era una trampa para desacreditarle ante las autoridades? Había empleado todo su peso para conseguir llegar a tiempo de detener el exorcismo y ahora no estaba seguro de lo que sucedía en el interior de la iglesia.

Palito Escobosa se frotaba las manos de gusto. Un conocido abogado especialista en evasión fiscal, la policía autonómica y la Guardia Civil trabajando juntos... una delegación del Obispado, una iglesia vasca, una muchacha sometida a quién sabe qué extrañas manipulaciones... y un cerco policial. ¿Qué más noticia se podía pedir para abrir el periódico del día siguiente? Palito era un experto en ajustar la realidad a sus deseos, pero esta vez ni siquiera tendría que apelar a esa sabiduría pues el suceso ofrecía características tan extraordinarias de por sí que no necesitaba de manipulación alguna. Mientras seguía atentamente las evoluciones de la acción directa, había enviado un *e-mai*l a Madrid, a la redacción del periódico, anticipando de manera escueta lo que estaba sucediendo ante sus ojos, *e-mail* que fue contestado con SMS entusiastas y el anuncio de que desplazaban desde Bilbao a un fotógrafo.

—Si esto no es una agresión española a la soberanía vasca, yo ya no sé lo que es —decía Peio Kutxipanda, exaltado.

Mientras tanto, Hermógenes Arbusto incordiaba a todo el mundo exigiendo información sobre su hija. En realidad, estaba tan pendiente de su hija como de la posibilidad de que todo fuera un bluf montado por algún enemigo de los muchos que tenía y que aspiraban a sucederle en su estatus social y profesional. Ahora necesitaba que su hija estuviera verdaderamente dentro de aquella iglesia siendo sometida a las más duras y crueles prácticas de hechicería (aquí se santiguó en señal de arrepentimiento por haber utilizado esta palabra; gesto que, visto desde fuera, complació al canónigo) para que su posición quedara a salvo.

El abogado se presentó y el canónigo no quiso ser menos.

—Soy el canónigo Verdura, encantado de conocerle.

—¿Les ocurre esto a menudo? —preguntó el abogado—. ¿No le parece a usted una barbaridad exorcizar a una muchacha en coma?

—Por supuesto, mi querido amigo, de haberlo sabido a tiempo no se habría concedido la autorización.

—Pero, hombre de Dios, ¡si es una niña dormida!

—Quién sabe si el demonio no estaría a su vez durmiendo dentro de ella... —dijo el chófer del secretario, que merodeaba por allí.

—Sí, claro, echándose una siesta, ¿no? Y el tal padre Manduka despertándolo de golpe para que, aturdido, saliera de estampía.

—Como usted comprenderá —comentó el secretario a media voz—, sólo hacemos un exorcismo en último extremo y a petición de la persona responsable del satanizado. Al padre Mundaka lo tenemos bajo vigilancia desde que, a causa de su dedicación empedernida a la lucha contra el diablo, se volvió tarumba. A veces vienen unas devotas y, sin que nos demos cuenta, se lo llevan por ahí a exorcizar a algún desgraciado.

—Pues vaya un plan. Este hombre es un peligro público. Deberían encerrarlo en alguna institución psiquiátrica para evitar males mayores.

—Ya lo tuvimos una vez en un psiquiátrico, pero allí empezó a practicar exorcismos a todos los enfermos y se organizó la de Dios, con perdón.

A Hermógenes le parecía increíble que Maribel estuviera siendo desatanizada, porque jamás pensó que María Ilustración, una mujer culta y de mundo, hubiera permitido que se jugase con la vida de su hija en coma de ese modo. «En todo esto ha habido una conspiración cuyo verdadero alcance se me escapa», concluyó.

Tampoco podía imaginar quién había sido el insensato o la insensata que había organizado todo ese tinglado y estaba dispuesto a exigir responsabilidades. No sólo había jugado con la vida de su hija sino con la suya propia. En caso de haber despertado a Maribel, sería su vida, la de Hermógenes, la que habría estado en juego. Y ni siquiera perdonaba a su esposa, que había caído como un chorlito en la red de esperanzas imposibles en que debían de haberla enredado y continuado después sin dedicarle un minuto de reflexión al lío en que se estaba metiendo.

Cuando la puerta de la iglesia se abrió de nuevo, apareció en primer lugar el secretario del obispo, que conversó brevemente con los dos jefes de las dos diferentes fuerzas del orden, los cuales saludaron y se retiraron. A continuación, se acercó a Hermógenes Arbusto acompañado por el delegado del Gobierno en Euskadi.

—Don Hermógenes —empezó a decir—, no se le ocultará a usted que tenemos a los medios de comunicación observándonos y que a nadie conviene que se dé publicidad a este suceso. Su hija se encuentra en perfecto estado de salud aunque, naturalmente, sigue en coma. Como se puede imaginar, el padre Mundaka estaba en la creencia de que el exorcismo había sido autorizado y yo trataré personalmente de descubrir el origen del malentendido. Lo que ahora importa es que todos sin excepción nos tomemos este asunto con la mayor naturalidad y normalidad. Quizá usted, debido a su posición, pueda acallar cualquier intento de darle publicidad, lo que nos perjudicaría a todos, pero aún más a usted y a su familia.

—Pero, padre, yo no conozco a ese periodista.

—Ah, por eso no se preocupe. Usted no tiene por qué rebajarse a tratar con un vulgar reportero cuya mala reputación le precede. Lo que yo le sugiero es que hable con la dirección del *holding* al que pertenece el periódico, y en concreto con...

El secretario bajó la voz y le susurró a Hermógenes algo que debió de ser grato a su oído porque sonrió con gesto de entendimiento. Después se dieron la mano y los dos sacerdotes se quedaron en un aparte. Hermógenes se despidió también, y con el mayor agradecimiento, del representante del Gobierno.

—Anda, que no tiene usted influencias ni nada. Hay que ver la colección de autoridades que ha reunido aquí esta mañana.

—Por una hija se hace todo y más —respondió Hermógene conmovido con su propia importancia.

María Ilustración apareció por detrás de la iglesia acompañada por su amiga Rocío. Ambas parecían tan avergonzadas que Hermógenes no tuvo valor para afearles su conducta y se limitó a echarles una de sus famosas miradas feroces, tan famosas y tan feroces que se dice que, en su juventud, acojonó a un oso pardo en los Montes de León. Después, una vez saciado su apetito de venganza de esta manera tan efectiva como incruenta, recogió a Ilustra en su coche con la cortesía de un hombre de su posición. Rocío, todavía sofocada por el disgusto y la reprimenda de los representantes del Obispado, se dirigió al suyo. El Jaguar de los señores Arbusto maniobró para situarse delante de la ambulancia y ésta, a una seña de Ilustra, se puso en marcha con Maribel en su interior y partió tras el Jaguar. Mientras tanto, las dos monjitas que ayudaban en la ceremonia se alejaban campo a través, con las faldas alzadas para correr con mayor soltura, perseguidas por el secretario del obispo y el canónigo Verdura.

—A ésas les va a caer una penitencia del copón —comentó el chófer de los Arbusto mientras Ilustra ahogaba un sollozo culpable.

Palito Escobosa y Peio Kutxipanda se habían acodado en la barra de un asador a la espera de que les concedieran mesa.

—Oye, Kepa —dijo Peio al camarero—, saca el chacolí ese que tienes escondido debajo de la barra y pon también unos pinchos de merluza.

Era mediodía y había dejado de llover. Por la ventana se veía el día gris y ventoso, pero la temperatura era buena. Hacia el mar se extendían los prados verdes, recién lavados por la lluvia, que relucían a la luz filtrada del sol como una hermosa promesa de felicidad.

—Pues, como te digo, aquí en Euskadi el sufrimiento ha sido horroroso, como no te puedes hacer idea —dijo Peio—. La socialización del sufrimiento ha alcanzado a todas las clases sociales porque todas las clases sociales son vascas, pero sobre todo al pueblo. Es el sufrimiento de todo un pueblo lo que nos ha unido más que nunca.

—Más que nunca ya es difícil —apuntó Palito—. Con el rollo del pueblo elegido lo tenéis a huevo.

—De rollo nada, que somos más vascos que la hostia.

—Lo que quieras. Tú sigue pasándome información para nuestras exclusivas, que es lo que importa. Somos el número uno en periodismo de investigación.

—Hombre, investigación...

—A ver si nos dan la mesa de una vez, que tengo hambre.

—Es que está a tope, no cabe un alfiler, oye. Con la fama que tiene el besugo a la espalda de aquí y los chuletones, no me extraña.

—Sí, ya veo que se están poniendo como el Quico. Y que son familias enteras. Ahí los tienes, venga a sufrir, que hay que ver lo que sufren, es que no paran. No nos van a dejar nada.

—Si es que la situación es insostenible, Palito. Mientras el gobierno del Estado mantenga este *apartheid*... Pero un día veremos dibujarse en el mapa de Europa el de una patria vasca y soberana, recuperando nuestra propia identidad.

—Y si un día la recuperáis, ¿qué vais a hacer con ella?

—Pues ¿qué vamos a hacer? Ser nosotros mismos, recuperar la libertad secuestrada de nuestro país.

—Pero ¿para qué queréis ser vosotros? ¿No sois vosotros?

—No, porque no nos dejan. Nosotros, ahora, no somos nosotros; queremos pertenecer a la Europa de los pueblos con nuestra propia identidad de pueblo ¿o es que no te enteras?

—Ya, pero a ver: ¿qué es ser vasco?

—Pues eso: ser vasco, hostia, ¿no te lo estoy diciendo claro?

—No sé...

—Pues no sigas. Tú, al final, eres como los demás: que no nos entienden.

—Ya, pero si lleváis así no sé cuántos siglos, según dices, y nadie os ha entendido desde entonces, yo creo que tenéis un problema grave de comunicación.

—Oye, que yo te considero bastante jatorra, pero no me gusta nada eso que has dicho. ¿Te estás haciendo el gracioso? Porque si todo esto te parece gracioso...

—Dios me libre.

XVI
El narrador se impacienta

A esta altura de mi trabajo me pregunto si la insensatez del autor no es aún mayor que la de María Ilustración. Estaba muy preocupado por tener que participar en el exorcismo y describirlo, y debo manifestar mi agradecimiento por haber obviado esa ceremonia espantosa en el texto, dejando a la imaginación del lector morboso lo que quiera que haya sucedido entre las cuatro paredes de la lóbrega sacristía. Y una vez pasado el sofoco, vuelvo a preguntarme si la insensatez del autor no es mucho mayor que la de María Ilustración.

¿Quién le mandaba tomar ese camino? Es de todo punto innecesario a la historia que se está contando. ¡Un exorcismo a una paciente en coma! Como si ya antes no hubiéramos tenido unas cuantas escenitas de las que hacen sonrojar a cualquier lector normal. Jesús, ¡qué situaciones tan violentas! Este hombre no tiene corazón, no se detiene ante nada. ¿Hasta cuándo vamos a seguir dando vueltas en torno a lo mismo: sexo, sexo y dinero. ¿Es que no hay otros temas que tratar? Todo por reírles las gracias a un par de mentecatos que quizá no sean sino mistificaciones de una juventud mal llevada y peor superada.

La pobre María Ilustración está en una situación imposible. Atrapada entre el egoísmo de su marido y la niña convertida en moneda de cambio. Vive en un mundo que no le da soluciones. En su desesperación ha autorizado al tontaina de Beovide a visitar casi diariamente a su hija, conmovida por el afecto que le muestra y, para colmo, ha decidido exorcizarla. Este autor es un hombre sin entrañas que antepone la literatura al dolor ajeno. ¡Ojalá que algún día la vida lo obligue a tomar de su propia medicina!

Pero yo me siento incómodo. No sé adónde me lleva. No sé si voy a poder soportar mucho más. Tengo miedo a lo que se avecina. ¿Estamos obligados los narradores a plegarnos al capricho del creador? Mala servidumbre es ésta. Y lo peor de todo es saber que existe otra vida, otros horizontes, que la esperanza de la que los humanos pueden disfrutar a mí me está negada. Yo nazco y muero dentro de los límites de esta novela y dependo por entero de la voluntad de mi creador. ¿Por qué me haría inteligente? Para poder narrar, ya lo sé, pero yo daría cualquier cosa por ser sólo un párrafo, una frase, un adjetivo... Miento. No me cambiaría por nada de eso; sólo quisiera dejar de ser un texto y vivir mi vida. Vana ilusión.

A veces me entran ganas de abandonar, pero eso, para mí, es como el suicidio para un humano. La diferencia está en que los humanos, una vez que mueren, mueren por suicidio, por accidente o por muerte natural, pero mueren. Yo aún tengo una esperanza, sí, la única: que este libro perdure, porque cada vez que un lector lo abre, yo vivo, vuelvo a nacer con él. Aunque siempre es la misma historia. O no, cada lector es diferente.

¿Y si yo sólo fuera el sueño de un escritor que me está soñando?

XVII
Acciones y reacciones

Tras la loca aventura encabezada por María Ilustración, que le costó tres días en cama sin probar bocado de tan avergonzada como estaba, un estado de depresión general se instaló entre todos los que de una u otra manera, directa o indirectamente, habían participado en la operación exorcismo, con la sola excepción de Hermógenes Arbusto. El abogado se frotaba las manos por haber salido con tan buena fortuna del monumental enredo: estaba vivo y el pacto seguía en pie. Se preguntaba si Forcas estaría enterado del suceso, pero lo cierto es que no tenía noticia suya alguna; ésa había sido su única inquietud hasta que las lenguas más sueltas hicieron llegar a sus oídos que Forcas no había dejado un momento sola a Magdalena Desamants en todo ese tiempo, lo cual, a su vez, estaba empezando a cansar a la bella seductora según otras lenguas igual de sueltas. «La verdad es que está resultando un poquito pegajoso, ya sabes», había llegado a decir de él a una amiga, y la noticia se extendió por el círculo de las elegantes.

El renombrado fiscalista no tenía idea del modo en que los demonios solían zanjar sus diferencias, pero confiaba en que Forcas no se tomara a mal la hechicería que intentaba su mujer. Sin embargo no las tenía todas consigo respecto a cuál sería su verdadera reacción ante una provocación semejante

Lo cierto es que le importaba menos que nada. Con Forcas en pos de Magdalena se quitaba de encima la sensación, que llegó a tener, de que se interesaba en exceso por María Ilustración. Forcas había resultado ser un *dandy* algo pasado de moda que atraía a las mujeres por lo que Hermógenes denominaba su porte diabólico. Evidentemente tenía algo de exótico que lo hacía singular. Las mujeres, ya se sabe, están siempre a la caza de nuevas emociones y Forcas resultaba prometedor. Claro que si la bella y turbadora Magdalena se lo quedaba para ella, mejor que mejor. Menos circulación por las camas y más tranquilidad para todos.

Apenas María Ilustración se hubo repuesto del soponcio, pensó en llamar a Magdalena para averiguar cómo habían ido las cosas por ese lado. No desesperaba de conseguir de un modo u otro que el diablo le devolviera a su hija adorada.

Las dos mujeres se habían caído bien desde el primer día y María Ilustración había acudido después a casa de la bella unas cuantas veces, por lo que estrecharon relaciones; y, aunque Forcas era el objetivo prioritario, poco a poco las confidencias empezaron a fluir con naturalidad, hasta que los incipientes afectos empezaran a torcerse. Fue cuando Ilustra recibió recado de Magdalena de que no volviera a visitarla. Entonces se vio perdida, hundidas sus esperanzas de abrir alguna fisura en el ánimo de un Forcas rendido a la bella, y fue cuando puso oídos a Rocío Eskarcha con el lamentable resultado de todos conocido. Informada de la catástrofe, Magdalena, adivinando el motivo de aquel acto insensato, hizo llegar discretamente a su nueva amiga la noticia de que estaba encamada con Forcas y que todo el plan seguía su curso.

La oportuna noticia la llenó de esperanza. También se imaginó a Forcas en los brazos de Magdalena y no pudo evitar un golpe de celos. Sí, porque ella lo había intentado anteriormente, cuando vio que Forcas le tiraba los tejos, con la intención de conseguir como fuese que Maribel regresara a la vida, pero también afectada por la promesa de una aventura que le tentaba y desazonaba a la vez. Al fin y al cabo, ella era una mujer atractiva, sociable, elegante, vital, sensible y en un punto de madurez sexual que no era cuestión de desaprovechar. Hermógenes cumplía con ella de manera satisfactoria, pero le ponía los cuernos y, aunque nunca había pensado en tomarse la revancha porque su vida era de todo menos rutinaria, la posibilidad la tentó al conocer a Forcas, un seductor impenitente, sin duda, se dijo, y por ello doblemente interesante pues abandonarse a él suponía una caída en el fango de la amoralidad de lo más irresistible.

Pero se había resistido porque, al final, le pareció que no estaba más que justificando una deliciosa inmoralidad y ella no era mujer de entregarse a un hombre así como así, y menos aún al diablo, por tentador que pareciera. Por eso buscó a Magdalena y por eso acababa de sentir una discreta punzada de celos.

Peor habría sido que el tentador se hubiese acercado directamente a Maribel. Bien pensado, tenía que agradecerle a la Muerte que, con su intervención, desviara la atención del diablo hacia su marido.

Sin embargo había un asunto insalvable. Tal como estaban las cosas, el dilema era la vida de su marido por la de Maribel o viceversa, e Ilustra, a pesar de todo, a pesar del brutal egoísmo de aquel hombre, lo amaba. Lo amaba porque, tenía que reconocerlo, siempre se había portado bien con ella, amantes aparte. Y hoy en día ¿quién no tenía sus aventuras? Al menos entre ellos se daban a cara descubierta; es decir, no totalmente descubierta, pero sabida. Todo lo cual le dividía el corazón. ¿Quién ganaría? ¿El corazón de una madre o el corazón de una esposa?

Porque más pronto o más tarde habría de tomar una decisión.

—Caballeros del Sifán...

—Poderoso señor...

Los miembros del Círculo Gongorino, tras ponerse en pie a la invocación de su mandarín, volvieron a sentarse. El ruido de sillas raspando el entarimado llenó por unos momentos el espacio del local y, poco a poco, se desvaneció hasta que el silencio vino a instalarse. Don Fernando García de las Letras carraspeó varias veces, bebió del agua de su vaso, se sirvió otra tanta, asentó su corpachón en la butaca desde la que dirigía el cotarro y habló.

—Dilectos alumnos, socios y contertulios... —empezó a decir—. Nos hallamos aquí reunidos por una triste circunstancia. Nuestros amigos Beovide y Espínola han fracasado en su intento de rescatar a la damita que nutre los sueños del primero. No ha sido culpa ni error suyo, pues la fallida empresa no lo ha sido por falta de arrestos sino por falta de medios, situación que bien tristemente arrastramos los que no disponemos de fortuna. Ellos dos han arrostrado toda clase de dificultades con fe sobrada y sobrados ánimos, pero si por su conducta han merecido el premio, por su indigencia les ha sido negado. Mas no desmayemos. Según mis informaciones, la damita en cuestión ha regresado a la clínica donde descansaba su cuerpo mortal y ahora tenemos el objetivo más cerca; erizado de dificultades, sí, mas al alcance de la mano. En resumen, señores, recibamos sin más dilación a nuestros héroes con un sonoro y unánime aplauso de reconocimiento y bienvenida.

Beovide y Espínola aparecieron a la puerta del café, flacos como gatos callejeros, mientras un cálido y cerrado aplauso los recibía generosamente. Pronto corrió la cerveza, acompañada de algunas tapas de la casa y unas patatas alioli que el preboste intelectual del grupo apoquinó de su bolsillo, y unas sentidas lágrimas acudieron a los ojos de Tomás mientras su compañero de fatigas se pedía un gimlet doble en la barra, un tanto apartado del corrillo.

—Un día duro, ¿eh, don Gregorio? —dijo el camarero.

—No lo sabes tú bien, Avelino. No lo sabes tú bien.

Como era la hora de la siesta, don Fernando se arrellanó en su sillón y al minuto dormía apaciblemente. El local estaba vacío a excepción de los contertulios y de un hombre de edad indefinida, más bien enteco, que leía el periódico. En el Círculo, Tomás daba cuenta de las aventuras corridas y no corridas, que todos seguían con avidez. Ser el centro de atención le compensaba ahora de no haber estado presente en la escaramuza de Bilbao antes. Por no tener nada a favor, no tuvo ni el horario de autobuses con destino a Bilbao, aunque de haber podido abordar alguno habrían llegado al humo de las velas, como solía decir su tía Carmiña.

—Esto de ser pobres es un inconveniente —confesó.

—Oye, que tú tienes un sueldo de profesor —apuntó uno.

—Sí, y también tengo que impartir clases, que quitan mucha vida y se te comen el día, macho.

—No querrás que te paguen por tu cara bonita —replicó otro.

—Pues eso digo, que los pobres lo somos de dinero y de tiempo. Ya quisiera yo disponer del día como disponen de él los Arbusto y sus compinches. Y lo que más me jode de toda esa gente, corrompida hasta la médula de los huesos, es el descaro con el que alardean de todas sus fechorías.

—Sobre todo entre ellos.

—Y en la calle, y en la playa, y en el restaurante... Es la apoteosis de la desvergüenza y de la impunidad.

—El Arbusto padre no para —dijo uno más—. Se pasa el día apaleando millones, suyos y de otros. Ése sí que trabaja.

—Pero bueno, ¿es que te vas a poner de parte del capital?

—Si pudiera...

Cualquiera que hubiese observado con atención al hombre que estaba sentado a la mesa en una esquina leyendo el periódico habría advertido el interés con que seguía la conversación de los contertulios. Esta vez se trataba de nuestro amigo Palito Escobosa y aprovechó el momento en que Tomás se dirigía al servicio de caballeros para chistarle.

—Eh, joven, ¿puedo hablar con usted unos minutos?

—¿Para qué? —respondió Beovide, a la defensiva.

El desconocido se inclinó sobre la mesa, hacia Tomás, que se había detenido ante él, para susurrarle:

—Vengo de Bilbao. Yo estuve allí.

Beovide tuvo que apoyarse en la mesa para afirmarse ante la repentina flojera de piernas que le produjo la noticia.

—¿Sabe usted...?

—Lo sé. Soy periodista y todo me interesa.

—Pero... ¿estaba allí a propósito? —Un brillo de desconfianza apareció de pronto en los ojos de Tomás.

Escobosa creyó llegado el momento de mentir.

—Pasaba por allí. Me extrañó ver tal concentración de representantes de las fuerzas vivas y me acerqué a mirar hasta que un ertzaina me echó para atrás; aun así logré distinguir a don Hermógenes Arbusto y me dije: «Aquí hay tomate». Imagínese cómo me puse, instinto de periodista, naturalmente. Total: que me quedé a la expectativa y cuando vi aparecer a una joven tendida en una cama de hospital con toda clase de artilugios alrededor me dije...

—¿Qué? ¿Me dice que la vio usted? ¿A Maribel? —exclamó Tomás.

—¿Maribel? ¿Qué Maribel? —preguntó el periodista.

Tomás volvió a la suspicacia al oír esto.

—No importa. ¿Qué hicieron entonces?

—Ah, bien... Se marcharon, y para cuando regresé a mi automóvil ya los había perdido de vista.

—Y... ¿sabe usted adónde se dirigían?

—¿Quién es Maribel?

—Oiga, no pretenda intimidarme.

—Nada más lejos de mi intención, amigo. Siento la misma curiosidad que usted siente por el destino de la caravana hospitalaria; pero le hablaré francamente, para que vea que no abrigo ninguna intención oculta —dijo Escobosa, que abrigaba muy ocultas intenciones, de lo que todos, menos el pardillo de Beovide, nos hemos percatado—. La caravana llegó a destino en la clínica Las Zarzas, donde, por cierto, reina el silencio más impenetrable. ¡Ah, si yo pudiera encontrar un infiltrado allí dentro! —se lamentó el periodista—. Pero es imposible.

—Puede que no lo sea —comentó Beovide—. Pero antes de nada, dígame una cosa: ¿por qué se interesa repentinamente por Maribel? No es un personaje de los que ustedes gustan de poner como un pingo.

—Por supuesto. Quien a mí me interesa es Arbusto, un intocable, ya me entiende usted. Nosotros simplemente buscamos las grietas que otros ni perciben y así es como hacemos caer las más altas torres, con paciencia y perseverancia. Somos defensores de la verdad, de la transparencia, del derecho a saber.

—Bueno, no se pase, que aquí nos conocemos todos. Una cosa es investigar y otra, muy distinta, fisgar y sacar tajada.

—Cierto, muy cierto. ¿Y dice usted que puede haber alguna manera de acceder a la clínica Las Zarzas?

—Depende de lo que usted busque en ella.

—¿Qué relación tiene la clínica con el señor Arbusto? Ahí hay algo turbio.

—Pues se equivoca usted. Es una relación puramente accidental y temporal.

—No es que yo dude de su palabra pero... Usted ¿cómo lo sabe?

—Lo sé porque yo visito muy a menudo a Maribel con permiso de su madre.

Los afilados colmillos del periodista relucieron en la oscuridad.

—¿Maribel? ¿Qué Maribel? Y ¿quién es su madre?

Tomás Beovide Soñador comprendió por fin que había metido la pata hasta el corvejón e hizo un involuntario gesto de fastidio que levantó aún más los ánimos del periodista.

—Mire, eso es algo lateral y a usted no le importa. Sobre quien debe usted caer es sobre el señor Arbusto.

—¿Con qué motivo?

—No sé. Cualquiera de los delitos financieros y contra la Hacienda Pública que existen en la actualidad.

—Ja, ja. Deja que me ría. ¿Crees que eso está ahí, a la vista, para todo el que quiera investigarlo? Chaval, tú eres gilipollas.

—Yo seré gilipollas, pero aquí se acaba la conversación.

—Ni lo sueñes: has dicho muchas cosas y has dejado caer muchas más, todo sin darte cuenta. Oye lo que te digo: me vas a necesitar, pronto quizá, y entonces todo te va a costar mucho más. Por cierto, ¿dijiste que se llamaba Maribel?

A Tomás se le desencajó la cara mientras seguía con la vista el camino de Escobosa hacia la puerta de salida.

Tomás regresó a la tertulia cariacontecido y Gregorio decidió no hacer preguntas. Se estaba debatiendo acerca de la transición española a la democracia y, como era habitual, había dos bandos enfrentados; el primero, mayoritario, defendía que la llamada Transición era una chapuza, un apaño, llevado a cabo por gentes débiles que no se atrevieron a hacer las cuentas al franquismo y pactaron su impunidad contra el permiso para fundar una democracia. El segundo, minoritario y más aguerrido, defendía una acción directa y contundente contra el franquismo al estilo de los Juicios de Núremberg a los responsables de la barbarie nazi. A medida que la excitación de los contertulios aumentaba, se quitaban a gritos la palabra de la boca unos a otros. Don Fernando García de las Letras despertó y se propuso, como primera medida, pedir un café con leche y una bayonesa y, a renglón seguido, comenzó a disertar sobre el sentido del diálogo.

—Ustedes discuten como energúmenos —empezó a decir—, lo que es una característica española de honda raigambre. Ni saben discutir ni se merecen que nadie les enseñe. En una discusión se escucha al contrario antes de contestarle y se le contesta a propósito de lo que acaba de exponer y no de cualquier incidencia lateral. El mal de este país es el griterío, la bulla, la sinrazón, el deseo de aniquilar al otro impidiéndole hablar y la falta de criterio. Sobre todo, esto último. Sin criterio no hay opinión. Y el respeto a la opinión ajena genera reflexión y orden mental, no descalificación, que es lo que practican ustedes. ¡La Transición, la

Transición...! ¡Qué sabrán ustedes de la Transición! Ustedes han nacido en libertad y no saben lo que es una Dictadura, y no me refiero al concepto sino a sufrirla. Apenas llegada la Transición, que es uno de los logros de los que realmente puede vanagloriarse este país cainita, el país se llenó de demócratas que nadie sabíamos de dónde habían salido. Yo mismo, que fui franquista de primera hora por convicción, soy el primero en reconocer que la súbita conversión de la ciudadanía a la democracia llegó de la noche a la mañana, más por consunción de la Dictadura que por la lucha por los derechos democráticos, que existió y con alto riesgo para mucha gente, pero que fue siempre minoritaria; valerosa, pero minoritaria. Y yo me pregunto: ¿quiénes eran más: los ignorantes idealistas que pretendían una noche de los cuchillos largos contra el régimen, que estaba podrido y moribundo en su carpintería mas no en sus estructuras de poder, o los que anhelaban una noche de los cuchillos largos contra los integrantes de la insuficiente oposición al Régimen? Yo os lo diré: ni unos ni otros, sino los que no habiendo perdido el conocimiento del carácter y la historia españoles deseaban evitar de una vez el fratricidio que tan bien retrató don Francisco de Goya en un cuadro memorable. Pues bien, a esos que ahora reivindican la Transición como un acto de cobardía, les diré que deben a toda una generación, que ni es la mía ni la de ustedes, la libertad de pensamiento en la que vivimos en la actualidad y que, con todas sus carencias, será esta democracia la que, por más zarandeada que esté y si no la fastidiamos con tonterías como las que acabo de escuchar en este foro, abra en un futuro próximo las ventanas que alejen el pensamiento reaccionario que proclamó el «lejos de nosotros la funesta manía de pensar», ventilen el rancio ambiente de atraso cultural en que nos ha tenido secularmente sumidos la Iglesia católica y dejen correr el viento de libertad y sabiduría que trataron de enseñarnos hombres egregios, desde don Gaspar de Jovellanos hasta don José Ortega y Gasset. Es algo que el tiempo nuevo exige y yo el primero; yo, señores, que fui falangista por devoción al insigne don Dionisio Ridruejo, espejo de intelectuales y hombre de valor, y que golpeo ahora mi pecho con dolor y penitencia y ofrezco, si es necesario, el sacrificio de mi persona.

Y tras esta inesperada declaración, don Fernando, como tenía por costumbre tras pronunciarse sobre asuntos que consideraba fundamentales, se recostó en su butaca y se quedó roque.

El espeso silencio que acogió los momentos posteriores a la tremolante intervención del maestro fue roto al fin por una sucesión de murmullos que se expandieron como hormigas cuando se pisa un hormiguero.

—Jolín con el viejo —comentó Menéndez púdicamente.

—Es la edad —contestó otro condiscípulo—. Es evidente que chochea.

—Caballeros —intervino Gregorio Espínola—. Pospongamos la discusión para otro momento por respeto al maestro. Chitón y punto en boca.

XVIII
El discurso del príncipe

Forcas abandonó el lujoso piso de Magdalena Desamants en el Paseo de la Castellana mareado por los efluvios, vapores y perfumes que flotaban por la casa de su amante. Ya en la calle, la realidad lo recibió de golpe. ¿Cuánto tiempo llevaba encerrado con ella, lejos de todo lo que no fuera el ejercicio de la fornicación? El día ofrecía un aire transparente bajo el cielo azul velazqueño, característico de Madrid. El viento debía de haberse llevado la capa de polución, también característica de Madrid, durante una de esas noches. El ruido de la calle le parecía algo ajeno, desacostumbrado, sorprendente. Sus días en los brazos de Magdalena lo habían transportado a otro espacio, un espacio tan diferente del que ahora le rodeaba como el Olimpo de una parroquia de barrio.

Poco a poco, tras haber tomado un café doble en un bar cercano, empezó a recuperar la memoria y a preguntarse qué habría sucedido en su continuada ausencia del mundo conocido. Cinco días seguidos de ausencia total, de paradero desconocido para el resto de la gente que frecuentaba últimamente, eran muchos días. Y el amigo Arbusto sin dar señales de vida. La verdad es que había descuidado su labor en la tierra, la verificación regular del acuerdo sellado con el abogado, la atención hacia las señoras Arbusto, María Ilustración y Maribel... En fin, que había perdido la cabeza y el sentido de la orientación.

Pero enseguida vinieron a cruzarse otros pensamientos por su mente. El primero de todos, el referido al descubrimiento de la imaginación.

Éste su primer desarrollo de la imaginación tuvo el carácter de una iniciación sexual. Hasta entonces, en sus escarceos por la tierra, Forcas se había limitado a seducir a las mujeres que se dejaron seducir sin más protocolo. Una vez que se había interesado por una, no concebía la idea de imaginar lo que haría con ella sino que se limitaba a acometer el coito de manera impulsiva y saciante. Por eso, la posibilidad de recrearse en una mujer en concreto o, incluso, en una mujer ensoñada, una imagen extraída de su propio caletre, le pareció fascinante; le pareció que se abría a un mundo de posibilidades hasta entonces impensadas que, en su manifestación o formulación más alta, podría resumirse en la frase: «Joder con la imaginación», acto perfectamente compatible con, e incluso complementario de, un verdadero revolcón.

Pero la imaginación le abría al campo más fascinante de todos. No se atrevía aún a formularlo; sin embargo, estaba ahí, lo sabía, lo acariciaba incluso: era el poder de contar historias. La llave de la rueda del mundo.

De esto no se sabía nada en el infierno. Allí las cosas eran lo que eran y no había vuelta de hoja. Allí todos los demonios tomaban su aspecto demoníaco, el que usaban para espantar a las comunidades más crédulas en la tierra, principalmente religiosas o tribales: cuernos, rabos, tridente y toda la parafernalia. En el infierno no había sexo, excepto entre los condenados, y los diablos se reían de ellos viendo cómo se perseguían entre las llamas, todos tostados como cochinillos. Pero, por eso mismo, había una gran demanda de permiso para acudir a la tierra. Unos, las órdenes menores, se presentaban en la tierra con su mismo aspecto infernal y, aunque mujeres y hombres los rehuían al verlos, siempre daban con alguien que hacía virtud de la necesidad o la curiosidad y se apareaban gustosamente. Las órdenes mayores, en cambio, se presentaban bajo aspecto humano, como él, lo que les facilitaba muchísimo la labor.

En el infierno también usaban a los condenados para estos menesteres, tanto hombres como mujeres, pero tan sólo practicaban *per angostam viam*. Eran pecadores y debían ser castigados. Al final, los condenados se acostumbraban y lo pasaban bastante bien, incluso entre ellos, con esta variedad que era la única permitida. A los que acababan por no poder sentarse, se los aliviaba temporalmente con remedios caseros.

Pero el descubrimiento de Forcas le hacía temblar y solazarse a la vez. ¿Qué pasaría si en el infierno se desatase la locura de imaginar? Debía de andarse con el mayor cuidado y no dar a conocer su descubrimiento o el lugar se llenaría de poetas, narradores, cineastas, músicos, pintores, pornógrafos, viciosos... Sería el fin, la *débâcle*, el acabose. Si él había accedido a esa prodigiosa facultad, ¿quién le garantizaba que no pudiera suceder lo mismo con sus iguales y subalternos? La tentación era demasiado grande. La Tentación, se dijo. No dejaba de ser una paradoja o un sarcasmo, de tener su gracia, que los diablos pudieran ser tentados. Claro que no dejaba de ser tentación la que sintiera Lucifer en el punto y hora en que decidió retar a Dios, y a la vista estaban las consecuencias. Tentar o no tentar, ésa no era la cuestión. Lo importante era preservar su descubrimiento, que le otorgaba un poder en la sombra de primera magnitud.

Todos estos pensamientos le llevaron a preguntarse por su misión en la tierra. Había conseguido atrapar a un alma excepcional que disponía de poder y dinero a espuertas y no podía perderla. Sabía que personas cercanas a Hermógenes Arbusto estaban al acecho y debía estar alerta. Con todo, la sensación de inseguridad no desaparecía. Eso era muy extraño. ¿Inseguridad él? ¿Por qué? ¿A cuento de qué? Estaba preparado para todo, pero esa convicción se tambaleaba a ratos, cuando la inseguridad le cogía distraído de todo lo que no fuera su función demoníaca. La imaginación también distraía y ése era su lado malo: las distracciones cuestan caras. Y, sin embargo, no podía sustraerse a su encanto recién descubierto. Sí, algo había sucedido, algo de verdadera importancia y que amenazaba su existencia, pero no conseguía concebirlo. O sería el contagio humano. Traidores sentimientos.

Rosa Espinosa contempló su figura en el espejo de cuerpo entero del camarote y decidió que a sus años no estaba nada mal. Formas redondeadas, tentadoras aún, no excedidas sino proporcionadas. Ciertamente se cuidaba mucho, tanto en lo que se refiere a la influencia de la cosmética en su cuerpo como en el uso medido de la cirugía estética. Además trabajaba duro con su *coach* personal tres días a la semana y los otros tres hacía *running*. Aunque había dejado su escaño en el partido, su dedicación a la empresa de hidrocarburos, desde la que seguía sirviendo a sus correligionarios y amigos, la consideraba *peccata minuta* en cuanto a dedicación, pues sus verdaderos esfuerzos se dirigían a seguir engordando su fortuna personal y a acumular más cuotas de poder en el partido. La invitación de Serafí Nadal-Zambomba a pasar un puente de tres días navegando por el Mediterráneo en su yate la aceptó agradecida, pero su intención era la de establecer contacto con el príncipe Bokoroco y, sabiendo que el lujoso yate de este último estaría amarrado en el puerto de Ciudadela el primer día del puente, no le costó nada, excepto algunas zalamerías, conseguir que el comerciante catalán pusiera rumbo a la isla de Menorca proponiéndole una cena íntima en Ciudadela.

—Bueno, pero cada uno paga su parte, ¿eh? —dijo Serafí.

—A la catalana, ¿no, Serafí? —dijo Rosa con cierta sorna.

—Así no hay confusión ni malentendidos —contestó el otro, satisfecho.

Rosa se proponía embarcar también al portavoz de su grupo parlamentario, Luis Lajodiste, para seguirle fogueando, lo cual le pareció de perlas a Serafí, siempre ansioso por ampliar su círculo de amistades políticas en Madrid. Eran tiempos de bonanza para todo aquel que tuviese dinero y ganas de hacer negocios y muy malos para todos los asalariados.

Partieron del puerto de Barcelona después de la siesta, navegaron con buen viento toda la noche. Serafí era un entusiasta del mar y disfrutaba navegando a vela, pero no tenía título de capitán por lo que embarcaba con él una tripulación de tres personas y asumía sus tareas, a las órdenes del capitán, con la intrepidez de un verdadero marino.

A primeras horas de la mañana fondearon en la bahía de Formentor, desayunaron en el hotel y siguieron rumbo a Ciudadela, adonde llegaron a media tarde. El imponente yate del príncipe Bokoroco estaba amarrado en el puerto.

A bordo encontraron a los príncipes, él vestido con una túnica ricamente bordada, regalo del sultán de Saranei, un diminuto emirato sumergido en petróleo; ella lucía un elegantísimo sari y, a su lado, una joven morena que hizo que se les saltaran los ojos de las órbitas a Serafí Nadal-Zambomba y al portavoz del Partido Conservador. Cuando la princesa posó sus ojos en la rotunda pero estética figura de Rosa Espinosa, ésta comprendió de inmediato que, en caso de dificultad para sus propósitos, ahí estaba una de las llaves íntimas de acceso al príncipe. Con ellos se encontraba también Hermógenes Arbusto, recién llegado de Madrid, que acababa de narrar al príncipe su aventura con el exorcista. Se habían servido unas bebidas en la cubierta de popa y allí se saludaron todos efusivamente.

—Sean bienvenidos.

—Es un honor, altezas, ser recibidos en su magnífico yate —dijo Rosa dirigiéndose a ambos cónyuges—. Qué hermosura, qué buen gusto, qué dimensiones...

—Me halaga viniendo de usted —contestó el príncipe—. Estamos informados de sus excelentes cualidades y la alta estima en que la tiene su partido.

—Así es, así es, uno de nuestros pilares —se apresuró a añadir el portavoz.

—¿Está de vacaciones? ¿Unos días de relax?

—En mi día a día, alteza, no existe el relax —dijo Rosa—. Pero qué sería de nosotros si no pudiéramos ni siquiera tomarnos unos días como éstos.

—Así es, así es —corroboró el portavoz.

El primer criado del príncipe apareció en cubierta para anunciar la cena.

—*A tavola!* —voceó el príncipe.

Había anochecido y sobre las mesas no quedaban ya restos de la opípara cena con la que el príncipe había obsequiado a sus invitados, aparte de una bandeja con tres pastelillos solitarios. El tiempo, acariciador, invitaba a seguir en cubierta y todos estaban más o menos repantingados en sus asientos, la mayoría con una copa delante. El humo de los habanos aromaba el círculo dentro del cual se encontraban. El cielo, oscuro y despejado, lucía un espléndido bordado de estrellas.

En medio del sopor propio de la digestión, la voz del príncipe, grave y serena como la de un batintín, irrumpió en el silencio con singular propiedad.

«Señoras, señores... —El príncipe levantó su copa—. Brindemos por estos momentos felices. Yo, no sé si ustedes lo saben... —Hizo una pausa y se arrellanó en la soberbia butaca que recogía su notable humanidad—. Yo provengo de una familia principesca, parientes de la familia boyarda Bibescu, a una de cuyas ramas pertenecía Gheorghe Bibescu, hospodar de Valaquia, derrocado por la Revolución de 1848. En la época de su mandato, cuando se produjo el acercamiento entre Moldavia y Valaquia por una confluencia de intereses, mi abuelo recibió en herencia un pequeño y rico territorio en la margen izquierda del Danubio, a cierta distancia de la capital de Valaquia, Cracovia; un principado que recibió el nombre de Carpacia, y que existió hasta que en 1944 los soviéticos se apoderaron de Rumanía. En la fecha, mi padre escapó de Carpacia con su familia y mi madre llevándome a mí en su seno. Tras una odisea en la que consiguió poner a salvo su fortuna personal, es decir, de la que disponía en Carpacia, ya que la mayor parte la había trasladado mucho antes a la Banca suiza, recaló en España, concretamente en las islas Baleares, y más concretamente en la isla de Mallorca. Así pues, yo nací en territorio español. Mi padre, que era un hombre lleno de sentido común, dio por perdido el principado de Carpacia, pero no renunció al título de hospodar de su principado, título que ahora poseo yo. Lo conservó como un signo de distinción y lo paseó entre la realeza europea, que lo acogió como a uno de los suyos, sobre todo teniendo en cuenta su extraordinaria fortuna, que ahora me pertenece. Tal y como la nobleza que nos recibió esperaba, yo me uní en matrimonio a una de las mujeres más bellas de la aristocracia europea, ¿no es así, querida?, y nuestra historia termina aquí, en el Mediterráneo, un mar del que me siento hijo y al que amo profundamente. Mi padre sabía que jamás volveríamos a nuestras tierras, de hecho puede decirse que se las llevó consigo en moneda contante y sonante como cabe esperar de un verdadero patriota. Quiso que me educara como español y la verdad es que, ahora que Rumanía se encuentra libre del yugo soviético, no tenemos la menor intención de volver a poner el pie en Carpacia, que ya no existe, ni de reivindicar nuestros derechos sucesorios. ¿Para qué, si allí no quedó nada aprovechable desde que nos fuimos nosotros? Me siento mucho más a gusto en la indolencia mediterránea».

—Querido, no deberías hablar así de nuestra riqueza —dijo la princesa.

—Tienes razón, querida. Sólo estaba ilustrando a nuestros distinguidos huéspedes.

Los huéspedes asintieron con vehemencia.

«Ahora que estamos aquí reunidos, permítanme que les ofrezca un consejo relacionado con experiencia de la que me precio y con la posición en la que me encuentro. Debo decirles que si algo he aprendido desde que sucedí a mi padre al frente de la familia es que la cortedad de la vida no es obstáculo para las ambiciones del hombre sino todo lo contrario: un acicate. "Si hemos de morir, muramos. Pero si no, empecemos a vivir", dijo un poeta inglés a la vuelta de la Segunda Guerra Mundial y ante el desastroso panorama al que quedó reducida Europa. Ésa ha sido mi divisa. Mi padre maldijo durante todo su exilio a los bolcheviques, mas yo he aprendido que no hay desgracia que no conlleve su propia gracia. Por eso, cuando mis intereses confluyeron con los de los nuevos ambiciosos que el régimen comunista creaba, comprendí que, a partir de cierta cantidad de dinero, todos los hombres están dispuestos a llegar a un acuerdo antes que a eliminar al adversario. ¿Por qué no eliminarlo, si es un enemigo?, se preguntarán ustedes; y yo les responderé: porque la Historia ha demostrado que, pronto o tarde, el que a hierro mata, a hierro muere. Así pues: vive y deja vivir... a tus socios y a tus amigos. Ésa es mi creencia. Los tiempos de abundancia son propicios a la alegría y yo diría que también al entusiasmo desmedido, lo cual es más que peligroso si nos dejamos llevar por él y por las decisiones alocadas que nos susurra. Temple, pues, temple ante las buenas perspectivas, como las que ahora tenemos ante nosotros, pero sin olvidar que los grandes negocios y los grandes beneficios se obtienen, paradójicamente, en los tiempos de crisis, en los cuales, como todos bien sabemos, estamos instalados de lleno. Es el momento, y hago un inciso para encarecerles que actúen con ambición, de estar atentos.

»Pensarán ustedes que soy un cínico. Se equivocan, soy mucho más que eso. Yo soy un moralista y, por lo tanto, amo la inmoralidad, con total naturalidad, es lo que corresponde. ¿A quién interesa más la inmoralidad?: a los moralistas. Otros llaman a esta doble actitud cinismo, pero lo cierto es que sólo es una moneda de dos caras, como todo lo que mueve el mundo. La moral recta es única, como la luna, pero tiene fases. Sin embargo, hay quien confunde la moralidad con la sentimentalidad; son los perdedores. ¿Esto es cinismo? No en mi caso. Los cínicos, y no me lo tomen a mal, son ustedes; si no, no estarían aquí conmigo. Y es natural: es ahora cuando están intentando hacerse con una seguridad económica, una modesta fortuna que les libre de toda preocupación. El cinismo es una actitud que hay que valorar cuando uno aún no se siente suficientemente a cubierto. Pero a partir de una cierta cota, todo es cordillera. O, lo que es lo mismo, máxima altura, cimas de apariencia inaccesible para los demás».

—Alteza... —empezó a decir Rosa Espinosa, un tanto incómoda.

«No, no me replique, déjeme hablar hasta el final y me lo agradecerá. La diferencia entre ustedes y yo es que mi fortuna es inmensa y ustedes están empezando a fundar y acrecentar la suya. Eso es algo que me parece verdaderamente estimulante y les felicito por ello. Pero no titubeen: la bondad, la compasión, la sensibilidad... son sentimientos al acecho de cualquier debilidad para interponerse entre ustedes y sus decisiones, a la manera en que un virus se instala en su sistema inmunitario con la intención de minar sus defensas, parasitar el cuerpo y colocarlo al servicio de aquellos que no se han dejado invadir: ésos han de ser ustedes. Es la sumisión, la sumisión de los que no se atreven, lo que les permite a ustedes alzarse; y una vez alzados, no se entretengan, no vacilen, no permitan que la conciencia les engañe: su tiempo es limitado, en ese tiempo han de conseguir lo que será la base de su fortuna, el resto vendrá dado, dinero llama a dinero, como dicen ustedes. Pero esa base... ahí necesitan nervios de acero, un cinismo irreductible y no dar ocasión a la duda, ocasión más frecuente de lo que parece debido a la educación recibida en su infancia. Porque ustedes tienen educación, ustedes no son delincuentes criados en la pobreza o en la mediocridad, ustedes no proceden de las cloacas de la sociedad ni del miedo a vivir».

Rosa y Serafí seguían el discurso del príncipe con una pasión parecida a la que genera la autoestima, pero el portavoz parlamentario, que se estrenaba en aquella legislatura, manifestaba una admiración semejante al deslumbramiento que precede a la entrada en la tierra prometida.

«Pues bien, yo debo decirles que sigo con verdadera simpatía sus pasos conducentes a la consecución del patrimonio al que todo hombre debe legítimamente aspirar a costa de sus semejantes, lo cual, insisto, no es una actitud impúdica, como sostienen espíritus débiles o, aún peor, perversos tratadistas en nombre de esa entelequia llamada «pueblo», sino, muy al contrario, el justo premio que los dioses reservan a los audaces. He aquí el sentido de la jerarquía, sin la cual ni existe el orden ni puede, por tanto, definirse la felicidad. Porque la felicidad, amigos, no es un concepto estable e inmutable sino todo lo contrario, es un estadio de la vida que diferencia y alinea a los hombres en dos grandes grupos: los triunfadores y los sedentes. Ustedes están contribuyendo a la estabilidad de un sistema como el que acabo de mencionar de una manera simple pero efectiva. De ahí que cuenten con mi apoyo para todos sus emprendimientos. Emprendimientos que conllevan un peaje a mi favor, pero que gracias a mi apoyo y protección crecerán como los poderosos bosques de las tierras de mis antepasados, donde cazaban osos y lobos como muestra de su influencia y poder y obligaban a trabajar a las buenas gentes para tenerlas entretenidas y poder recaudar impuestos que, bien distribuídos, llenaban las arcas de mi familia. ¿Nos lo echaron en cara?: indudablemente, razonablemente. Lo único, y fíjense bien que digo "lo único", que deben aplicar sin sombra de duda, sin reparo moral, sin un titubeo, es la negación de la evidencia. Cuando les acusen de cualquier delito, acúsenlos ustedes a ellos de lo mismo aumentado y preséntense a la opinión pública como esforzados adalides de la limpieza y de la transparencia más absolutas. Ésa será la llave de su poder. Ante toda acusación, negar la evidencia; ante cada palo que traten de poner en sus ruedas, mentir, siempre mentir, mentir descaradamente, con tanto mayor descaro cuanto más evidente sea la acusación. Compren a sus acusadores, con dinero o con amenazas, y mientan sin pudor. Eso agota a los adversarios, los desanima, los corroe. Nada de perder ni un minuto en rebatir con pruebas, no. Siempre mentir, siempre negar la evidencia, hacer del descaro un arma mortal. Sólo así afianzarán su fortuna».

El príncipe exhaló y tomó aire con visible satisfacción y se tomó un par de minutos de descanso antes de reanudar la conversación.

«Y llegados a este punto, y antes de que pasemos a la letra de los proyectos que, presumo, mi admirada Rosa Espinosa, presidenta de la Sociedad de Hidrocarburos, se dispone a exponer, déjenme hacerles una última recomendación. Ustedes se dirigen a un territorio al que sólo pueden tener acceso personas privilegiadas como yo o personas que han sabido labrarse una posición social y económica que les permita conservar su nuevo estatus en la retaguardia, con razonables expectativas de salir con bien de algún acoso fiscal, al que el Estado es tan aficionado a ejercer con las clases medias para evitar que escapen del país las grandes fortunas y las grandes inversiones, pero que en ocasiones, bien por la presión de la calle, bien por la propia necesidad de dinero y también de exculpar sus numerosos tropiezos políticos, dirige también contra los creadores de empleo como ustedes. Si acaso se vieran ustedes abocados, como es frecuente, a deslizarse por el filo de la navaja, asegúrense de que el resultado de la operación, una vez descontados los beneficios a repartir y el suyo propio, genera una masa de dinero suficiente para contratar a cualquiera de los grandes bufetes del país capaces de garantizar el ejercicio continuado de todos los recursos que la Ley admite a través de sus grietas —y no olvidemos que en este país tan garantista son muchas y muy variadas— para conseguir finalmente la prescripción de sus delitos. La verdad desnuda es que los abogados, en realidad, no van contra la Fiscalía sino contra el juez: ésa es su especialidad, torpedear con todos los recursos a su alcance, dentro de los márgenes que tolera la Ley, la labor del juez. Fiscales y abogados trabajan para engañar al juez. Eso es un hecho que, bien utilizado, obra a nuestro favor».

«Una consecuencia a no perder de vista es que no admitan ustedes nunca la palabra «delito», que es más propia de las clases media y popular, siempre resentidas por no saber o no poder conseguir lo que consiguen ustedes, bien por inepcia, bien por falta de medios o de coraje. Y sobre todo, no se dejen intimidar por los resultados de sus actos cuando otras almas débiles o idealistas se los echen en cara. Ante cualquier acusación de delito, venga de donde venga, sea cierta o no: negación firme y contundente, sin vacilaciones, sin sentimentalismos. La certidumbre con que pretendan enfrentarlos o abochornarlos deben echarla en saco roto, prescindir de ella y de quien la enarbola, e incluso considerarla en sí misma como una conspiración en la que pretenden enredarles. Recuerden: descaro para engañar, descaro para mentir, descaro con razón y sin ella. Ahí reside el Poder, su valor único y último, el culmen de la satisfacción absoluta. Nada puede minar tanto la moral del contrario como el uso abusivo y machacante del descaro. La verdad, la evidencia, el delito punible... ésos son conceptos sin contenido real y, en consecuencia, no nos afectan».

—Lo que sabe este hombre —dijo Serafí, admirado.

—Es verdad, es verdad —sancionó fervorosamente Luis Lajodiste ante la mirada socarrona de Rosa Espinosa.

Y tras este largo y medido exhorto, el otrora príncipe de Carpacia se fumó un puro ante las narices de sus distinguidos invitados.

Tomás Beovide, tendido en su camastro después de las clases de la mañana, escuchaba a Julie London cantando «Cry me a river». Tenía los ojos llenos de lágrimas.

You were my sun, you were my earth.
But you didn't know all the ways I loved you.

Todo se había perdido. El romance de su vida estaba hecho añicos y ni siquiera se sentía con ánimos para recoger los pedazos en una bolsa y enterrarlos con sus propias ilusiones en algún rincón recoleto del parque del Retiro. Sentía que su cuerpo y su alma estaban vacíos de vida, que el destino volvía a jugarle una mala pasada, que nunca encontraría en este mundo otro consuelo que un lugar donde lamerse las heridas y, con suerte, otra esperanza que pudiera arrancar de su corazón la imagen adorada de la muchacha que yacía dormida para siempre y para siempre lejos de él.

You told me you loved me.
Why did you leave me all alone?

Masticaba su dolor como había masticado a mediodía un correoso sándwich de jamón york y queso en una triste cafetería camino de su domicilio. La cafetería, a pesar de denominarse así, olía a refrito y a menú de la casa por diez euros: judías verdes, filete de ternera con patatas, flan y copa de vino. Un velo de desesperanza melancólica cubría todos sus pasos mientras caminaba por la calle rumbo a su buhardilla donde, para hacer más llevadera su pena, había buscado la compañía de Julie London, la única mujer que no podía decepcionarlo en aquellos momentos de infelicidad.

La imaginaba cantando como una reina en un club de lujo, ante elegantes invitados que la escuchaban acariciando sus copas, o a sus parejas con la mirada, entregados al embrujo de su voz, vestida con una de aquellas faldas largas y amplias de estrella de la canción que recordaban los vuelos de las faldas de Balenciaga que lucía Grace Kelly en *La ventana indiscreta*, Julie con su voz acariciadora, sensual y tan esplendorosa como su gesto de felicidad al cantar para su público.

Para él, el hado había sido una muchacha fatal, perdida en el abismo de su mente dormida. Apenas la tuvo entre sus brazos unos breves momentos y toda su vida cambió en aquel instante de increíble mala suerte: hallada y perdida en el tiempo de unos minutos en los que el contacto con su piel le recorrió como una corriente eléctrica. Ojalá que nunca hubiera coincidido con ella en aquel café, en aquella bronca, en aquella estampida que los unió y desunió para toda la eternidad. ¿Cómo hacer para olvidarla? ¿Deseaba olvidarla? ¿Tendría razón Espínola cuando le decía que sólo el olvido le devolvería la paz? Pero ¿rendirse? La sola idea le ponía frenético, le exasperaba, lo empujaba al delirio. Pues bien, se había dicho entonces, ante la evidencia de la muerte blanca de la muchacha: si la realidad me niega su apoyo para volverla a la vida, peor para la realidad. Estaba vencido, tendido en su camastro, aferrado a la voz de la mujer que tantas otras veces lo había consolado, inconsolable.

Gregorio debía de estar ahora retozando con la preciosa y voluble Verónica. ¿Por qué él, Tomás, había ido a fijarse en la muchacha que portaba el drama en lugar de haberse dedicado a disfrutar de la hermana? Designios inescrutables de la vida. El mundo estaba lleno de mujeres hermosas y él había ido a fijarse en la inaccesible. El dolor de la separación era tan intenso que resultaba incontenible, desbordaba su cuerpo y también su mente, a la que no conseguía apartar de la imagen de la bella durmiente. No había barrera que él no pudiera salvar para llegar hasta ella; lo había intentado todo, había cumplido su intento de llegar hasta el ara donde yacía... y nada ni nadie se la habían devuelto. Estaba atrapado en una soledad extenuante, ungido a un abatimiento absoluto. Su pena era tan grande que por él pasaban, en dañina sucesión, todos los cuentos de hadas de su infancia para recordarle que entonces, como ahora, ninguno de sus sueños pudo cumplirse, porque entonces, como ahora, se evaporaban mientras crecía y se hacía un hombre sobre toda aquella cadena de ilusiones perdidas.

El Círculo Gongorino se había desinteresado, por aburrimiento o por falta de ideas. Gregorio daba rienda suelta a sus ardores, la señora María Ilustración estaba postrada en cama, España se precipitaba a una crisis que arrancaba desde el corazón mismo de Wall Street, el cambio climático amenazaba la vida del planeta, su propia vida se arrastraría sobre la superficie de la tierra hasta el día en que la Muerte se compadeciera de él.

Blue moon,
you saw me standing alone
without a dream in my heart,
without a love of my own.

La voz de Julie London, con un fraseo insuperable, como si brotara cadenciosamente del espacio vacío de la habitación, le envolvió en su sonora claridad y lo envió a la simple inconsciencia del sueño.

Forcas se encontró en la calle como si la viera por primera vez. El Paseo de la Castellana era una avenida muy ancha que constaba de una calle central de doble sentido y varios carriles, y dos laterales de sentido único con sólo dos carriles. Todas las aceras de la calle central estaban pobladas de árboles e invitaban a pasear por ellas. Eso es lo que hacía Forcas mientras los pensamientos se amontonaban en su mente. Tenía una sensación extraña, una especie de premonición indistinguible, pero de contenido desagradable. ¿Qué habría ocurrido durante los días en que estuvo encerrado con Magdalena Desamants? Intuía que algo había escapado a su control, pero no lograba concretar su intuición.

También, de una manera confusa, se iba abriendo paso en su cabeza la idea de que en todo ese tiempo estuvo en peligro sin saberlo. Pero ¿qué peligro? ¿O quizá lo que se conocía como tristeza poscoito era algo más que una fantasía? La satisfacción erótica, que había sido total, empezaba a desvanecerse por los laberintos de la memoria y, aunque el recuerdo fuera aún muy poderoso, la incandescencia que los fundió en lo que le pareció un deliquio amoroso ininterrumpido se apagaba al contacto con la realidad: el ruido del tráfico, el apresuramiento de los transeúntes, la dura superficie del suelo.

Indeciso, se detuvo a poner en orden sus sensaciones. La idea de poner orden en las sensaciones también le resultaba nueva. Él nunca había tenido que poner sus sensaciones en orden ni en desorden, las sensaciones estaban ahí, acompañándolo a la par que cualquier otro de sus movimientos. ¿Acaso se detenía a ordenar sus pasos uno tras otro para poder caminar? Los pensamientos, a su vez, fluían con la naturalidad del que los posee sin sombra de duda. Pues bien, a pesar de todo, estaba desconcertado. O, más precisamente, vagamente desconcertado, porque no acertaba a concretar la procedencia del desconcierto. En fin, no era cuestión de quedarse toda la mañana plantado en la acera. ¿Adónde debería dirigirse primero? Sin dudarlo, a comprobar la situación de la familia Arbusto. Probablemente cada uno de ellos habría seguido haciendo su vida, incluida la vida sedente de la señorita Maribel, con su natural cotidianeidad. Sin embargo parecía prudente comprobar cómo transcurría la vida en familia. Después tendría que apresurarse a recuperar la vida social, pospuesta en esos días anteriores. Lo habrían echado en falta y era el momento de reaparecer con ese toque de misterio que siempre acompaña a las desapariciones y reapariciones repentinas. Tampoco era desdeñable una visita al mundo financiero y político, que se desintegraba a ojos vistas, aunque el verdadero maremoto ya se había formado al otro lado del Atlántico. Ventajas de tener visión telescópica del futuro. Lo cierto es que el país estaba atravesando momentos difíciles que aún lo serían más, con el fantasma de la pobreza planeando sobre sus cabezas, y a él, personalmente, esta situación le producía tranquilidad. ¡Cómo que tranquilidad! ¡Mucho más que eso! Le proporcionaba satisfacción, así como suena, porque en la catástrofe no hay mayor deleite que saberse a salvo de toda contingencia mientras los demás se precipitan en la desesperación, el dinero culebrea bajo tierra y las hermosas mujeres honestas se prostituyen para salvar a sus familias.

Pero junto a estas sensaciones había otra que pugnaba por asomar en su mente y le impedía gozar completamente de las satisfacciones antes citadas. No parecía ser un sentimiento de disgusto sino una impresión más poderosa e interior que no acertaba a reconocer y, por lo tanto, a definir, pero que asociaba al desastre. Un desastre total y tajante. Sí, algo había sucedido en su ausencia, su percepción no le engañaba; y ese algo tenía que ver con el estado de Maribel. Tendría que haber dejado a algún demoniejo vigilando el conjunto de sus intereses en la tierra. Hermógenes Arbusto era un ladino capaz de jugar una mala pasada a cualquiera. Pero, estaba seguro de ello, no podía pactar con la Muerte, ni en persona ni a espaldas suyas, y mientras así fuera nada cabía temer por ese lado. A pesar de todo, por un momento pensó si habría sido capaz de intentar la locura de entenderse con la Muerte, pero no; aparte del imposible, sería como buscarse el degüello. ¡Buena estaba la Parca después de que la dejara encerrada en su despacho, como para entrar en pactos con el abogado! No. Tenía que alejar de sí esos pensamientos. Él era Forcas y no podía permitirse tener sentimientos impropios de debilidad, de temor o de simple inquietud. ¿Cómo es que estos sentimientos se habían colado de rondón en su cabeza? ¿Acaso se estaba dejando impresionar por la miseria emocional de los seres humanos, por su condición de tristes mortales condenados a morir desde su nacimiento, sombras dolientes muchas de las cuales acabarían en su reino para alegría de los demoniejos, siempre necesitados de nuevos estímulos? Lo que no dejaba de rondarle por la cabeza era la idea de que en algún momento había debido de distraerse, quizá en brazos de Magdalena, y había permitido que estos sentimientos despreciables llegaran a formularse en su mente.

Algo más animado, se apresuró a llamar la atención de un taxi que se acercaba lentamente por su carril cuando una limusina negra con cristales tintados lo adelantó y se detuvo junto al bordillo de la acera donde aguardaba Forcas. Cuando hubo terminado la maniobra, el taxista lo adelantó haciendo sonar imperiosamente el claxon. El chófer de la limusina sacó el brazo por la ventanilla mostrando con claro desprecio el dedo corazón enhiesto. Forcas siguió el incidente con atención hasta que vio el cristal de la puerta trasera derecha deslizándose hacia abajo, justo ante él, y allí mismo se llevó la sorpresa de su vida.

—Así que has estado en los brazos de una vulgar cortesana mientras se preparaba un exorcismo para la niña de Arbusto. —La voz era grave y llegaba del fondo de los tiempos—. Un exorcismo dirigido contra mí por un miserable sacerdote que no sería capaz de santiguarse en mi presencia, un aborto de la Iglesia que ha osado interrumpir mis ocupaciones, una gente de la peor estofa que ha querido expulsarme de un cuerpo mortal donde nunca he estado, una burda y grotesca ceremonia que solo puedo tomar como lo que es: burla y escarnio del infierno. Pues, sabe, Forcas, que desde este momento te privo de tu condición y te devuelvo a la tierra, donde espero verte sufrir y penar como cualquier miserable mortal. Vete de mí y no mires atrás porque yo te condeno a vivir aquí hasta que el polvo sea devuelto al polvo.

Palito Escobosa, conocido en los medios de comunicación como «el hombre que sabía demasiado», estaba sentado junto a la cristalera de la cafetería Brisas del Missouri, en Madrid. La cristalera daba a la calle. La mayoría de los transeúntes que cruzaban ante ella miraban dentro, como si desearan algo. Palito les sostenía la mirada y de vez en cuando daba un leve sorbo a su café con leche, que se estaba quedando frío; no quitaba ojo de la puerta central del edificio de enfrente, donde estaba la asesoría que se ocupaba de los negocios del señor Nadal-Zambomba en Madrid.

De pronto una figura que se destacó en el portal llamó inmediatamente la atención de Escobosa. La persona en cuestión cruzó la calle y entró en la cafetería. Pasó al lado de Palito sin dar muestra alguna de conocerlo y se dirigió a una mesa escondida al fondo del local, metida en penumbra. Al cabo de unos minutos, el periodista dejó unas monedas sobre la mesa, se levantó y se dirigió a los lavabos. Cuando reapareció, echó una mirada a la mesa escondida, se dirigió a ella y tomó asiento en una silla adjunta. Nadie pareció advertir el extraño cambio de posición.

—¿Florencio Capullo? —preguntó Palito a media voz.

—Soy yo —contestó el otro.

—Encantado de conocerlo. Yo soy Palito Escobosa.

Siguió un silencio de tanteo. Los dos hombres se miraron a los ojos. Florencio, de manera huidiza, desconfiada; Palito, de modo franco. Entonces éste se llevó una mano al bolsillo interior de su americana, extrajo un sobre alargado y abultado y lo depositó ante su compañero de mesa, que lo recogió con gesto temeroso. En cuestión de segundos, el sobre desapareció dentro de la chaqueta de Capullo.

—Puede contarlo, si quiere. Le sugiero que en los lavabos.

El otro asintió, se puso en pie con una actitud general de desconfianza y se perdió en las profundidades del local. Cuando reapareció, llevaba en la mano otro sobre, que entregó a Palito sin mediar palabra. Éste lo abrió, comprobó su contenido con gesto de satisfacción y sonrió a su acompañante.

—¿Todo en orden? —preguntó.

—Todo, no. Si don Serafí se entera de que he vuelto a escondidas a la empresa, soy hombre muerto.

—¿Es que le han pillado con las manos en la masa?

—No, no. Sólo los dos excompañeros que estaban en el ajo.

—Pero ¿ha repartido usted el efectivo que le adelanté para sellar bocas y acallar conciencias?

—Sí, sí. Los dos estaban encantados.

—Pues, entonces, no tiene usted nada que temer, hombre de Dios. Y además tiene el poder de la prensa guardándole las espaldas como le prometí, si llegaba el caso.

—Pues sí que...

Florencio Capullo asintió y se rebulló en su silla. Era evidente que estaba deseando salir de allí y Palito le hizo la concesión. Cuando el otro hubo salido, abrió su teléfono móvil y marcó un contacto.

—¿Jefe? Sí, ya lo tengo. El material viene tal y como nos lo habían contado. Lo fotocopio y se lo mando ya mismo, porque no tengo ordenador a mano. Lo envío por fax al número privado en unos minutos, así que esté atento.

—...

—De nada, creo que nos vamos a divertir.

Guardó el teléfono y después de mirar a un lado y a otro como si tratara de orientarse, echó a andar. Salió de la zona de negocios donde se encontraba el despacho de Arbusto y avanzó hacia el Paseo de la Castellana, lo cruzó, se metió en una calle lateral arbolada que subía hacia el Bernabéu y, en el primer cruce, se desvió hasta una cafetería de estilo años setenta. Ante la entrada se extendía una tentadora terraza con mesas a las que sentarse y Palito dudó. Saludó al camarero que esperaba de pie, se adentró en el local a echar un vistazo y, tras comprobar que la persona a quien buscaba no se encontraba en el interior, volvió a salir y tomó asiento en la terraza.

—Un vermut con un dedo de ginebra, por favor.

El camarero le trajo el periódico con la copa y unas almendras saladas y Palito se entretuvo hojeando las páginas de la competencia.

—Palito, cariño, tú siempre tan guapo —dijo una voz femenina junto a él.

Palito se puso apresuradamente en pie.

—Tú sí que estás guapa, Isabeloncia —dijo el periodista besándola en ambas mejillas.

—¿Llego tarde?

—Lo que corresponde a una dama.

—Gracias. Qué encanto. Camarero: a mí me trae un Tom Collins. Sí, chico, ahora me ha dado por ahí —se justificó—. ¿Y qué? ¿Qué tal van los negocios?

—Muy bien. La revista va de cine.

—No me extraña, con lo escandalosos que sois.

—No siempre, no siempre, querida. Precisamente ahora vengo de arreglar un asunto por la vía pacífica.

—¿Pacífico tú? ¡Ja!

—Pues así es. No siempre estamos denunciando la corrupción ni los chanchullos políticos ni el dinero que se tira por ahí a manos llenas.

—A ver, dime qué has hecho ahora.

—Llegar a acuerdos, cosa sencilla.

—¿Sí? No me digas. ¿Dónde está el truco?

—Bueno, digamos que yo tengo una información que interesa a mi revista y que pone al descubierto lo que podríamos llamar prácticas ilícitas. Ya sabes lo que son esas cosas: algo oído por aquí, algo oído por allá... el sentido del olfato que se excita, un par de comprobaciones...

—Ajá.

—Esta tarde mi jefe tiene que hablar con un cliente de un conocido abogado para explicarle que, por una casualidad, ha caído en sus manos una información que le ha parecido tan delicada que lo coloca entre la prudencia y el deber de informar; en definitiva, un problema de conciencia que quiere consultar con él para encontrar una solución en la que nadie salga dañado... bla, bla, bla.

—Y le chantajea, como si lo viera.

—¿Chantajear? ¡No! Eso de pedir dinero a cambio de silencio es una vulgaridad. Hacer pasar dinero de una mano a otra, dinero contante y sonante... eso es muy feo e impropio de gente con principios. No, cariño, lo que el jefe hará es salir del despacho del cliente con el contrato de una campaña de publicidad en la revista durante un semestre... o un año, no sé. ¿Por quién me tomas?

—Muy fino, Palito, no esperaba menos de ti.

—Ahí lo tienes.

—Oye, ¿y quién es el cliente?

—Tú mira la publicidad de la revista desde el mes que viene, a ver si lo adivinas.

—Adivinar lo adivinaré seguro, porque se lo hacéis a todos.

—A todos, no. Otros nos traen publicidad por simpatía.

—Ya.

—¿Cómo que ya?

—Que me invites a otra copa, tronco.

Forcas había tomado asiento en una terraza del Paseo de la Castellana y pedido un bourbon doble al camarero que lo había atendido. Mientras lo apuraba a pequeños sorbos se dedicaba a pensar en sí mismo. ¿Qué podía hacer ahora? ¿Cuál era su futuro? Acostumbrado a no perder la calma ante la adversidad, la situación actual se le hacía nueva y su sistema nervioso también. Se había convertido en un terrícola, sí, y estaba bajo la maldición de tener que ganarse el pan con el sudor de su frente. Sudaba sólo de pensarlo. ¿Qué sabía hacer él que pudiera reportarle algún beneficio? Sin poderes era un simple mortal lleno de sabiduría y experiencia, sin duda, pero ni siquiera poseía un certificado de estudios primarios ni currículo que presentar en alguna parte. Había perdido todos sus poderes y sólo había ganado el de la imaginación. La imaginación, él lo sabía bien, no daba dinero.

¿O sí?

Una idea atravesó su mente como un relámpago y dejó su luz en el cerebro de Forcas. Conocía miles de historias y poseía imaginación. Con ambas propiedades, se dijo, podía fabricar un libro que, a no dudarlo, se convertiría en *best-seller*, daría lugar a una adaptación cinematográfica y le consagraría como un maestro de la ficción. Nada menos que un escritor de fuste, un contador de historias. Ya se relamía pensando en los pingües beneficios que iba a obtener en lo que no era sino el principio de una carrera triunfal. Dinero, mujeres, popularidad... se embelesó con estos pensamientos.

Pero, de inmediato, necesitaba efectivo y sólo había una forma de obtenerlo. Llamó a un taxi y le indicó la dirección de los señores Arbusto.

Gregorio Espínola llegó a la buhardilla de Beovide con la lengua colgando y empapado en sudor. No tenía costumbre de practicar el *running* que estaba tan de moda y lo pagaba con creces a la hora de subir a pie el tramo de escalera que separaba el ascensor de la vivienda de su amigo. Golpeó la puerta y se apoyó contra ella. Dentro no se oía nada salvo la voz de Julie London cantando «My heart belongs to Daddy». Esperó un minuto, tomó aire y volvió a golpear en la puerta con las pocas fuerzas que le quedaban, pero nadie respondió. En cuanto recuperó un poco de aire, empezó a mascullar maldiciones y siguió esperando. Entre tanto, Julie London cambió de tema y ahora atacaba con mucho sentimiento «When I fall in love». Gregorio, exasperado aunque sin capacidad física para demostrarlo, reunió todo su aliento y en un esfuerzo supremo largó un berrido que hizo vibrar el cristal de la claraboya que tenía sobre su cabeza.

—¡¡Tomás!!

Se oyeron unos pasos apresurados y Tomás entreabrió la puerta y asomó la cabeza, suspicaz.

—¿Se puede saber por qué gritas de ese modo? Luego los vecinos me montan a mí el pollo por escandaloso.

—Usted me va a hacer el favor de irse a la chingada —dijo Gregorio con marcado acento mexicano.

—Anda, pasa. ¿Qué te ocurre, que has hecho deporte?

—No, colega, es que he venido corriendo detrás del autobús para ahorrarme el billete.

—Ya.

—Al final, los pasajeros me tiraban peladillas. Digo yo que para animarme.

—Venga, cuenta ya lo que vengas a contar, que no estoy para bromas.

Gregorio hablaba aún entrecortadamente porque le costaba respirar. Con esfuerzo sacó un cigarrillo del bolsillo de la camisa, lo miró y, al final, como si le hubiera decepcionado, se lo encajó sobre la oreja.

—No te mereces la información que traigo.

—Si no es sobre Maribel, nada me interesa.

—Pues es sobre Maribel. Jódete.

—¿Maribel? ¿Qué pasa con ella? ¿Qué has sabido? ¿Sigue en la clínica? ¿Ha empeorado? ¿Ha mejorado? ¿Le han hecho algo? ¿La operan esta tarde? ¡Pero habla de una vez!

—Como decía Buddy Love: calma, serenidad y buenos alimentos. Siéntate y te cuento, pero no me interrumpas.

—Concedido. Habla.

—Estaba yo esta tarde en una cafetería enfrente de un edificio en el que una hora antes había entrado don Arbusto.

—¿Y Maribel qué?

—¿No te he dicho que no me interrumpas?

Tomás se encogió, conteniendo a duras penas su excitación.

—Pues estaba sentado donde te he dicho, cuando veo que un tipo enclenque sale del edificio con un sobre en la mano y una manera de andar tan recelosa que pensé que era un espía. Entonces entró en la cafetería, se sentó a una mesa, llegó otro tipo con pinta de soplón y se sentó con él. El primero le entregó el sobre y a cambio recibió otro, y me dije: «Aquí hay gato encerrado». De manera que, animado por la circunstancia, salí detrás del soplón a ver qué hacía.

—¿Y Maribel?

—¿A que me voy?

—No. Vale, vale. Sigue contando.

—Entonces el tipo se dirige a una cafetería y se sienta en la terraza, donde se ha citado con una chorba, y va y le cuenta que él y su jefe, que es el director de una revista que conocemos muy bien, están haciendo chantaje a un cliente muy importante de Arbusto.

—¡Qué fuerte! ¿Y eso qué tiene que ver con nosotros?

—Tío, tú es que no rulas ya. ¿Es que no lo ves? Soy un testigo. Un testigo, macho. Con mi testimonio los pueden empapelar.

—¿Y?

—Pues que yo me ofrezco a Arbusto como testigo, él salva a su cliente y yo le pido la mano de Verónica.

—Pero qué... —balbuceó Tomás con el estupor pintado en el rostro.

—Y luego —prosiguió animadamente Gregorio—, siendo ya cuñado de Maribel, yo puedo estar al tanto para darte el pase cuando ella despierte del coma.

Todo el abatimiento que antes le poseyera desapareció del rostro de Tomás. Se le veía hacer un esfuerzo extraordinario para tratar de asimilar el disparate que acababa de escuchar; un disparate tan extremo que le devolvió la lucidez y la energía de golpe. Lo primero que decidió fue permanecer en calma y no pretender entrar en discusión con su amigo. Es más, apreció su buena voluntad y todo, antes de decirle:

—Estás de psiquiatra, Plumillas.

—Es mi ocasión de ser un potentado, compréndeme.

—Pero ¿de verdad piensas que Verónica se va a casar contigo, que no tienes dónde caerte muerto?

—Pues por eso precisamente, para vivir y morir en sus brazos. Yo ya sé que no voy a heredar. ¿Qué otro camino me queda que pegar un braguetazo?

—Gregorio, te quiero —dijo Tomás por todo comentario.

—Yo a ti no; me acabas de hundir con tu sarcasmo.

—Bueno, ya pensaremos algo. Yo tampoco estoy en camino de casarme con Maribel.

—Lo de cruzar nuestras vidas con las de los Arbusto ha sido una mala jugada del destino.

—Y que lo digas.

—Pero se me ocurre una idea —dijo Gregorio—. No estaría de más ir a hablar con don Arbusto. Puede que nos lo agradezca. Puede que le caigamos en gracia. Puede que tenga un trabajo para mí. Esta gente es muy despectiva, pero a veces les apetece ablandarse el corazón para sentirse humanos...

—¿Has oído eso?

—¿El qué?

—Julie. Está cantando «Basin street blues».

—Ya lo oigo.

—No. Fíjate cómo pronuncia la *tr* de *street*: ese chasquido minúsculo, esos labios entreabiertos, el roce de la lengua contra los dientes. ¡Dios mío, esa boca, es tan irresistible!

Forcas despidió al taxi en la puerta de la casa de los Arbusto y se hizo anunciar ante la señora. La criada le introdujo en un salón, al final del cual se veía una salita adjunta que servía de despacho a María Ilustración. Era una pequeña habitación con doble puerta corredera, que estaba abierta y dejaba ver de frente una mesa de trabajo de madera de caoba sobre la que reposaban varios libros, sin duda en trance de ser consultados, un ordenador, una lámpara de diseño, un marco que debía de contener una fotografía familiar y un airoso jarrón de porcelana de Herren con tres rosas blancas. Tras la mesa había una silla de respaldo alto y tras la silla, una pared cubierta de arriba abajo por una estantería de la misma madera que la mesa, llena de libros. En una mesa auxiliar reposaba un miniequipo de sonido. La luz del día entraba por un balcón abierto en una de las paredes laterales, en la otra había un retrato de una dama y, bajo él, un mueble dedicado a guardar discos compactos.

María Ilustración de Arbusto apareció en el salón transcurridos al menos quince minutos. Tenía el aspecto de haber sido sorprendida a la hora de la siesta y haber tenido que arreglarse apresuradamente para recibir a la visita. Era evidente en su rostro que apenas dormía y tampoco conseguía descansar.

—Mi querida y respetada amiga, no sabe cuánto lamento verla tan desmejorada, aunque he de decirle que no ha perdido un ápice de su belleza.

—No me adule, Forcas, que no estoy para estos galanteos. Soy presa del error que yo misma he cometido.

—¿Error? ¿Puedo saber a qué se refiere?

—Ay, Forcas, debí haber confiado en usted, pero se me nubló la mente por la angustia que me produce la situación de mi hija mayor y tomé una decisión que no ha hecho sino empeorar las cosas.

—¿Decisión? ¿Acaso se refiere...?

—Al exorcismo que le han practicado, aunque fuera interrumpido, hace tan sólo unas horas.

—*Sapristi!* Ahora lo entiendo todo.

Forcas se levantó de golpe de su asiento y empezó a pasear por la habitación muy agitado mientras pronunciaba palabras incomprensibles para su anfitriona. A los pocos minutos, sin embargo, se fue calmando y regresó a la butaca que ocupaba con una sonrisa en los labios, producto de su perfecto autodominio.

—Así que ha sido usted —dijo como si hablara consigo mismo—. Ha sido usted quien ha convocado el exorcismo. Qué calamidad. Con ello no sólo ha conseguido enfurecer al diablo sino que me ha privado a mí de mis atributos infernales. Ahora, querida señora, soy un ser humano como usted, un mortal, un desdichado pendiente del azar de la existencia.

—¿Usted? —dijo María Ilustración con espanto—. ¿Usted, degradado?

—Absolutamente y sin remisión.

—¡Oh, Dios mío! —exclamó ella con el dolor y el arrepentimiento marcados en su hermoso rostro—. ¿Qué he hecho, desgraciada de mí?

—Un disparate, mi querida señora; un disparate de consecuencias incalculables.

—Pero... ¿mi Maribel? ¿Qué va a ser de mi Maribel?

Forcas se puso de nuevo en pie y volvió a pasear por la habitación. Con las manos enlazadas a la espalda, el ceño fruncido y la cabeza baja, parecía conducir su mente por laberintos oscuros y angostos. De vez en cuando un relampagueo de sus bellos ojos negros encogía el corazón de Ilustra, que seguía impotente con la vista su enérgico deambular. Por fin se paró, giró sobre sí mismo y se enfrentó a la mujer que lo contemplaba presa de la mayor congoja.

—La verdad, María Ilustración, es la verdad —dijo Forcas.

A esta contundente afirmación siguió un silencio que pareció interminable, pero que estaba cargado de nobleza.

—Estoy dispuesta a lo que sea. A lo que sea —subrayó ella con una entonación que hizo estremecerse a su interlocutor.

—Yo ya no puedo intervenir, pues no pertenezco a los poderes malignos. Además, el Maligno tampoco va a dignarse a escuchar a quien, como usted, ha cometido una agresión tan dañina para su autoestima como es que un cura de provincias haya intentado invocarlo por medio de un exorcismo. Si al menos hubiera sido el Papa de Roma, la cosa tendría otro cariz, pero esto lo ha tomado como una afrenta deliberada. Por lo mismo, ahora considera a su hija como el instrumento para una reparación parcial de dicha ofensa, con el que obtendrá el mínimo gozo de torturarla a usted por su atrevimiento.

—Oh, Dios mío —gimió la desdichada.

—¡Pero...! —La energía con que Forcas pronunció esta exclamación suspensiva estuvo a punto de levantar de su butaca a María Ilustración, que aún creía en los milagros.

—¡Qué! —exclamó a su vez.

El tiempo se le hizo eterno a la pobre madre, pendiente de los labios de su visitante.

—Hay una solución —dijo éste al fin, dejando caer las palabras con el empaque y el vuelo de una capa española.

Hermógenes Arbusto no cabía en sí de satisfacción. Las cosas no podían irle mejor. «Es increíble que la gente crea que hay que hacer las cosas rectamente y que eso les produzca felicidad. Emplean en ello toda la vida y lo único que consiguen es un piso, una segunda vivienda, costear los estudios de sus hijos y pagarse un plan de pensiones. Y eso en el mejor de los casos. ¿Cómo existirá tanta gente con tan poca ambición? Pero sin duda ha de ser así para que los privilegiados podamos disfrutar de la ambición y la energía suficiente como para merecernos el mundo», pensaba.

Estaba a punto de cerrar una operación que lo introducía en el mundo del Oro Negro de la mano de Rosa Espinosa, del mayor magnate de los negocios del petróleo en España e, indirectamente, como no podía ser menos, del príncipe Bokoroco. Había intentado entrar a título individual en ese negocio bastantes años antes, pero recibió un recado a tiempo de un amigo muy introducido en las altas esferas: «Es terreno vedado. Aunque creas que tienes una opción, olvídalo o te van a romper las piernas». Ahora, habiendo almorzado con el magnate del petróleo en España, comprendía lo acertado de aquel consejo. Iba a entrar por el camino debido, sin riesgo y con pingües beneficios. Otro paso adelante en una carrera que comenzó en las aulas de la Facultad de Derecho de..., de la mano de su maestro, un eminente fiscalista, y terminaba, por ahora, en diversas ramas del mundo de los negocios, de las cuales la más importante bien podía llegar a ser la que tenía entre manos porque ahora sí lo buscaban a él para lavar el monto de las descomunales comisiones que el negocio arrastraba consigo.

Dentro de tan explosiva y estimulante situación personal, de tarde en tarde le acometía un remordimiento agudo como un dolor lumbar y pensaba en su hija mayor, tendida en una cama de hospital, unida a un respirador y a un gotero. En varias ocasiones intentó achacar el coma al azar, una opción razonable, pero nunca conseguía acabar de convencerse, pues su propio instinto se negaba a secundarle en aquel intento de consuelo. Era cierto que debía su vida actual a su hija y que alguna vez, en este mundo o en el otro, tendría que compensar su indeseado sacrificio, pero prefería que fuese en el otro pues, tal y como había encarrilado su supervivencia, en este mundo no cabía otra opción que la de despedirse de la fortuna que estaba amasando y si optaba por cambiar una vida por otra ¿para qué demonios estaba amasando su fortuna? ¿Para dejarla en manos de su familia? Sí, pero ya habría tiempo de cederla. Ahora le tocaba a él disfrutarla antes de que llegase el momento oportuno. ¿Y cuál sería éste? Pues la verdad es que cuando se hartase de ganar dinero. Pero había oído decir una vez a un escritor por la televisión: «Es cierto que el dinero no da la felicidad, pero da algo tan parecido a la felicidad que sólo un especialista sabría distinguirlo». Sí señor, el tipo había dado en el clavo y por eso a él no le quedaba otra alternativa a estas alturas de su vida que encontrar la felicidad en el dinero o lo que fuera que éste podía proporcionarle, de manera que no necesitase nada más. Entonces sí, entonces habría llegado el momento de devolver su sacrificio a Maribel. La vida le iba demasiado bien en la actualidad como para apearse y cederle el sitio.

Mientras tanto, ya encontraría el modo de compensarla. Quizá no tuviera que dar muerte por vida. ¿Sería factible sobornar al diablo? ¿Y a la misma Muerte?

La reunión para disolver el Círculo Gongorino tuvo lugar una tarde marcada por el mal tiempo. Oleadas de lluvia que el viento dispersaba por las calles obligaban a la gente a refugiarse en portales, entablar desigual lucha con sus paraguas y la ventolera, apelotonarse en los extremos de las marquesinas y correr, de tanto en tanto, de portal en portal hasta conseguir introducirse en el metro donde otra gente en la misma situación escrutaba el plano de líneas para estudiar la mejor combinación posible. El agua corría por los bordillos de las aceras formando acequias naturales que la gente saltaba con la impericia propia del viandante urbano, empapándose los calcetines al chapotear sin remedio. De cuando en cuando un trueno retumbante y demoledor recordaba a los pobres espíritus quién gobernaba la ciudad en aquellos momentos y que así seguiría sucediendo hasta que al cielo le diera por aburrirse y cortara el grifo.

Los ánimos de la pandilla estaban tan fríos como el tiempo en el exterior. El café medio vacío se limitaba a acoger a viandantes que intentaban calentarse mientras escampaba, por lo que el ambiente resultaba tan desapacible como el clima y los camareros se dejaban llevar por el desánimo generalizado.

Don Fernando García de las Letras entró en el local entre toses y ahogos y todos se apresuraron a ayudarle a acomodarse en su butaca favorita, la única entre las sillas del corro que habitualmente se formaba en el rincón que los acogía. En cuanto logró reponerse, y viendo el bajo espíritu de los contertulios, tomó la palabra.

—Mis queridos discípulos, veo reflejado en cada uno de sus rostros una caída de ánimos que me conmueve. Sé que están considerando la posibilidad de disolver este círculo en el que tantos asuntos concernientes a la situación de nuestro país y al mundo entero se han discutido con intensidad, con brío, con el deseo de saber y confrontar; y veo también que el espíritu que nos ha unido hasta ahora declina sin que una causa justa lo justifique. ¿Por qué? ¿Acaso la realidad ha cambiado tanto de ayer a hoy? No me lo parece a mí, pero es cierto que el cansancio parece haber hecho presa en nuestras mentes y en nuestros corazones; si a ello unimos el fallido encargo de devolver a la vida a la muchacha por la que suspira nuestro amigo Beovide, no cabe duda de que nos encontramos en un momento de desesperanza. Ahora bien, ¿debemos dejarnos llevar por el desencanto? ¿Es nuestra lucha por el triunfo de la inteligencia un mero reflejo del desencantado espíritu que atribula al país tras la admirable, y no me cansaré de considerarla así, conquista de los valores democráticos para nuestra sociedad civil después de los años vividos bajo el oprobio de la Dictadura? ¡No y mil veces no! Antes prefiero la muerte digna que la derrota vil. No se me oculta que «los males de la patria», que así los denominara el gran Lucas Mallada, aún hacen poso entre nosotros hoy en día, pero observad la distancia que nos separa de aquel primer movimiento regeneracionista y comprenderéis que la lucha no es en vano, que sólo los espíritus cobardes se rinden ante la adversidad, y que poca adversidad tan tozuda ha habido en este país como la de la sociedad que desató la crisis del 98, a cuya sombra nacieron y verdecieron hombres egregios a los que debemos la voluntad de saber y el deseo de cambiar. ¡Amigos míos, queridos discípulos! ¡Arriba esos corazones! ¡Nunca estuvo España tan cerca de ingresar en la Historia del Mundo Contemporáneo como lo está en estos momentos cruciales de nuestra existencia! Si nos rendimos, la Historia nos juzgará y condenará; pero si progresamos, la Historia será nuestra. Esto es lo que importa.

No hubo necesidad de jalear la soflama por los presentes, pues el maestro cayó en un profundo sopor a consecuencia del esfuerzo realizado, pero el Círculo reaccionó como si los hubieran enchufado a una corriente de mil voltios. Repuestos del fogonazo, unos y otros reaccionaron al estímulo con inesperado fervor. El más impresionado de todos, Tomás Beovide, propuso redactar inmediatamente un programa de acción con las medidas imprescindibles para sacar al país del estado de postración económica y moral en que se hallaba inmerso, una reivindicación de la solidaridad perdida desde que el deseo de enriquecerse a toda costa se convirtiera en la única meta de una ciudadanía ciega y sorda a los valores de la cultura humanística, una proclama de prioridades del espíritu para regenerar el espíritu nacional. Propuesta que fue acogida con entusiasta unanimidad salvo por Gregorio Espínola, que, con su habitual escepticismo, dijo:

—No entiendo cómo podemos hablar de espíritu nacional en una nación cuyo único lazo de unión ha sido siempre la religión católica.

—Tu habilidad, Espínola —dijo el ínclito Menéndez—, ha sido siempre la de chafar cualquier estímulo positivo dentro del Círculo.

—No digo que no, a causa de mi carácter —respondió con firmeza Gregorio—, pero digo y afirmo que este país no ha sido sellado por la voluntad civil y el acuerdo de constituirse los naturales de esta península en nación, sino por el lazo externo y utilitario de la religión como pegamento para unir a las distintas sensibilidades regionales. Amigos: ni que fuéramos como los árabes, que confunden la religión con la política. Al César lo que es del César y a Dios lo que es de Dios.

—Bien hablado —dijo otro contertulio—. Nuestro amigo Espínola ha dado en el clavo.

Tras las primeras intervenciones se ocasionó el natural revuelo hispánico en el que todos hablaban a la vez sin atender a lo que se decía, de resultas de lo cual fueron llamados al orden por los camareros del local, que se temían otra revuelta como la que sucedió el día en que Maribel Arbusto acabó en estado de coma sin comerlo ni beberlo.

Don Fernando ni se enteró del escándalo y los ánimos se fueron apaciguando hasta que el estado de abatimiento con que había comenzado la tarde volvió a apoderarse de los contertulios.

—Muy bien —dijo Menéndez—. ¿Y qué podemos hacer ahora, aparte de disolvernos como todas las veces anteriores?

—Yo me voy a ver a Maribel —anunció Tomás—. Es lo único que me mantiene con vida. Tengo que hablar con su madre y confesarle mis sentimientos. Basta ya de hipocresías.

—Ah, el amor —comentó sarcásticamente su compadre Espínola saliendo tras él.

—Por Dios, Forcas, no me tenga sobre ascuas —dijo María Ilustración agarrándolo por las solapas de la chaqueta.

—Deje usted a Dios en paz, mi querida amiga, que ni está ni se le espera. —Hizo una pausa para desprenderse de las manos de Ilustra y continuó—: Ante todo, como le adelanté, ya no pertenezco a las legiones de Luzbel; he sido proscrito y desterrado y sólo tengo mi forma humana y mi equipaje en el hotel, que, por cierto, debo abandonar cuanto antes.

—¿Ha dicho usted abandonar o abonar? —preguntó Ilustra.

—Las dos cosas, mi estimada señora.

—Y no tiene dinero.

—El que llevo en la cartera.

—Muy bien. Daré orden al mayordomo de que un propio vaya a recoger su equipaje y liquidar la cuenta. Pero ahora dígame cuál es la solución que se le ha ocurrido.

—He de confesarle que es una solución dura, difícil, una solución que requiere coraje para acometerla y mucho temple para soportar las consecuencias, especialmente para una mujer de su sensibilidad.

—Olvide mi sensibilidad, olvide mi educación y olvide mis creencias: cuando se trata de salvar a mi hija soy la peor de las hetairas, la más innoble de las Moiras, soy una bruja deslenguada y herética...

—No siga por ese camino porque me está usted poniendo cachondo.

—Lo sabía. No tenía que haber encargado a esa cortesana barata de Magdalena Desamants que lo conquistara a usted. Así me van a mí las cosas: le arrojo en brazos de otra que ni siquiera cumple con el acuerdo.

—¿Usted? ¿Usted le encargó a Magdalena que me sedujera?

—¡Sí! ¡Yo! ¡Y todo se ha ido al infierno!

—Yo diría que más bien ha sido al contrario: yo me he venido a la tierra. En el infierno no quieren saber nada de nosotros.

—Pero entonces... ¿cómo recobrar la vida de mi hija?

—De una manera terrible, insisto. Una manera que, ahora que soy humano, me aterra a mí mismo.

—Pues bien, ya no soporto más esta tortura. ¿Qué más desea de mí, además de abonarle la factura del hotel? ¿Mi cuerpo? Aquí lo tiene. ¿Mi alma? De nada le sirve ya. Haga lo que tenga que hacer y salve a mi hija.

—Está bien, no voy a andarme con rodeos. Como usted, querida mía, flor de mi pasión y mi tormento, sabe, hay un pacto cerrado entre su marido y el diablo, hasta hace nada representado por mí y a partir de ahora por sí mismo, según el cual su marido entregó en prenda a su hija en tanto en cuanto aquél lo aparte del camino de la Muerte. En otras palabras: hay que romper el pacto y su hija volverá a la vida. ¿Me he explicado, bien mío, con claridad?

María Ilustración, en pie, radiante en su deshabillé convertido en clámide de diosa, con el rostro en alto y el gesto decidido, desafiando al cielo y al infierno con la arrogancia de una sacerdotisa de Apolo, exclamó alzando sus manos con ígnea vehemencia:

—¡Sea pues, si el destino así lo quiere!

Forcas salió de la casa con la cartera llena y un plan en la cabeza que acababa de poner en marcha. Se detuvo un momento para aspirar con satisfacción el aire de la calle y echó a andar; pero no hubo dado dos pasos cuando una voz enérgica le detuvo.

—¡Atrás, miserable! ¡Aquí se acaban tus turbios manejos!

Frente a él, un ángel flamígero con las hechuras de Tomás Beovide le cerraba el paso e, indudablemente, se aprestaba a luchar con él.

—No debes ofuscarte, triste enamorado, pues a ella vas a perderla de todos modos.

—¿Quién eres tú para decir semejante cosa? Tú, que la has convertido en un ser inerte en el reino de los muertos.

—Calla, desdichado, ni ella ha muerto ni tú le perteneces. Todo es una ilusión. Siento simpatía por ti, que eres una especie de ángel humano, un ser insólito a medio camino entre la infelicidad y el ridículo. Ella no te quiere ni te querrá nunca.

El ángel dudó un instante antes de sacar su espada de la funda.

—No te temo ni te creo, y aquí es donde vas a morir.

—Si muero —dijo Forcas sacando a la vez su espada—, ella no despertará jamás. —Mentía sin remordimiento, con deleite, consciente de su superioridad.

Las palabras de Forcas hicieron dudar al ángel: fue el momento que aprovechó Forcas para tirar a fondo y a duras penas consiguió Tomás esquivarlo, pero las piernas le traicionaron y se vio obligado a poner rodilla en tierra para no caer cuan largo era.

Forcas, aprovechándose de la ventaja, atacó con denuedo desde su altura.

—Tenías que ser tú el que trampeases, alma negra —escupió Tomás con rabia.

—No puedo evitarlo, es mi naturaleza —respondió el otro arreciando sus mandobles.

—Así te condenes para siempre en el infierno —exclamó el ángel.

—De allí vengo, ¿no lo recuerdas?

—Demasiado bien. Pero luchas conmigo, señal de que algo va mal dentro de ti —contestó Tomás respondiendo con un quite al golpe que le lanzó Forcas.

—No lo sabes bien —dijo Focas amagando un molinete—. Si no fueras un infeliz, creo que te ayudaría a recobrar a tu dama.

—¡Canalla! —gritó Tomás fuera de sí al tiempo que intentaba la treta del arrebatar, con tan mala fortuna que perdió la espada.

Forcas se detuvo y bajó la suya.

—Mira por dónde, voy a tener la oportunidad de estrenar mi nueva humanidad con un gesto caballeresco. Has perdido y reclamo la victoria, pero te dejo ir.

—¡Atraviésame! Dejarme ir es humillante.

—Ya verás como no. Pero ¿qué tienes en la cabeza, muchacho? Ah, los idealistas...

—Reconozco mi derrota, pero mi amor permanece.

—No te arriendo la ganancia —dijo Forcas por todo comentario. Envainó su espada, dejó que el ángel recogiera la suya, se volvió hacia la ventana que sabía abierta desde que el cruce de los aceros resonó en la calle y, tras inclinarse con gesto gentil, envió un beso a María Ilustración que lo contemplaba todo desde la fenestra de su dormitorio.

XIX
El narrador toma decisiones

Estando ya cerca del final de esta historia y como quiera que el autor no me ha dado un segundo de respiro, voy a actuar por mi cuenta. Para ello, nada más apropiado que presentarle a usted, lector, un personaje hasta ahora escondido por pura frivolidad o, lo que sería aún peor, por miedo a la realidad literaria. Lo cierto es que he soportado más de lo que un narrador de buena voluntad está dispuesto a soportar.

Basilio Perturber, de padres españoles nacido en Guanabacoa, Cuba, en la mitad justa del siglo XX, conoció con nueve años la entrada de Fidel Castro en La Habana y huyó con su familia de semejante acontecimiento histórico en la salida autorizada de los que los revolucionarios llamaron «marielitos», pura escoria criminal, homosexual y reaccionaria, expulsados para infectar a los Estados Unidos de Norteamérica, o así lo justificaron al menos. El caso es que nuestro amigo, en tierra americana, consiguió hacerse con un negocio que lo llevó a otro y a otro, y así se presentó años después en la Madre Patria apelando a su españolidad de origen, con una pila de dólares y la intención de hacerse notar. Lo consiguió cuando fundó una compañía de venta de ropa por correo, lo cual era innovador en la sociedad española, acostumbrada a ir de tiendas como único recurso para consumir. Una vez que la compañía hubo engordado, la vendió a unos catalanes y creó una cadena de comida centroamericana con sucursales en todas las capitales de provincia y un ejército de motoristas prestos a llevar un pedido a cualquier rincón de las ciudades mayores.

El éxito fue tan extraordinario que volvió a vender la cadena y esta vez, soslayando con gran habilidad la tentación de dedicarse al ramo de la construcción, que sin querer saberlo se dirigía al abismo, adquirió grandes propiedades en Extremadura y las dedicó a la cría de bisontes que le granjearon fama mundial por los famosos chuletones Perturber, únicos en el mundo.

Se preguntará usted, lector, a qué viene esta desviación de la historia. No se apure, no hay tal. Al señor Perturber lo conocen ustedes bajo el nombre de príncipe Bokoroco, un auténtico vendedor de tranvías. Así fue como se presentó en Europa y entabló relaciones con la mejor sociedad. Hay quien dice que tuvo negocios con el mismo diablo, a quien sirvió lealmente a cambio de su protección y al único al que jamás traicionó, sabiendo cómo se las gastaba el susodicho con los desleales. En todo caso, Perturber desapareció sin dejar otro rastro que su fama de proceder como un matón prepotente cada vez que negociaba un trato con clientes o proveedores. Su grosero método fue el que le dio el sobrenombre de «El hombre que se ha hecho a sí mismo» y, a juzgar por sus modales, nadie discutiría el atributo por temor a las consecuencias. Quien no desapareció sino que apareció fue su otro yo, el príncipe, un sinvergüenza de marca mayor que simuló haber comprado los negocios del cubanoespañol. Después los engrandeció y amplió, amasó una fortuna incalculable, se presentó al *Gotha* internacional y contrajo matrimonio con una princesa lesbiana (ésta sí, auténtica) y se dedicó a la buena vida, a incrementar su capital y a interpretar el rumbo de la sociedad de nuestro tiempo ofreciendo su visión de la existencia humana en monólogos extenuantes que todo el mundo seguía con la atención propia del que se arrima a buen árbol en busca de buena sombra que lo cobije.

Desde mi punto de vista, es totalmente ilícito guardarse para el final una sorpresa que nadie se espera y presentarla sin advertencia o insinuación previa alguna; es como sacarse al asesino de la manga en las veinte últimas páginas de una novela policíaca sin que haya estado integrado antes en el relato de un modo u otro. Como estaba viendo venir que así sucedería debido al sigilo con que el autor ha ocultado la verdadera identidad del que se hace llamar príncipe Bokoroco, he preferido atender a la verdad literaria antes que al capricho del escritor. Sé que debiera haberlo hecho antes, pero hasta el último minuto confié en la buena fe del autor. Lo que pensara hacer con lo que acabo de revelarles permanecerá para siempre en el misterio, pero creo haber hecho un favor a la buena literatura desvelando el secreto del príncipe. Sé que éste es mi final y me despido de usted, amigo lector, con la esperanza de que haya entendido la razón que me guía y el deseo ya imposible de cumplir de que nos encontremos el día de mañana en este libro, aunque quede incompleto. Así me doy muerte por una noble causa. Adiós, lector.

XX
Un final precipitado

Hay que joderse. Con el esfuerzo que supone escribir una novela y va este desgraciado de narrador y se apea del carro. Tras esta exhibición de irresponsabilidad, dudo que nadie vaya a ofrecerle trabajo de nuevo; pero es que a la acusación de irresponsable hay que añadir otra: la de difamador. No es cierto que Perturber sea el príncipe Bokoroco, cualquier lector puede comprender que entre los modales del príncipe y los de Perturber media un abismo. Un tipo como Perturber jamás podría aspirar al grado de refinamiento del príncipe Bokoroco, es algo desconocido, inapreciable para él, cuya idea del lujo es cerrar una casa de putas y descorchar decenas de botellas Dom Perignon entre latas de caviar. Perturber tiene un sentido bruto del lujo, el príncipe lo tiene quintaesenciado. En fin, para qué seguir. Todo autor tiene el derecho de utilizar sus bazas de la manera que le convenga y mostrar o guardarse esas mismas bazas dentro de una trama a la mayor conveniencia de ésta. Sí, no niego la existencia literaria de Perturber, pero no pertenece a esta novela. En su momento consideré la posibilidad de incluirlo, luego comprendí que era innecesario. Lo que ha hecho el narrador es lesa traición, rompimiento de confidencialidad, uso indebido de una propiedad que no es suya.

Lamento, lector, que la novela deba concluir precipitadamente y no como yo hubiera deseado. El estropicio que me ha causado este villano es considerable y no veo qué arreglo pueda tener. Soy consciente de que le debo a usted una compensación por el desembolso que ha realizado adquiriendo este libro, tanto en forma de confianza como de dinero, pero, sinceramente, lo único que puedo hacer por usted es contarle escuetamente el final de la historia y apelar a sus virtudes como lector para que, de todos modos, intente apreciar lo que hasta ahora tiene leído y coligo que, si ha llegado hasta aquí, algún mérito tendrá la obra, quizá el suficiente como para satisfacerle a usted a pesar de todo.

Nunca me había sucedido algo semejante. Quizá se deba a cierta insensata propensión a romper las reglas y meterme en vericuetos innecesarios, pero nunca lo he intentado por lucimiento personal; al contrario, lo he hecho con la pretensión de abrir nuevos campos a la escritura, pretensión que habrá de parecer exagerada a más de uno, pero que no por ello deja de ser pretensión. En unas ocasiones con cierta audacia y en otras con menos, a veces afectando al lenguaje y a veces afectando a la trama, el caso es que no he podido resistirme a experimentar y quizá ésa sea la vil excusa que ha motivado la renuncia del narrador. Los elementos de la novela son proclives al asentamiento del canon antes que a la especulación narrativa, pero si otros antes de mí han conseguido domar esas tendencias conservadoras y sacar a la luz obras maestras, ¿por qué no iba a intentarlo yo? Lo que me recuerda aquello que se decía de Roldán y que el caballero Don Quijote reclamaba para sí, pensando en la obra que se aprestaba a realizar: «Que si no acabó grandes cosas, murió por acometerlas».

Termino, pues, a la buena de Dios, sin narrador.

Hermógenes Arbusto llega a su residencia. Viene de pasar la noche en casa de Magdalena Desamants, que tras haber cumplido el encargo de María Ilustración de seducir a Forcas para convencerle de negociar la situación de Maribel, se ha decidido por el brillo del dinero del esposo de Ilustra. El chófer le abre la puerta del Jaguar, el abogado sale tan satisfecho de sí mismo, atraviesa la verja de acceso al jardín, da unos pasos hacia la puerta de la casa

y en ese preciso momento

María Ilustración se asoma bruscamente a la ventana del piso superior al oír que su marido ha llegado

y en ese preciso momento

tropieza en la alfombra, extiende las manos hacia el alféizar para sujetarse y, desde la misma ventana, un macetero cargado de azaleas se precipita al vacío con tan mala fortuna que descalabra a Hermógenes Arbusto y lo deja seco

y en ese preciso momento

María Ilustración, sollozando, se echa en los robustos brazos de Forcas, a su lado, que la acoge con ternura

y en ese preciso momento

Verónica envía un *e-mail* a Gregorio con el siguiente texto: «Te dejo. Eres mazo mayor para que lo nuestro pueda prosperar. Chao *pescao*».

y en ese preciso momento

Tomás vestido de blanco contempla a Maribel dormida y, en su afán por auparse a la cama para verla más de cerca y alcanzar a besarla, posa ambas manos en los soberbios pechos de la muchacha, la besa

y en ese preciso momento

Maribel abre los ojos, recobra la conciencia y descubre a Tomás apoyado en sus pechos

y en ese preciso momento

una mirada de espanto y rechazo ilumina sus ojos, grita horrorizada, aparta a Tomás como si fuera el diablo, se desprende del respirador y del gotero y sale corriendo de la estancia a los pasillos de la clínica gritando a pleno pulmón:

—¡Socorro! ¡Auxilio! ¡Me persigue un sátiro!

y un minuto después

Gregorio Espínola, que estaba a la puerta de la clínica Las Zarzas guardando las espaldas a su amigo Tomás, envía un *e-mail* de respuesta a Verónica con el siguiente texto:

—Percanta que me amuraste.

XXI
Punto final

—Así son las mujeres —dijo el aprendiz de narrador Gregorio Espínola, alias el Plumillas.

—Hermosas e inasibles —respondió Tomás Beovide Soñador.

—Ello no es óbice ni cortapisa para que las hermanas Arbusto sean tan deseables como desalmadas. Y yo al menos me he beneficiado a la pequeña, pero anda que tú...

—Gregorio, déjate de subterfugios: somos unos fracasados.

—De eso nada. Lo que pasa es que los poetas vais de sublimes y así no hay manera.

—No vamos más que de artífices de la belleza.

—En fin, allá tú con tus delicadezas, que sólo sirven para camuflar una inquietante inmadurez.

—La verdadera imaginación tiene un alto precio, que tú no sabes valorar.

—¿Ah, no? A ver, muéstrame los poemas que has escrito a tu amada en este período.

—Sí, hombre, a ti te los voy a enseñar, que tienes la sensibilidad de un percebe.

—No existen.

—Sí existen. En mi mente. Tengo que darles salida, eso es todo.

—Ten cuidado, que no huyan.

—Descuida.

—Tomás, te conozco. Eres un sentimental y ahora te irás a tu casa a escuchar durante horas a Julie London, como si lo viera.

—Pues no te diría yo que no.

—Vale. Compramos unas cervezas y te acompaño.

—No necesito muletas, tío. Y mejor es ser un sentimental que un positivista como tú, que ya te has olvidado de Verónica.

—Es verdad, con lo buena que estaba la niña.

—¿Te das cuenta? Pero ¿qué clase de comentario es ése?

—No me la merecía, si es a eso a lo que te refieres. Era todo espontaneidad.

—Bien alimentada desde pequeña.

—Entramos en el clásico tema de las diferencias de clase.

—Asunto proceloso, como diría don Fernando.

—Y hablando de clases, como si fuéramos marxistas, ¿has visto el triste fin del señor Arbusto, el que hubiera podido ser tu suegro?

—No me veo yo en plan millonetis.

—No sé qué decirte, la gente cambia. Tú no eres de piedra.

—Parece mentira, Plumillas, tener que escuchar de ti esa miserable respuesta.

—Nunca digas «de este agua no beberé». Yo no podría responder ni de mí mismo.

—En lo único en que te pareces a un rico es en la tacañería.

—Por eso son ricos. Lo mío, en cambio, es una vocación y soy pobre.

—El tío amasaba millones. Y yo me pregunto: ¿para qué quiere tantos millones? Bien está tener cinco o diez millones de euros, que dan para mucho, pero ¿cientos?

—O miles. Los ricachos de verdad tienen miles. O eso dice la prensa.

—Pues más a mi favor. ¿Qué haces con dos mil millones de euros?

—Eso digo yo. Y con lo poco que les costaría darnos uno a cada uno, que ni lo notarían, y en cambio nos arreglarían la vida a dos escritores como nosotros.

—Pues desengáñate, porque no te darán ni los buenos días.

—Por tacaños.

—¡Pero si es que no pueden gastárselos ni aunque quieran!

—Ahí hay algo misterioso, ¿verdad?

—Muy misterioso.

—Pues ahora la jamona ilustrada se dispone a gastar a manos llenas del brazo del tal Forcas, que menudo pájaro.

—Sabes que le han rebajado a simple humano, ¿no?

—Sí. Y ya quisiera yo que me rebajasen a mí así. Es como tener una indemnización blindada. Me da la impresión de que en el infierno son tan blandos con los suyos como la Iglesia con sus pederastas.

—Los hay con suerte.

—La que tú y yo nunca tendremos.

—Bueno, deja de lamentarte, Plumillas, y ponte a escribir una novela de una vez, que eres el rey del amago.

—Tú, en cambio, tienes más campo ahora que toca sufrir la pérdida de un amor, que es lo que de verdad da juego, porque como tengas que escribir sobre tu relación con Maribel no da más que para una cuarteta chusca.

—¿Sabes qué? Yo creo que nos puteamos continuamente porque es más entretenido que flagelarse uno solo.

—Es más sano.

—Exacto. Ejercicio mental, pura esgrima, deporte al fin.

—Pero volvamos al tema. ¿Qué harías tú con un capital como el de Hermógenes Arbusto, que en paz descanse?

—Gastármelo en vino y mujeres.

—Rápido olvidas a tu amor, amigo.

—Es que me da rabia ser un romántico.

—Pues yo gastaría el dinero en montar un laboratorio de investigación biológica, biología marina.

—Me espantas, Gregorio.

—¿Por qué no? Es un campo maravilloso, es el futuro.

—Y no tendrás donde caerte muerto.

—Por eso me vendrían bien los millones de Arbusto.

—Oh, ya veo, por eso te ligaste a la hija pequeña.

—No, qué va, eso fue un cruce de caminos, una casualidad. Soy un aprovechado, pero no una mala persona.

—Hoy en día no se sabe quién es bueno y quién es malo.

—Negativo te veo, tronco.

—Mira a tu alrededor: descaro y desvergüenza es lo único que cotiza, y los demás parecemos idiotas.

—Lo somos, Tomás, lo somos. En fin, amigo, emigro.

—¿Adónde? ¿Para qué? ¿Dónde vas a estar mejor que aquí?

—Este es un país que aborrece de la cultura y se ríe de la ciencia. No hay vida inteligente en él. Vuelvo a lo que no debí dejar. Yo no estoy dotado para la narrativa, estudié Biológicas y casi pierdo el humor y la paciencia escribiendo por una miseria libros de texto para el bachillerato en compañía de otros desgraciados como yo. Me guste o no, sólo soy biólogo, y fuera de este país de cabreros y funcionarios quizá pueda regresar a la investigación, cosa que conviene a mi carácter paciente.

—Estás decidido.

—Del todo.

—Te voy a echar de menos.

—Y yo a ti. No creo que vaya a encontrar por ahí a un disparate de hombre como tú. La verdad es que eres un poeta de cuento de hadas, pero el único que tiene coraje para seguir adelante, plantado en este país de todos los demonios.

—Joder, qué triste destino, visto así.

—Anímate, hombre, no hay que desesperar.

—No desespero. No me resigno. Pero es que ni el diablo nos da cancha.

—Pues ¿sabes lo que te digo? Que ¡al diablo con el diablo!

Y ahora, señoras y señores, distinguido público, tengo el honor de cerrar este abracadabrante relato que espero les haya conmovido. En consecuencia, ya no me queda sino dar cuenta del destino de nuestros dos héroes que, tras despedirse entre sí de su última conversación, pusieron punto y final a la historia.

Gregorio Espínola, alias *el Plumillas*, partió para el extranjero, donde a trancas y barrancas fue completando una más que aceptable formación en Biología Marina, tal como deseaba. En principio se conformó con sobrevivir dignamente entregado a su profesión; pero hallándose en Capetown estudiando su fauna marina, en concreto las focas, financiado por unos fondos de S.O.S a la Tierra, conoció a una submarinista sudafricana de la que se enamoró perdidamente. Era una muchacha de uno ochenta de estatura, fornida, rubia y atlética, el tipo de mujer que a un hombre como él, estrecho de pecho, un metro setenta y cinco y con tendencia al lucimiento personal, tenía que arrebatarle. Era la viva imagen de una diosa de las aguas. Ya no se movió de allí. Se casaron, tuvieron dos diocesillas para cumplir con el poderosos deseo maternal de ella y con el tiempo llegaron a colaborar en la realización de varios documentales para la BBC inglesa.

Tomás Beovide Soñador fue bendecido por la musa y publicó un libro de poemas en una colección de poesía que él creó con el nombre de «El caballero blanco», y el dinero de algunos amigos; el libro tuvo un aceptable reconocimiento de la crítica especializada en cortar la cabeza de los poetas en su segunda entrega, por lo que quedaron al acecho del a misma. Nunca llegó ésta, pues el hombre se había vuelto precavido en general tras la experiencia de su última aventura. Tom Beovide se enamoró de su musa, tuvieron dos hijos, un niño y una niña, consiguió una plaza fija en el instituto, siguió enseñando literatura haciendo caso omiso al criterio ramplón del Ministerio de Educación en materia de lecturas educativas, consiguió cautivar a algún que otro alumno o alumna despistados y sensibles a la palabra poética y los fines de semana cambió la pluma por las baquetas de una batería (su otro e inconfesado sueño), con la que se integró en un combo de aficionados al jazz conocido como Los amigos de Julie. También llegó a actuar un par de veces con el poeta y saxofonista Ildefonso Rodríguez en el quinteto de Cova Villegas.

FINIS CORONAT OPUS

Madrid, 2014-2015

Agradecimientos

Tengo que agradecer muy especialmente el esfuerzo y trabajo de Gloria Gauger, el cuidado de la edición de Estrella García y la certera corrección llevaba a cabo por Susana Pulido. Además, quedo en deuda severa con la generosidad de Constantino Bértolo y, naturalmente, con la maravillosa voz de Julie London que, por desgracia, aquí no puede escucharse.